전래동화에서 만났던
그때 그 동물들

전래동화에서 만났던 그때 그 동물들

발행일   2019년 7월 31일

지은이   진상현   일러스트   럼버잭
펴낸이   손형국
펴낸곳   (주)북랩
편집인   선일영   편집   오경진, 강대건, 최예은, 최승헌, 김경무
디자인   이현수, 김민하, 한수희, 김윤주, 허지혜   제작   박기성, 황동현, 구성우, 장홍석
마케팅   김회란, 박진관, 조하라, 장은별
출판등록   2004. 12. 1(제2012-000051호)
주소   서울시 금천구 가산디지털 1로 168, 우림라이온스밸리 B동 B113, 114호
홈페이지   www.book.co.kr
전화번호   (02)2026-5777   팩스   (02)2026-5747

ISBN   979-11-6299-809-0 03810 (종이책)   979-11-6299-810-6 05810 (전자책)

이 도서의 국립중앙도서관 출판예정도서목록(CIP)은 서지정보유통지원시스템 홈페이지(http://seoji.nl.go.kr)와
국가자료공동목록시스템(http://www.nl.go.kr/kolisnet)에서 이용하실 수 있습니다.
(CIP제어번호: CIP2019029619)

전래동화에서 만났던
그때 그 동물들

진상현 지음

북랩 book Lab

어떤 사상도 타인을 지배해서는 안 된다.
어떤 사상에 자신이 지배당해서도 안 된다.

차례

제1편

회상

방문

4월 어느 날 한밤중.

새파란 바닷물이 펼쳐져 있는 제주도 쏘블리 마을 항구에는 시원한 바람이 세차게 불고 있었고, 푸른색 밤하늘에서 반짝이는 흰색 별들이 환한 빛으로 항구를 비추고 있었다.

잠시 후, 푸른색 밤하늘에 반짝이는 흰색 별들 사이로부터 불새라는 이름이 새겨진 나선형의 검은색 우주선 한 대가 쏘블리 마을 항구로 조용히 착륙하였고, 우주선 안에서 검은색 재킷을 입은 한 명의 남자와 푸른색 원피스를 입은 한 명의 여자가 조용히 나타나 걸어서 땅으로 내려왔다.

남자는 바닷가에서 불어오는 시원한 바람이 여자에게 찬바람으로 느껴지지 않도록 자신의 팔을 활용하여 보호막을 만들고 해맑은 표정을 지으면서 여자에게 말했다.

"지금으로부터 1,000년 전, 수많은 동물 앞에서 나 자신에게 한 약속을 오늘에서야 지킬 수 있게 되었어."

그리고 고마움이 묻어나는 눈빛으로 여자를 바라보며 말을 이어 나 갔다.

"과거에 내가 아무런 관심을 가지고 있지 않았던 이 세계로 나를 인도해 준 당신이 너무 고마워."

쏘블리 마을 항구에서부터 마을 입구까지는 노란색과 초록색이 조화롭 게 어울린 제주도 특유의 아름다운 유채꽃 길이 끝없이 펼쳐져 있었고, 그 꽃길을 따라서 남자와 여자는 서로의 손을 꼭 잡고 쏘블리 마을을 향해 천천히 발걸음을 옮겼다.

남자와 여자가 쏘블리 마을 입구에 도착하자마자 마치 옛날부터 남자와 여자를 기다리고 있었던 것처럼 호랑이, 곰, 개, 고양이, 돼지 등 5부족 동 물 부족장들을 중심으로 온갖 종류의 동물들이 모두 반갑게 마중을 나 왔다.

남자와 여자 주변에 운집하여 검은색 깃발과 유채꽃들을 힘껏 흔들고 있는 수많은 동물 사이에서 호랑이 동물 부족장이 불쑥 나타나 "환영합니 다. 장관님! 당신의 사상을 기념하는 동화 역사박물관으로 저희 동물들이 직접 안내하여 드리겠습니다."라며 남자를 따뜻하게 포옹하였다.

이어서 곰, 개, 고양이, 돼지 동물 부족의 부족장들도 환영을 나온 수많 은 동물 사이에서 차례로 나와 남자, 여자와 반갑게 포옹을 나눴다.

【제주도 유채꽃 길/한국의 야생화 김정명 사진작가 作】

5부족 동물 부족장들의 안내를 받으며 동화 역사박물관을 향해 천천히 걷고 있는 남자와 여자를 환영하고자 검은색 깃발과 유채꽃들을 함께 흔들며 "동화~, 동화~." 등을 반복해서 외치고 있는 수많은 동물로 쏘블리 마을 길거리는 넘쳐나고 있었다.

　쏘블리 마을 중심지에 웅장하게 서 있는 동화 역사박물관 입구에 막 도착한 남자와 여자 앞으로 척~척~척~ 쇳소리를 내는 부츠와 황금색 제복을 차려입고 사납게 생긴 얼굴을 가진, 늑대와 이리로 구성된 박물관 근위대가 가까이 다가왔다.

　"당신들은 박물관 안으로 들어오지 말고 여기에서 기다리시오."

　허리에 긴 칼을 찬 회색 털을 가진 늑대 박물관 근위대장이 큰소리로 5부족 동물 부족장들의 박물관 입장을 제지했고, 그의 말이 끝나자 곧바로 박물관 근위대가 남자와 여자의 주위에 몰려와 둥그렇게 둘러쌌았다.

　근위대와 함께 박물관 안으로 들어오게 된 남자와 여자의 눈앞에는 검은색 융단이 박물관 바닥에 길게 펼쳐져 있었다.

　남자와 여자가 박물관 바닥에 펼쳐진 검은색 융단 위로 올라가 똑바로 서자, 곧바로 가까이 다가온 아기 호랑이가 남자와 여자의 입안에 평소 검은 흑돼지가 즐겨 먹었다고 전해지는 원주 지방 기승전결 마을에서 생산된 발효 초콜릿을 각각 넣어 주었다.

이어서 강아지와 아기 고양이도 남자와 여자에게 차례로 다가와 노에 사상의 해방을 의미한다는 찢어진 개와 고양이용 목걸이 기념품을 추가로 선물하여 주었다.

"장관님이 보고 싶어 하는 과거 행적을 전시한 장소로 제가 직접 안내하게 되어 무한한 영광입니다."라며 회색 털을 가진 늑대 근위대장이 감격스러운 말투로 말했다.

근위대장의 말이 끝나자 곧바로 토끼들로 구성된 의장대가 남자와 여자가 서 있는 장소 앞에 일제히 도열하여 여러 가지 악기를 가지고 음악을 연주하기 시작했다.

웅장하게 울려 퍼지는 음악소리와 함께 늑대 근위대장의 안내를 받으며 도착한 특별관 앞에는 호랑이를 안고 있는 아름다운 여인과 그 아래에서 여인을 사랑스러운 눈길로 바라보고 있는 검은 흑돼지의 동상이 만들어져 있었다.

검은색 재킷을 입은 남자는 아름다운 여인의 동상 이마에 자신의 입을 맞추면서 '사랑스러운 나의 영도자'라고 말했고, 푸른색 원피스를 입은 여자도 검은 흑돼지 동상의 이마에 입을 맞추며 '사랑스러운 나의 동반자'라고 말했다. 그리고 손을 꼭 잡고 둘만 특별관 안으로 들어갔다.

그로부터 1시간이 흐른 뒤.

특별관 밖으로 여자와 함께 다시 나타난 남자는 자신이 잊고 있었던 과거의 추억을 한 가지씩 다시 상기시키면서 "동물로 살았던 시절에는 자신만의 행복을 찾으려고 온갖 장소와 동물들을 만나러 끊임없이 헤매고 다녔어."

"하지만 남들이 만들어 놓은 행복에 자신의 만족을 맞추며 살게 되거나, 끝내 외부에서는 자신만의 행복을 찾지 못해서 고통스러운 눈물로 나에게 주어진 시간들을 흘러 보낸 것 같아."라고 말했다.

그러자 여자가 남자의 말에 즉시 맞장구를 쳤다.

"사람들처럼 자신 안에 저장되어 있는 잠재적인 것들 중에서 현재 자신이 필요로 하는 일부분만 깨워도 영원히 행복해질 수 있는데…. 동물 시절에는 왜 이러한 단순한 사실조차 전혀 알 수 없었는지 모르겠어요?"

"맞아! 특별한 것이나 특별한 장소에서 자신의 행복을 찾으려고 끊임없이 헤매지 말고, 과거의 경험으로 인해 내 마음속에 축적된 행복한 추억들을 하나씩 밖으로 꺼내서 다시 보기만 해도 행복은 언제나 나를 찾아올 텐데…."라며 남자가 아쉬운 말투로 대답했다.

이때 특별관 입구에 나란히 서 있었던 남자와 여자 앞에 또다시 늑대 근위대장과 박물관을 지키는 근위대들이 나타났다.

그리고 남자와 여자를 보호하며 박물관 바닥에 펼쳐져 있는 검은색 융단을 따라서 동화 역사박물관 입구까지 친절하게 안내하여 주었다.

동화 역사박물관 입구에서 남자와 여자를 기다리고 있었던 5부족 동물 부족장들 중에서 곰 부족장이 앞으로 나와 흑색 겉표지에 흰색 글씨로 '검은 흑돼지'라고 적힌 메모장을 남자에게 건네주었다.

메모장 안에 있는 내용을 하나씩 차근차근 읽어본 남자는 영적으로 이미 성장한 동물들에게 '검은 흑돼지 메모장'은 더 이상 아무런 쓸모가 없다고 생각한다며, 곰 부족장에게서 건네받은 메모장을 성냥을 활용하여 그 자리에서 모두 불태워버렸다.

쏘블리 마을에 살고 있는 수많은 동물의 열렬한 환송을 받으며 마을 입구에 다시 도착한 남자는 환영을 나온 동물들을 향해 아주 큰 목소리로 오늘이 지구에서 여러분들을 만나는 아름다운 여정의 마지막 날이라고 외쳤다.

남자와 여자는 검은색 깃발과 유채꽃을 열심히 흔들고 있는 수많은 동물을 뒤로하고, 쏘블리 마을 항구에 착륙해 있는 불새 우주선으로 되돌아가기 위해 끝없이 펼쳐진 아름다운 유채꽃 길에 들어섰다.

잠시 후, 노란 유채꽃 아래에 있는 흙 속에서 통조림 조각과 개 목걸이 일부를 우연히 발견한 남자는 과거에 자신이 유채꽃으로 뒤덮여 아름답기만 한 이 장소에서 태어났으며, 야생동물들과 애완동물들의 잔혹한 종교 분쟁을 직접 체험하였다고 여자에게 말했다.

그리고 검은색 깃발을 유채꽃 사이에 꽂아두고는 깊은 회상에 잠겼다.

동화 축제

거제도에서 살고 있던 그루턴 호랑이와 몽돌 고양이는 제주도 쏘블리 마을에서 열리는 세계적 축제인 동화 축제를 직접 관람하려고 커다란 흰색 유람선이 정박해 있는 장승포항으로 조그만 가방을 메고 헐레벌떡 뛰어갔다.

유람선 매표소 직원이 제주도 쏘블리 마을 항구로 떠나는 시간은 1시간이나 남아 있기 때문에 급하게 뛰지 말고 천천히 걸어서 유람선에 승선해도 된다고 친절하게 알려주었지만, 그루턴 호랑이와 몽돌 고양이는 매표소 직원의 말을 못 들은 척하며 유람선 갑판까지 단숨에 뛰어서 올라갔다.

"크루턴! 너는 왜 유람선만 타면 갑판으로 올라가려고만 하니?"

몽돌 고양이가 그루턴 호랑이에게 궁금한 표정으로 물었다.

"갑판은 유람선 주위에서 끼룩끼룩 소리를 질러 유람선을 탄 동물들이 나누어주는 물고기와 과자를 서로 차지하려고 다투며 살아가는 평범한

갈매기들이 아니라, 푸른 바다 위를 자유롭게 마음껏 날아오르면서 유람선 주위를 위풍당당하게 주름잡는 조나단의 후예들을 직접 만날 수 있는 장소이기 때문이야~!"

"먹이 대신에 자신의 꿈을 좇아 하늘을 날아다녔다는 그 조나단?"

그루턴 호랑이의 대답에 몽돌 고양이가 다시 물었다.

"맞아~. 그 갈매기 조나단. 배우고 익힌 것은 삶의 과정 중 언제 어디에서 사용하게 될지 모르기 때문에 매우 중요한 것 같아. 물론 혼자서 자신만의 꿈을 찾아 배우는 것도 좋겠지만, 모두의 꿈을 함께 찾아가는 과정 속에서 배우게 된다면 더욱 좋겠지."라고 그루턴 호랑이가 말했다.

그때 갑자기 갈매기 한 마리가 하늘 위에서 쏜살같이 유람선 갑판으로 내려와 몽돌 고양이가 쓰고 있던 큐빅과 깃털이 박힌 예쁜 모자를 재빨리 낚아채서 다시 바다 위 하늘 속으로 사라져버렸다.
그 모습을 옆에서 지켜본 그루턴 호랑이는 신이 나서 몽돌 고양이에게 말했다.

"봐봐~! 단순히 동물들 주변을 기웃거리며 음식을 얻어먹으려고 날갯짓

【거제도 해금강/한국의 야생화 김정명 사진작가 作】

만 하는 갈매기가 아니라 새로운 도전을 위해 끊임없이 자신의 날갯짓을 활용하는 조나단의 후예들을~!"

"자신에게 주어진 삶을 오로지 먹고사는 방법만 배우는 것으로 활용한다면, 자신 안에 감춰져 있는 진정한 자신을 성장시킬 수 있는 날갯짓인 꿈을 잃어버리고 말지."

"맞아! 그래서 우리가 함께 성장할 수 있는 날갯짓을 찾기 위해, 오늘 제주도 쏘블리 마을에서 열리는 동화 축제로 구경을 가는 거잖아"라고 몽돌 고양이는 모자가 없어진 자신의 머리를 만지작거리며 맞장구를 쳤다.

"뿌~웅~"
"뿌~웅~"

우렁찬 뱃고동 소리와 함께 그루턴 호랑이 일행이 탄 유람선은 거제도 장승포항 선착장을 떠나 제주도 쏘블리 마을 항구로 출발했다.

유람선 갑판에서 그루턴 호랑이는 끝없이 펼쳐져 있는 넓고 푸른 바다와 바닷속에서 자유롭게 헤엄치며 놀고 있는 물고기를 유심히 바라보면서, 동화 축제 관람으로 자신의 사고 능력이 푸른 바다보다 더 넓어지고 바닷속을 헤엄치는 물고기보다 더 자유롭기를 마음속으로 기원하였다.

10시간이 지난 후.

드디어 제주도 쏘블리 마을 항구에 도착한 그루턴 호랑이 일행의 눈앞에 노란색과 초록색이 어우러진 유채꽃 길이 동화 축제가 열리는 마을 입구까지 펼쳐져 있었다.

그루턴 호랑이의 만류에도 불구하고 몽돌 고양이는 자신이 동화 축제장에 제일 먼저 도착해야 한다며 유채꽃 길 사이로 혼자 뛰어가 금세 사라져 버렸다.

30분이 지난 후에야 쏘블리 마을 입구에 도착한 그루턴 호랑이의 눈에 각종 축제 전시관, 체험장, 그리고 다양하고 재미있는 여러 가지 행사장들이 보였지만, 그래도 제일 먼저 그루턴 호랑이의 관심을 끈 장소는 동물 영웅들이 즐겨 먹었다고 전해지는 음식을 팔고 있는 풍물장이었다.

풍물장에 전시된 맛있게 보이는 각종 먹거리를 열심히 구경하고 있는 그루턴 호랑이 근처에서 먹거리 장사를 하고 있던 가이드라는 몰티즈(개) 상인이 큰 소리로 다음과 같이 외치고 있었다.

"현자(賢者) 검은 흑돼지가 즐겨 먹었다는 초콜릿을 팝니다. 숨 쉬는 항아리로 포장된 발효 식품으로 건강 관리에도 효과가 있어 소중한 은인들에게 드릴 선물로는 최고예요!"

검은 흑돼지라는 말을 듣고 귀가 솔깃해진 그루턴 호랑이는 발효 초콜릿을 팔고 있는 가이드 상인에게로 급히 찾아가서 시식 코너에 있는 발효 초콜릿 조각 일부를 자신의 손으로 직접 집어 먹으면서 물었다.

"이 초콜릿이 정말 역사책에 기록되어 있는 검은 흑돼지가 즐겨 먹었던 발효 초콜릿인가요?"

상인은 "당연하죠~! 동화 축제 먹거리 행사로 준비된 특산품으로 제가 직접 원주 지방에서 생산되는 발효 초콜릿을 공수해 왔습니다. 그리고 이 떡도 한 번 드셔 보세요. 강화도 지방에서 생산된 꿀떡으로 동물들의 영웅 구릿 백호가 즐겨 먹어서 행사용 특산품으로 지정된 꿀떡입니다."라고 말하며 시식 코너에 함께 놓여 있던 꿀떡 한 개를 얼른 집어서 그루턴 호랑이의 입안에 넣어 주었다.

그때였다. 발효 초콜릿과 꿀떡을 아주 맛있게 먹고 있던 그루턴 호랑이의 눈앞에 플라스틱과 천으로 만들어진 고양이용 목걸이를 자신의 목에 찬 몽돌 고양이가 갑자기 나타나 그루턴 호랑이에게 개 목걸이를 전달하면서 말했다.

"이 목걸이는 동화 축제 기념품이야. 옛날옛적 지구에 살고 있었던 사람들이 자신들의 애완동물로 개와 고양이를 양육할 때 우리 조상들 목에다 이 목걸이를 걸어 주었다는 이야기가 전해지고 있어. 모양이 예쁘기는 하

【발효 초콜릿 황후/장지은 명인 제공】

지만 자신들의 목이 답답해지는 목걸이를 왜 우리 조상들은 벗지 않고 목에 차고 지냈는지 정말 모르겠어?"

그 말을 옆에서 듣고 있던 가이드 상인은 특산품 전시대 밑을 열심히 뒤져 어떤 물건을 주섬주섬 찾아서 몽돌 고양이에게 건네주며 말했다.

"사람들이 우리 조상들에게 목걸이만 전해준 것은 아니야. 이것처럼 맛있는 통조림도 만들어서 남겨 주었지. 현재 우리 동물들은 과거에 살았던 조상들처럼 더 이상 목에 사람들이 만들어 준 목걸이를 걸고 있지는 않지만, 지금까지도 사람들이 전수해준 방법으로 다양한 통조림을 직접 만들어서 먹고 있잖아."

그리고 가이드 상인은 그루턴 호랑이와 몽돌 고양이에게 동화 축제에서 판매되고 있는 목걸이, 통조림 등의 기념품과 발효 초콜릿, 꿀떡 등의 특산품에 대한 유래를 정확하게 알고 싶다면 쏘블리 마을 중심지에서 웅장하게 서 있는 동화 역사박물관을 방문하라고 친절하게 알려 주었다.

가이드 상인의 조언에 따라 쏘블리 마을 중심지에 우뚝 서 있는 동화 역사박물관을 방문하게 된 그루턴 호랑이와 몽돌 고양이는 우연히 박물관 입구에서 박물관 해설사인 워터루 고양이를 만났다.

"또다시 만나게 되어 무척 반갑네요~. 우린 전생(前生)에서도 자주 만났어요. 비록 현생(現生)에는 처음 만나게 되었지만 친근함을 느끼고 있지 않나요?"

그루턴 호랑이는 자신이 태어나서 처음 보는 워터루 고양이에게서 낯설지 않은 친근함을 느끼고 있었지만, 워터루 고양이가 그루턴 호랑이에게 한 전생(前生)에 이어 현생(現生)에도 또다시 만나게 되어 무척 반갑다는 이상한 말만은 도저히 이해할 수가 없었다.

"낯설지 않게 느껴지는 친근함이란, 서로가 완전히 단절되지 않고 지금까지도 연결되어 있다는 의미예요. 심지어는 현재 단절된 것들조차도 누구나 약간의 관심과 적은 노력만으로 다시 연결할 수 있는 열쇠를 이미 가지고 있지요. 어디에서부터 서로 연결되어 있었는지 알고 싶지 않나요?"라며 워터루 고양이가 그루턴 호랑이를 쳐다보면서 빙그레 웃었다.

동화 역사박물관

동화 역사박물관은 중앙에 설치된 원통형 건물을 중심으로 3개의 뾰족한 철탑이 둘러싸고 있는 형태의 구조물이며, 3개의 철탑 안에는 각각 제1관인 신화관, 제2관인 영웅관, 제3관인 사제관이 배치되어 일반 동물들의 관람이 모두 허용되고 있지만, 원통형 건물 안에 배치된 특별관만큼은 아주 특별한 동물들만이 관람할 수 있었다.

"여러분! 동화 축제는 현자(賢 者)라고 불리고 있는 검은 흑돼지와 동물 영웅들의 모험담을 세상에 널리 알리기 위한 목적으로 제주도 쏘블리 마을에서 매년 개최되는 축제입니다. 이곳 동화 역사박물관은 검은 흑돼지와 동물 영웅들의 모험담이 기록되어 있는 장소예요."라며 워터루 고양이가 자신감 있는 말투로 이야기했다.

"지금부터 여러분은 저의 안내에 따라 관람이 허용된 제1관인 신화관에서부터 제2관인 영웅관을 거쳐 마지막 제3관인 사제관을 차례대로 관람할 예정입니다. 하지만 동물들의 영적 성장을 도와주고 우리 동물들을 온전히 사랑해준 한 명의 여자를 소개하는 특별관만은 두 분 모두 관람할 수 없습니다."라며 아쉬운 말투로 계속해서 말했다.

몽돌 고양이가 박물관 중앙에 배치된 원통형 건물을 손가락으로 가리키면서 말했다.

"그럼 특별관은 어떤 동물들이 관람할 수 있는 건가요?"

"일반적인 생각과 구별되는 특별한 생각을 소유하고 있는 동물들만이 관람할 수 있어요. 그러나 특별한 생각은 가문이나 신분 또는 특권 등에서 나오는 것이 아니라 일반적인 지식과 경험으로부터 나온다는 점이 역설적입니다."

"무지(無知:알지 못함)는 공포라고 합니다. 아무리 무섭게 만든 공포영화조차도 사전에 영화가 전개되는 시나리오를 관람하는 동물이 모두 알고 있었다면 전혀 공포감을 느낄 수 없습니다."

"이와 마찬가지로 끊임없이 반복되는 삶의 과정을 통해 쌓은 지식과 경험으로 누구나 자신과 연관된 모든 만물의 흐름을 어느 정도 이해할 수 있으며, 심지어는 전개되는 방향까지도 예측할 수 있습니다."

"그리고 이러한 삶의 과정에서 자연스럽게 생성된 특별한 생각을 소유하게 된 동물에게는 더 이상 자신의 삶에 대한 두려움이나 공포심이 사라지기 때문에, 자신 이외의 다른 특별한 존재를 찾아 헤매거나 다른 존재의 도움에 자신의 삶을 의존하지 않아요."

"제1관인 신화관에서부터 제2관인 영웅관을 거쳐 제3관인 사제관을 차례대로 관람한 동물 중에서도 세상의 흐름을 어느 정도 이해할 수 있는 동물들만이, 동물들의 영적 성장을 도와준 특별관 안에 있는 여자에게 진심어린 감사의 마음을 전달할 수 있습니다. 그래서 특별관을 의미 없이 아무에게나 개방할 수는 없어요."

"하지만 미리 실망하지 말아요! 그루턴 호랑이와 몽돌 고양이 둘 중 한마리는 오늘 밤 특별관을 관람할 수 있을 것 같아요."라며 워터루 고양이가 몽돌 고양이를 바라보며 빙긋 웃었다.

자신을 바라보며 빙긋 웃고 있는 해설사 워터루 고양이의 눈과 정면으로 마주친 몽돌 고양이는 얼굴이 홍당무처럼 빨개졌다.
워터루 고양이는 그루턴 호랑이와 몽돌 고양이를 데리고 첫 번째 철탑 입구에 도착해서 다음과 같이 말했다.

"여러분! 여기는 제1관인 신화관이 배치되어 있는 첫 번째 철탑 입구입니다. 강렬한 기운과 열정적 에너지의 상징인 빨간색으로 장식된 제2관인 영웅관과 평온함과 희망의 상징인 초록색으로 장식된 제3관인 사제관과는 확실하게 구별되는 제1관 신화관은 우리 동물들의 사고로는 아직까지 도달할 수 없다는 의미로 권위의 상징인 보라색으로 신비롭게 장식되어 있습니다."

워터루 고양이의 말이 끝나자마자 늑대와 이리로 구성된 박물관 근위병들이 다가와서 제1관인 신화관 입구에 설치된 아주 커다란 철탑 문을 힘차게 열어주었다.

열린 철탑 안으로 들어선 그루턴 호랑이와 몽돌 고양이는 사방의 벽과 바닥에 깔린 카펫의 색깔이 온통 보라색으로 신비롭게 장식된 점과 먼발치에서 옹기종기 모여 있는 아주 커다란 동상들을 수많은 동물이 신중하게 관람하고 있는 장면을 보고 두 눈이 휘둥그레졌다.

수많은 동물이 관람하고 있는 커다란 동상들을 가까이에서 보기 위해 몽돌 고양이가 뛰어나가려고 하자 워터루 고양이가 손으로 잽싸게 몽돌 고양이의 옷을 붙잡으며 말했다.

"이 장소는 우리 동물들의 근원을 설명해 주는 신화관입니다. 영웅관과 사제관을 관람할 때와는 달리 자유롭게 뛰어다니거나 다른 동물들과 큰 소리로 잡담을 하며 관람해서는 안 되는 성스러운 장소입니다. 경건함을 가져주세요!"

워터루 고양이는 자신이 먼저 신화관 입구에 설치된 세면대에서 손과 발을 깨끗하게 씻은 후, 그루턴 호랑이와 몽돌 고양이에게 신화관을 관람하기 전에 경건한 마음을 가지고 자신이 한 행위처럼 손과 발을 깨끗하게 씻어야만 한다고 알려주었다.

신화관 안에 있는 커다란 동상들의 형상을 빨리 보고 싶은 성질 급한 몽돌 고양이는 세면대에서 자신의 손과 발을 대충 씻은 후, 혼자서 빠른 걸음으로 해설사인 워터루 고양이를 앞질러 동상들이 옹기종기 모여 있는 장소로 걸어갔다.

"앗! 그루턴~! 이리로 빨리 와봐! 여기에 있는 동상들은 내가 태어나서 처음 보는 이상한 모습을 한 동물들이야~! 우리처럼 꼬랑지도 없는 것 같고! 정말 웃기게 생겼는데."

"동상 크기도 작은 것부터 시작해서 아주 큰 것으로, 그리고 다시 중간 크기순으로 진열되어 있어."라며 몽돌 고양이는 의기양양한 태도로 자신의 꼬리를 빳빳이 세우고 동상들 앞에서 마구 흔들어대고 있었다.

어느새 몽돌 고양이 옆까지 다가온 해설사 워터루 고양이가 말했다.

"여기에 있는 동상들은 사람이라는 동물이에요, 검은 흑돼지의 사상을 받아들이기 전까지, 과거에 살았던 동물들이 사람을 바라보던 생각은 두 가지였습니다."

"사람이 동물을 창조한 신(神)이라 믿고 섬기던 애완동물의 생각과 사람이란 존재는 동물을 창조한 신(神)이 아니라 다른 동물보다 더 진화한 우등한 동물일 뿐이라는 야생동물의 생각입니다."

"그러나 검은 흑돼지의 사상을 받아들인 지금을 살고 있는 동물의 생각은 '사람이란 존재는 다른 동물을 창조한 신(神)도 아니고, 다른 동물보다 더 진화한 우등한 동물도 아닌 우리보다 삶의 과정을 앞서서 더 많이 경험한 미래의 우리 모습'으로 인식하고 있습니다."

"다시 말하면 과거에는 동물을 사람보다 열등한 존재로 인식하고 있었으나, 지금은 사람과 동등한 존재로 배우고 인식하고 있다는 의미입니다."

"그리고 구전(口傳)으로 내려오는 전설에 따르면, 처음에는 사람이라는 동물도 호랑이나 고양이처럼 엉덩이에 꼬리를 가지고 있었다고 합니다. 하지만 진화하면서 쓸모없게 된 꼬리가 점차 사라졌다고 하니 꼬리가 없는 몸이 더 진화한 것이에요."

위터루 고양이의 설명을 듣게 된 몽돌 고양이는 사람 형상의 동상들 앞에서 빳빳이 세우고 마구 흔들어대던 자신의 꼬리를 슬며시 땅바닥을 향해 축 처지게 하였다.

"그러고 보니 애완동물이 야생동물을 잠깐 동안 지배하고 있었던 시절에는 우리 부모님도 학교에서 사람이 동물을 창조했다는 교육을 받았다는 이야기를 들은 적이 있어요. 물론 지금은 더 이상 배울 수 없는, 폐지된 교육 내용이지만…"이라며 그루턴 호랑이가 말끝을 흐렸다.

"그루턴! 대부분의 동물은 진묘교 최고 성직자인 우리 부모님 말씀을 믿으려고 하지 않지만, 옛날옛적 지구에서 살았던 사람들이 실험실이라는 장소에서 동물의 유전자를 조작하여 새로운 동물을 만들었다는 기록이 아주 오래된 책들 속에 분명히 쓰여 있다고 말씀하셨어."

"그러면서 지금 나라에서 동물들에게 가르치고 있는 학교 교육 내용은 크게 잘못된 것이라고 몹시 분노하셨어."라며 자랑스러운 표정으로 진묘교 고위 사제들이 착용하는 진묘교 문장이 새겨진 다이아 반지를 그루턴 호랑이에게 보여주며 큰 소리로 말했다.

몽돌 고양이의 말을 듣고 해설사 워터루 고양이가 반문하였다.

"저도 몽돌 고양이 가족처럼 조상이 사람에게 사육되던 애완동물 출신이며, 한때는 참된 고양이들이 믿는 종교라는 진묘교(眞猫敎) 사상을 믿고 따르던 동물이었어요."

"진묘교의 주장처럼 옛날옛적 지구에서 살았던 사람들의 흔적인 고전(古典)에서 유전자 조작이나 결합 등의 방식을 활용하여 새로운 종류의 식물이나 동물을 만들어 낸 것은 엄연한 사실입니다."

"이러한 고전(古典)에 있는 기록을 발견하여 연구한 애완동물들은 처음에는 우리 동물이 사람에 의해서 창조되었다는 창조론을 믿게 되었지만, 연구가 지속적으로 진행될수록 사람이 만들었다는 새로운 종류의 동물과 식물 이외에도 훨씬 많은 동물과 식물이 사람들이 생존하기 이전부터 이미 존재하고 있었다는 사실을 점차 알게 되었습니다."

"더구나 사람들이 새로운 종류의 동물과 식물을 만들 수 있었던 근원적인 유전자도 사람들이 살기도 전인 더 오래전 과거에 이미 존재하고 있었고, 사람들이 유전자를 발견한 것일 뿐 새롭게 창조한 것이 아니라는 사실을 알게 된 시점부터는 더 이상 사람이 우리 동물을 창조했다는 이론을 믿지 않게 되었습니다."

워터루 고양이의 설명을 듣고 있었던 그루턴 호랑이의 눈빛이 갑자기 빛났다.

"맞아! 우리 아빠가 나에게 말씀해 주셨어. 진흙으로 똑같이 호랑이나 고양이의 형태를 만들 수는 있어도, 생기(生氣)가 없는 진흙으로 만들어진 호랑이와 고양이는 우리처럼 살아서 숨을 쉬지 못한데~"

"마찬가지로 사람들은 생기(生氣)가 들어 있는 유전자를 가지고 결합이나 조합 등을 활용하여 새로운 생명체들을 만들 수 있었겠지만, 생기(生氣)가 없는 진흙으로는 살아서 숨 쉴 수 있는 새로운 생명체를 만들지 못했을 뿐만 아니라 어떠한 종류의 생기(生氣)도 새롭게 만들어 낸 적이 없었데."

이 말을 들은 몽돌 고양이는 몹시 화가 난 듯 말했다.

"동물 주제에 사람을 폄하하지 마! 사람들이 떠난 지구를 처음 지배한 동물은 사람들을 공경하지 않은 야생동물이 아니라 사람들을 섬기며 사람들의 지식을 전수받았던 우리 같은 애완동물이었음을 절대로 잊지 마!"

"……."

잠시 동안 그루턴 호랑이와 몽돌 고양이 사이에 무거운 침묵이 흘렀다.

신화관

　"여기에 옹기종기 모여 있는 사람 형상의 동상들을 차례대로 설명해 드리도록 하겠습니다. 맨 왼쪽에 있는 아주 작은 형태의 동상은 아기라고 합니다. 아기는 우리 애완동물을 사랑으로 돌보지 않았으며, 자신의 호기심만을 해결하려고 애완동물의 허락 없이 몸통과 꼬리 등을 마구 만지며 괴롭히는 존재였어요."

　"그렇지만 애완동물이 아기를 무서워하지 않았던 이유는, 아기의 힘이 애완동물보다 훨씬 더 약했기 때문입니다. 그래서 간혹 애완동물보다 힘이 센 아이의 부모가 자리에 없는 틈을 이용하여 악당인 아기를 몰래 혼내준 재치 있는 애완동물도 있었다고 합니다. 호~ 호~ 호~."라며 혼자 신이 난 듯 워터루 고양이가 말했다.

　"아기도 단순한 호기심이나 한가하고 할 일이 없어서 애완동물의 몸통과 꼬리를 만지려고 한 것이 아니라, 아기의 마음속에 애완동물이 함께 자리 잡고 있었기 때문이 아닐까요?"라며 크루턴 호랑이가 워터루 고양이의 설명에 반발했다.

"그래? 그럼 아기처럼 해맑은 웃음을 지으며 그루턴을 괴롭히는 내 모습을 한 번 기대해봐~. 크크크."라며 몽돌 고양이가 자신의 꼬리를 가지고 그루턴 호랑이의 꼬리를 툭툭 치며 장난을 치기 시작했다.

"아기 동상 옆에 서 있는 조금 더 큰 동상은 청소년이라고 합니다. 대부분의 청소년은 애완동물을 진심으로 사랑하고 보살펴 주었다고 전해지고 있어요. 대표적으로는 강물에 빠져 허우적대던 이웃집 강아지를 목격하고 혼자서 강물로 뛰어들어 직접 구해준 또찌라는 영웅이 있습니다."라고 위터루 고양이가 설명해 주었다.

"영웅 또찌는 학교 도덕책에서 지금도 배우고 있어요~! 부모님의 만류에도 불구하고 집 없는 떠돌이견이나 버려진 유기견을 자신의 집으로 데리고 와 보살펴주어 지구에서 애완동물의 번성에 크게 기여했다는 신화적 인물이죠."

"또찌의 부모님이 영웅 또찌에게 '집에서 길러야 하는 개들의 숫자가 하늘에 떠 있는 별들의 숫자보다, 바닷가 해변에 있는 모래알보다 많아질 것 같다.'는 핀잔을 주어도 동물을 돌봐야 한다는 자신의 신념을 굳게 지켰다고 전해지고 있어요~."

"아마도 지금 지구에서 살고 있는 개 중 십분의 일은 영웅 또찌가 구해준 개들의 후손일 거예요."라며 몽돌 고양이가 신화관에서 자신들처럼 동상들을 관람하고 있는 개와 강아지들을 슬쩍 훔쳐보며 말했다.

"나도 몽돌 고양이가 강물에 빠지게 되면 영웅 또찌처럼 혼자서라도 구해줄게! 이 세상을 너와 함께 살아가는 것보다 더 소중한 것이 어디 있겠어? 네 마음속에는 내가 최고라는 인식을 간직할 수 있도록 무한히 노력할 거야."라고 말하면서 그루턴 호랑이가 양쪽 어깨를 으쓱대며 몽돌 고양이를 바라보았지만, 몽돌 고양이는 대답 대신 자신의 입을 삐쭉 내밀었다.

"제일 큰 동상은 어른이라고 합니다. 애완동물에게 잠을 자는 장소나 입을 옷과 먹을 것을 제공해준, 실질적인 힘을 가진 진짜 애완동물의 주인입니다. 하지만 청소년처럼 애완동물을 무조건적으로 사랑하지도 않았으며, 심지어 우리 동물을 자신들이 원하는 방향으로 교정하기 위해서 온갖 고된 훈련을 시켰던 아주 고약한 존재였습니다."

"여러분도 학교 교육을 통해 잘 알고 있듯이 동물들 사이에서 절대 해서는 안 되는 가장 모욕적인 3가지 나쁜 말인 앉아, 일어서, 손 줘 등은 옛날옛적 어른이 애완동물을 훈련시킬 때 사용했던 단어들이라고 합니다."

"그러나 애완동물보다 훨씬 힘이 강했기 때문에, 우리 조상들은 어른들의 눈치를 살피면서 순종적인 삶을 살았다고 합니다."라고 힘없는 말투로 워터루 고양이가 말했다.

"하지만 무서운 어른들과 함께 생활하는 낮에는 먹을 것을 찾아낼 수 있는 자신의 능력을 조용히 숨기고 있다가 어른들이 깊게 잠이 든 늦은 밤에 먹을 것을 찾아내는 능력을 수없이 발휘한 결과, 지금까지도 힘이 약한 애완 고양이들이 힘이 강한 야생 호랑이들을 상대로 맞서 싸울 수 있게 되었으니 무서웠던 어른들에게 고마워해야 하지 않을까요?"라고 말하며 몽돌 고양이가 그루턴 호랑이가 눈치채지 못하게 해설사 워터루 고양이를 향해 한 눈으로 윙크를 보냈다.

"마지막 동상은 노인이라고 합니다. 노인들은 힘이 약했지만 그들의 말 한마디에 힘이 센 어른, 우리의 보호자였던 청소년, 악당인 아기조차 꼼짝없이 복종했다고 합니다. 그래서 간혹 노인들이 키우던 동물 중에서는 사람들 위에 군림한 안하무인인 동물들이 있었습니다. 자신들이 노인들과 대등한 존재인 줄 착각하고 살았어요."라고 워터루 고양이가 신이 난 어투로 설명해 주었다.

"해설사님~ 아까부터 궁금한 것이 있었는데 지금 물어봐도 되나요?" 그루턴 호랑이가 워터루 고양이를 향해 손을 번쩍 들고 말했다.

"궁금한 점이 있으면 언제든지 물어보세요."라며 워터루 고양이는 자신의 고개를 끄덕였다.

"신화관 안에는 수많은 사람 동상이 세워져 있지만, 그 사람들의 이름은 한 개도 쓰여 있지 않은 것 같아요. 이유가 있나요? 혹시 사람들 중에는 동물 영웅들처럼 위대한 분들이 전혀 없어서 그런 건가요?"라고 몹시 궁금한 표정으로 그루턴 호랑이가 질문했다.

그루턴 호랑이의 물음에 당황한 기색을 보인 워터루 고양이가 대답했다.

"사람들도 동물들처럼 당연히 위대한 사람들이 존재했을 것이라고 믿어요. 단지, 우리 동물들이 위대한 사람들의 이름을 모를 뿐입니다."

"애완동물들이 지구를 지배하던 시절, 고양이 부족이 창시한 진묘교에서는 '냥이'라는 사람이 세상을 창조한 가장 위대한 사람이라고 주장했고, 개 부족이 창시한 천견교에서는 '멍이'라는 사람이 세상을 창조한 가장 위대한 사람이라고 주장했고, 호랑이 부족이 창시한 신왕교에서는 '홍이'라는 사람이 세상을 창조한 가장 위대한 사람이라고 주장하는 등 각 동물들의 종교마다 위대한 사람들의 이름이 넘쳐나고 있었습니다."

"그래서 온갖 동물들은 각자 자신이 믿고 있는 이름을 가진 사람만이 위대하다며 서로 비난하고 다툼을 일삼거나 심지어는 전쟁까지 일으키며 살고 있었어요. 검은 흑돼지의 메모를 발견하기 이전까지는…."

검은 흑돼지라는 이름을 듣자마자 눈이 똥그래진 몽돌 고양이가 재빨리 워터루 고양이에게 물었다.

"검은 흑돼지의 메모에는 위대한 사람의 이름이 '냥이'였나요? 설마 진묘교의 원수인 천견교에서 말하는 '멍이'는 아니겠죠?"

몽돌 고양이의 질문에 "크크크." 웃음을 터트린 워터루 고양이가 대답했다.

"검은 흑돼지 메모에는 위대한 사람의 이름이 적혀 있지 않았습니다. 시리우스 별에서 사람들을 직접 만났던 검은 흑돼지는 동물들의 이름을 부르며 많은 시간을 같이 보낸 사람들은 사회적 활동이 매우 적었고, 동물들을 자신의 수족처럼 부리는 사람들은 하급직에 있는 사람들이라고 주장했어요."

"직책이 높은 사람들은 동물들이 아니라 부하라 불린 사람들을 자신의 수족처럼 부리고 있었으며, 동물들과도 한가롭게 많은 시간을 보내지 못했다고 합니다. 그리고 자신이 동물들에게 지어준 이름을 부른 것이지 자신의 이름을 동물들이 부르게 한 것은 아니라고 합니다."

"아~ 그래서 동물들은 위대한 사람의 이름을 전혀 알 수가 없는 거군요. 그리고 동물들이 위대한 사람들의 이름이라고 주장하는 '냥이', '멍이', '홍이'라는 이름도 사람의 이름이 아닌 동물들의 이름일 수도 있겠네요."

그루턴 호랑이는 자신의 질문에 대한 해답을 스스로 얻었다는 표정으로 말했다.

"자, 저 넓은 장소에는 사람들과 함께 어울려 살았던 동물들의 모습이 전시되어 있습니다. 한 번 구경해 보세요. 사람들과 함께 살았던 주택 안과 주택 밖, 그리고 동물원과 야생에서는 온갖 동물들이 사람들과 함께 어울려 즐겁게 지내고 있지 않나요?"

워터루 고양이의 말을 듣자마자 몽돌 고양이가 사람들과 동물들의 모형이 함께 전시된 거대한 장소로 달려가서 매우 기쁜 목소리로 그루턴 호랑이를 향해 빨리 자신에게 오라고 소리를 질렀다.

"사람들이 살고 있는 주택 안에서 내 조상인 고양이나 개와 함께 즐겁게 살고 있어! 어~ 이것 봐라~? 사람들과 같은 옷도 입고 음식도 함께 먹고 있잖아~?"

"우리 아빠 말씀이 맞았어. 우리 고양이 조상들은 사람들의 사랑을 듬뿍 받으며 살고 있었어. 사람들이 지구를 떠나기 전까지는… 그루턴 너도 호랑이 조상들이 어디에서 살고 있었는지 한 번 찾아봐~!"

어느새 그루턴 호랑이는 몽돌 고양이 옆으로 다가와 사람들이 고양이와 함께 살았던 주택 안을 열심히 두리번거리면서 자세하게 살펴보았지만, 호랑이의 모습은 어디에서도 발견할 수가 없었다.

무척 당황한 모습으로 계속해서 전시된 주택들의 모형 안을 열심히 살피고 있는 불쌍한 그루턴 호랑이를 옆에서 보고 있었던 워터루 고양이가 빙그레 웃으면서 말했다.

"호랑이들은 사람들이 살았던 주택이 아니라, 사람들이 살지 않는 동물원이나 야생인 숲 속에서 찾아보면 만날 수 있어요?"

낙담한 그루턴 호랑이가 해설사 워터루 고양이에게 되물었다.

"제 조상인 호랑이들은 사람들과 사이가 나빴나요?"

그 말을 듣고 몽돌 고양이가 잽싸게 끼어들면서 말했다.

"그루턴은 아무것도 모르는 바보야! 며칠 전에 우리 아빠에게 내가 너와 사귄다고 말씀드렸는데, 사람들에게 죄인 취급받던 호랑이와는 가급적 사귀지 말라고 알려주셨어. 옛날옛적 사람들이 생활했던 집에서 처음에는 호랑이들도 고양이들과 함께 즐겁게 살고 있었대."

"평소 어른들은 아기에게는 사람들이 먹는 사람용 통조림을 주었고, 호랑이와 고양이에게는 동물들이 먹는 동물용 통조림을 나누어 주었는데, 특히 아기는 동물용 통조림과 매우 비슷한 모양을 가진 사람용 사과 통조림을 먹는 것을 굉장히 좋아했다고 해."

"그래서 어른들은 아기에게 줄 사람용 사과 통조림을 동물용 통조림을 보관하는 장소가 아닌 특별한 장소에 보관하게 되었고, 집 안에서 기르던 모든 동물에게 특별한 장소에 보관된 사람용 사과 통조림만은 절대로 훔쳐 먹어서는 안 된다고 단단히 교육을 시켰대."

"그러던 어느 날 어른들이 아기를 데리고 잠시 외출한 사이에 호기심이 발동한 호랑이들이 사람용 사과 통조림을 보관한 특별한 장소에 몰래 들어가서 사과 통조림을 몽땅 먹어 버렸고, 나중에서야 이러한 사실을 알게 된 어른들은 자신들이 기르던 동물이 자신들의 소중한 아기가 먹어야 할 사과용 통조림을 모두 훔쳐 먹었다는 사실에 몹시 분노하여 그 날로 당장 호랑이들을 집 밖으로 내쫓아버렸다고 해."

"그때부터 호랑이들은 고양이들처럼 사람들이 마련해 준 음식들을 먹으며 따뜻한 집 안에서 살아가지 못하고, 거친 야생에서 자신의 힘으로 먹을 것을 구해야만 하는 힘든 삶을 살게 되었다고 자세하게 알려주셨어."

"그 사건 이후로 힘든 삶을 살았던 호랑이들의 이마에는 고양이들의 이마에는 전혀 없는 왕자(王子) 주름살이 새겨져 버렸대."라고 말하며 몽돌 고양이는 그루턴 호랑이의 이마에 새겨진 왕자(王子) 모양을 기분 나쁘게 자신의 손가락으로 툭툭 치며 말했다.

"하지만 나는 지구를 떠난 사람들을 공경하고 있는 우리 아빠의 말씀도 좋지만, 그루턴 네가 훨씬 더 좋아."라고 말하며 몽돌 고양이는 자신의 꼬리로 그루턴 호랑이의 꼬리를 살짝 붙잡았다.

"너희 아빠가 호랑이들과 단 하루만 같이 생활한 후 사과 통조림 이야기를 하셨으면 좋겠어. 고양이들이 생선 통조림을 좋아하는 것처럼 대부분의 호랑이는 고기 통조림을 아주 좋아해. 그러나 과일 통조림은 좋아하지 않아."라고 말한 뒤 그루턴 호랑이는 메고 있던 가방 속을 뒤져서 자신이 가져온 통조림들을 모두 꺼내 몽돌 고양이에게 보여주었다.

그루턴 호랑이가 가져온 통조림들은 모두 고기 통조림뿐이었다.

"사람들로부터 의식주를 의존하여 성장하는 것보다는 사람들에게 전수받은 지식을 활용하여 우리 스스로 의식주를 해결할 수 있게 되었다는 사실이 더 중요하고 가치가 있답니다."

"이제 화해하시고 사람들이 중심인 제1관인 신화관을 떠나서 우리 동물들의 영웅들을 만나러 제2관인 영웅관으로 갑시다."라고 말하며 해설사 워터루 고양이가 그루턴 호랑이와 몽돌 고양이의 손을 맞잡았다.

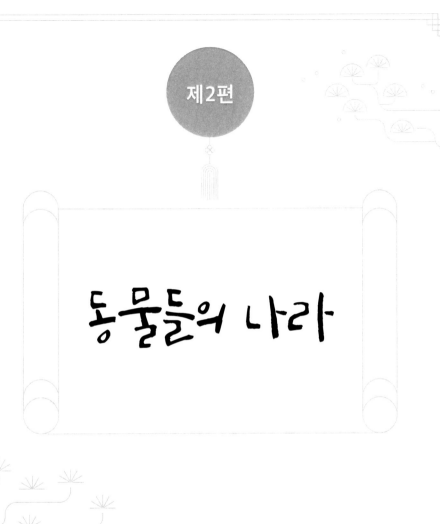

제2편

동물들의 나라

영웅관

워터루 고양이의 손을 잡고 들어가게 된 제2관인 영웅관은 벽과 카펫이 온통 빨간색으로 장식되어 그루턴 호랑이와 몽돌 고양이는 온몸에 강렬한 기운의 에너지를 받고 있다는 느낌을 받았다.

영웅관 입구에서부터 차례대로 세워져 있는 동상들은 어릴 적 부모님이 읽어주신 동화책과 선생님이 가르쳐주신 학교 교재로 인해 너무나 잘 알고 있던 익숙한 동물 영웅들의 형상이었다.

"와~ 이 형상은 야생동물들의 최초 영웅인 하르방 백호와 태왁 북극곰이다."라며 호랑이들의 영웅을 보고 무척 반가운 그루턴 호랑이가 자신이 서 있던 자리에서 팔짝팔짝 뛰면서 큰 소리로 외쳤다.

"여기에는 애완동물들의 영웅인 꽃청 아랜 진돗개도 있어."라며 몽돌 고양이도 두 손을 공손하게 모으면서 자신 앞에 우뚝 서 있는 동상을 향해 인사를 했다.

그때 갑자기 그루턴 호랑이가 몽돌 고양이의 손을 잡고 뛰어가서 중앙에 위치한 아주 커다란 동상을 가리키며 말했다.

"시리우스 별에 살고 있는 사람들로부터 야생동물과 애완동물이 화합할 수 있는 근원적인 지혜를 가져온 현자(賢者) 검은 흑돼지다."

"맞아요~. 시리우스 별에 가서 사람들을 만나보고 지구로 되돌아온 유일한 동물. 더구나 검은 흑돼지의 메모는 야생동물과 애완동물이 사람들을 바라보는 관점과 사상을 완전하게 바꾸어 주었습니다."

"바뀐 사상과 관점이 야생동물과 애완동물의 분쟁을 해결하는 근원적 지혜가 되었고요. 검은 흑돼지의 메모에 적힌 기록이 모든 동물에게 거대한 사상의 바다를 만들어 주었습니다."라고 해설사 워터루 고양이가 진지한 표정으로 그루턴 호랑이와 몽돌 고양이의 어깨를 함께 감싸주며 말했다.

"검은 흑돼지 동상 옆에 빨간 우체통도 함께 있는 이유가 무엇인가요? 혹시 검은 흑돼지의 직업이 편지나 택배를 배달해주던 우체부였나요?"라고 그루턴 호랑이가 워터루 고양이에게 물어보았다.

"빙고~! 돼지의 후각은 개의 후각보다 훨씬 뛰어납니다. 검은 흑돼지도 자신의 후각을 활용하여 배달할 장소를 찾는 능력이 다른 동물보다 훨씬 뛰어났습니다. 우체부라는 직업은 그의 천직이었습니다."

"하지만 검은 흑돼지 동상 옆에 우체통이 함께 설치된 이유는 검은 흑돼지의 직업을 알려주기 위한 것이 아닙니다. 검은 흑돼지가 지구에 살고 있는 모든 동물에게 새 소식을 알려주었다는 의미로 만들어놓은 것입니다."

"평소 우체부라는 직업에 자긍심을 가지고 있었던 검은 흑돼지가 불새 우주선을 타고 시리우스 별로 떠나기 직전에 출사표로 직접 쓴 '편지'라는 시도 우체통 뒷면에 쓰어 있는데, 목청이 좋은 몽돌 고양이가 한 번 읽어 줄 수 있나요?"라고 워터루 고양이가 몽돌 고양이게 시 낭송을 정중하게 부탁했다.

제목: 편지
지은이: 검은 흑돼지

우리의 사연을 담기에
너무 작은 공간이지만

나는 검정색 기구를 들고
정성스럽게 하나씩 하나씩

그녀를 향한 추억과 바람을
종이 위에다 문신으로 새기고 있다.

처음에는 보잘것없던 문신도
너와 나의 추억으로 채색되면서
명화(名畵)보다 더 아름다워지고
나의 가슴속에도 지워지지 않는 문신을 새겨 놓았다.

작은 공간속에서만 조용히
주인공으로 숨죽여 있던 너와 나는

사시사철
빨간 옷을 입은 산타의 입을 통해
아주 넓은 세상 속 주인공으로
재탄생한다.

귀를 쫑긋 세우고 청아한 목소리로 울려 퍼지는 몽돌 고양이의 시 낭송을 조용히 듣고 있었던 그루턴 호랑이는 몽돌 고양이를 향해 엄지 척을 한 후에 짝~짝~짝~ 아주 힘차게 손뼉을 쳤다.

"아직도 지구에는 몽돌 고양이의 부모님처럼 사람들을 공경하지 않는 동물들을 멸시하는 분들이 일부 남아 있지만, 검은 흑돼지의 메모 덕분에 대부분의 동물은 더 이상 사람들에게 과도한 관심을 가지며 살아가고 있지는 않아요."라며 그루턴 호랑이가 이마에 왕자(王子)를 그리며 몽돌 고양이의 얼굴을 보고 말했다.

"나도 안다고! 검은 흑돼지 말처럼 부귀나 지위와 상관없이 한 마리 동물의 작은 지식과 경험이 모든 동물이 가진 사상을 완전히 바꿀 수 있기 때문에 각각의 동물들의 삶이 모두 소중하다는 메모."

"워터루 해설사님! 검은 흑돼지에 대해 자세하게 이야기 좀 해주세요! 검은 흑돼지의 모험 이야기는 언제 들어도 재미있어요."라며 몽돌 고양이가 워터루 고양이에게 부탁했다.

"그럼 지금부터 검은 흑돼지와 관련된 재미있는 역사 이야기를 시작해볼까요~?"라며 워터루 고양이가 커다란 검은 흑돼지의 동상을 바라보며 말했다.

지구를 떠나는 사람들

시리우스 별에서 사람들을 만났던 검은 흑돼지는 자신의 메모장에 사람들이 동물들을 남겨두고 지구를 떠나게 된 시점은 지금으로부터 1만여 년 전이라고 기록하였다.

1만여 년 전부터 지구 여러 장소에 살고 있던 사람들은 셀 수 없을 만큼 수많은 공장을 건설하여 편리한 생활에 필요한 각종 기계 및 생활용품을 대량으로 생산하고 있었다. 사람들이 건설한 수많은 공장과 각종 기계로부터 대량으로 배출된 유독성 물질이 대기 오염과 수질 오염, 그리고 산성비로 인한 토양 오염 등 예상하지 못한 심각한 문제를 급속도로 확산시켜 지구 생태계 오염은 심각한 상황에 직면하였다.

그러나 국가와 국가, 사람과 사람 사이의 이해관계 불일치로 지구 생태계 오염이 확산되는 상황을 지속적으로 방치하여 지구 생태계는 스스로 정화할 수 있는 기능을 거의 상실하게 되었다.

대기, 수질, 토양 등에 스며든 아주 심각한 오염은 지구에 살고 있던 사람들에게 뇌 질환, 호흡성 폐 질환 등 돌이킬 수 없는 각종 정신적·신체적 질병을 계속해서 발생시켜 결국에는 사람들이 지구 생태계에 적응하며 살아가기 어렵게 만들었다.

그러자 사람들은 지구 생태계에 널리 퍼져 있는 각종 심각한 오염 물질들로부터 자신들의 신체를 완벽히 보호하기 위한 대책으로 외부 환경과 연결된 일반 주택이 아닌, 외부 환경과 완전히 격리된 벙커(bunker)라는 명칭을 가진 동그란 거주 구조물을 만들었고, 외부 활동을 자제하면서 벙커(bunker) 안에서 일상생활의 대부분을 보내게 되었다.

자연과 끊임없이 교류하는 야생 속 화초의 면역력은 변화가 없지만, 자연과 직접 교류하고 교감하는 시간이 부족한 온실 속 화초의 면역력은 점차 나약해져, 나중에는 자연에서 생성된 각종 질병 등에 혼자 힘으로는 대처할 수 없게 된다.

마찬가지로 사람들이 지구 환경과 격리된 벙커(bunker) 안에서 일상생활을 보내는 시간이 길어질수록 신체적 면역력도 점차 약화되어 지구에 널리 퍼져 있는 각종 질병 등에 조금씩 적응하지 못하게 되는 결과를 초래하게 되었다.

사람들이 오염된 지구의 환경으로부터 스스로를 보호하려고 만들었던 벙커(bunker)라는 시설물은, 지구의 생태계를 존중하지 않고 지구의 정화 능력도 신뢰하지 않았던 사람들이 만들어낸 당연한 결과물이었다.

지구 환경에 더 이상 적응할 수 없을 정도로 신체적 면역력이 떨어지게 된 사람들은 자신들의 안일한 생각과 미래 결과를 예측하지 못한 행위에 몹시 후회하게 되었다.

그래서 벙커(bunker) 시설물을 예전에 사람들이 살았던 일반 주택으로 다시 대체하려는 노력 등을 시도했지만, 그나마 환경이 덜 오염된 제주도 등 극히 일부 지역을 제외하고 대부분의 계획은 실패하였다.

우주에 존재하는 셀 수 없이 많은 별 중에서 사람들의 신체적 조건에 가장 알맞은 별을 찾아 지구에 살고 있는 사람들의 이주를 시도하는 정책을 수립할 수밖에 없었다.

이주 정책을 실현하기 위해 지구에서는 다양하고 수많은 우주선을 건조하여 우주로 발사하는 우주 대탐험 시대가 자연스럽게 열렸다.

드디어 각고의 노력 끝에 사람들의 신체적 조건에 가장 알맞은 시리우스별을 발견하는 것에는 성공했지만, 지구에 살고 있는 수많은 사람과 온갖 동물을 시리우스 별까지 운반할 우주선의 숫자는 턱없이 부족하였고, 우주선 안의 공간도 너무 협소하였다.

사람들은 완벽한 행성 이주를 추진하기 위해 국가와 국가 기관을 통합한 최고 권력 기관인 방주 위원회를 설립하였고, 방주 위원회의 지도자들은 사람들의 조속한 이주를 돕기 위해 극소수의 권력자나 아주 부자인 사람들이 키우는 애완동물을 제외한 모든 애완동물과 야생동물의 우주선 탑승을 절대적으로 금지시키는 '동물 탑승 금지법'을 제정하여 발표하였다.

방주 위원회의 '동물 탑승 금지법'의 발표는 모든 야생동물과 일반인이 키우고 있던 애완동물이 어쩔 수 없이 지구에 남겨지게 되는 상황을 초래하게 만들었다. 그리고 동물들이 지구를 공식적으로 지배하게 된 동물의 시대 이후부터 현재까지, 시리우스 별을 방문하고 유일하게 지구로 되돌아온 동물이 검은 흑돼지뿐인 것도 아직까지 유효한 방주 위원회의 '동물 탑승 금지법' 때문이었다.

방주 위원회는 지구에 남아 있는 모든 공장을 총 가동하여 수많은 우주선을 추가로 건조하였고, 사람들이 지구에서부터 시리우스 별까지 이송되는 동안에 먹어야 하는 식량 문제와 어쩔 수 없이 지구에 남아 있어야 하는 애완동물의 식량 공급을 돕기 위해 엄청난 양의 통조림을 끊임없이 생산하였다.

애완동물을 키우고 있던 일반인들은 공장에서 생산된 애완동물용 통조림을 지구에 남겨지게 될 애완동물에게 제공하려고 엄청난 수량을 자신의 집 창고 안에 가득가득 채웠다.

그리고 자신들이 키우고 있는 애완동물에게 통조림을 직접 따서 먹는 방법과 집 근처에서 물을 구해 먹는 방법 등, 사람들의 도움 없이도 혼자서 생존하는데 꼭 필요한 많은 방법을 지속적으로 훈련시켰다.

검은 흑돼지는 지구에 마지막으로 남아 있던 극소수의 사람들이 시리우스 별로 떠나던 그날의 상황을 다음과 같이 동물들에게 전해주었다.

방주 위원회의 주도 아래 사람들이 최초로 행성 이주를 시작한 날로부터 1만 년이 지난 어느 날, 지구에서 시리우스 별로 이송을 기다리며 마지막까지 남아 있던 제주도 사람들도 방주 위원회로부터 우주선 탑승 명령을 받았다.

이주 명령서를 받은 사람들은 새벽부터 동물원에 갇혀 있던 모든 동물을 야생동물들이 살고 있는 숲으로 급하게 방생해 주었고, 집 안으로 들어와서는 잠자고 있던 애완동물들을 깨워 한자리에 모이게 하였다.

그리고 애완동물들에게 창고에 저장한 통조림을 직접 꺼내 먹는 방법과 집 주변에서 물을 찾아 먹는 방법 등을 반복적으로 고되게 훈련시켰다.

새벽에 갑자기 잠에서 깨어나 어리둥절한 상황에서 고된 훈련을 받게 된 애완동물들은 매우 힘들어하면서도, 무서운 표정으로 계속해서 훈련을 시키는 사람들의 명령을 감히 거역할 수가 없었다.

애완동물들을 아주 혹독하게 연습시켰던 그날 밤, 갑자기 사람들은 집에서 사라져 버렸고, 그 후 다시는 집으로 되돌아오지 않았다.

지구 환경오염이 그나마 심하지 않은 제주도에 거주하고 있던 사람들은 방주 위원회의 권고에 따라 지구를 떠나는 마지막 후발대로 선정되었고, 방주 위원회는 1만 년이라는 긴 시간동안 지구에 남겨진 제주도 사람들을 시리우스 별로 이송할 우주선을 조금씩 준비하여 사람들의 이송을 돕고 있었다.

1만 년이라는 오랜 시간 동안 시리우스 별로 간절하게 이주하기를 기다리고 있던 제주도 사람들은, 자신들이 갑자기 사라진 제주도에서 식량 문제로 큰 혼란을 겪게 될 애완동물들을 위해 수많은 공장을 쉴 새 없이 가동하고 생산한 동물용 통조림을 애완동물들을 기르는 모든 사람에게 대량으로 보급하여 주었다.

그리고 사람들이 없는 혼란한 제주도의 사회 질서를 지키고 유지하기 위해 사냥개 위주로 특별히 선발한 동물들을 군대식으로 훈련시켰는데, 사람들에 의해 제주도 지역에서 공식적으로 사회 질서 유지 역할을 받은 조직을 제주도에 살고 있는 동물들은 사냥개 집단이라고 불렀으며, 사냥개 집단의 수장(首將)을 꽃청이라고 말했다.

사냥개 집단은 소수 정예로 구성된 조직이었기 때문에, 제주도 전역의 질서를 유지하기에는 사냥개 집단에 소속된 동물들의 숫자가 턱없이 부족했다.

그래서 평소에는 제주도 중심인 소포 마을에 정착하고 있다가 문제가 발생하면 해당 지역으로 출정하여 질서를 바로잡는 방법으로 운영하고 있었다.

한편 이전에 시리우스 별로 이주를 끝마친 사람들은 먼 미래에 다시 자신들의 원래 고향인 지구로 되돌아와서 살아갈 수 있도록 지구 복귀 프로젝트를 계획하고 지구 생태계 연구를 극비로 진행하였다.

지구 복귀 프로젝트 계획의 시작은 다양한 직업을 가진 이들로 구성된 조사단을 지구에 파견하여 지구 환경 속에서 사람들의 신체적 면역력을 증진시키고 환경 적응능력 등을 향상시키는 연구에 필요한 자료들을 수집하는 것이었다.

레아 더치 집토끼

소포 마을 인근에 위치한 쏘블리 마을에서 행복하게 살고 있었던 애완동물인 레아 더치 집토끼에게도 어느 날 갑자기 함께 살고 있었던 사람들이 감쪽같이 사라지는 불행한 사건이 발생했다.

하지만 레아 더치 집토끼는 전혀 당황하지 않았고, 평소 자신의 주인들에게서 반복적으로 훈련받았던 방법대로 매일 음식 보관 창고 안으로 들어가 가득 쌓여 있는 맛있는 통조림을 하나씩 꺼내 먹었다.

레아 더치 집토끼는 자신을 길러준 사람들이 다시 집으로 되돌아오기만을 손꼽아 기다렸지만, 많은 시간이 흘러가도 사람들은 자신의 집으로 되돌아오지 않았고, 오히려 집 밖에서 동물들끼리 서로 심하게 다투고 있는 소리만이 간간이 들려올 뿐이었다.

레아 더치 집토끼는 사람들에게서 주인 몰래 숲 속으로 놀러 간 집토끼들이 야생동물들의 먹잇감이 되었다는 무서운 이야기와 홀로 집 밖에 나와 길거리를 배회하던 집토끼들이 들개들에게 물려서 장애 동물이 되었다는 아주 끔찍한 이야기를 반복적으로 수없이 많이 들었기 때문에 홀로 집 밖으로 나가 주변 상황을 살펴보는 것마저 크게 두려워하고 있었다.

하지만 자신을 돌봐주었던 집주인과 그 가족들이 집에서 사라진 지 1년이 지나도록 되돌아오지 않자, 집주인과 가족들의 행방이 몹시 궁금해진 레아 더치 집토끼는 마침내 큰 용기를 내고 자신이 직접 집 밖으로 나가서 집주인과 가족들의 행방을 찾아보기로 결심했다.

길거리를 마구 돌아다니는 사나운 들개들을 만나는 최악의 상황이 몹시 두려웠던 레아 더치 집토끼는 들개들이 자유롭게 돌아다닌다는 낮 시간보다는 애완동물이나 야생동물이 쉬거나 잠을 청하는 한밤중에 집 근처 길거리를 중심으로 자신의 집주인과 가족들을 찾아보기로 마음먹었다.

자신의 집 대문에서 집 밖의 상황을 살펴보기 위해 기웃거리기를 수없이 반복하다가 드디어 한밤중에 집 밖으로 나오게 된 레아 더치 집토끼의 눈에 비친 길거리는, 배회하고 있는 동물들이 단 한 마리도 보이지 않는 암흑처럼 깜깜하고 조용한 상태였다.

"사나운 들개들을 만나게 되더라도 좀 더 멀리까지 가볼까?"

레아 더치 집토끼가 더 큰 용기를 내어 자신의 집에서 더 먼 길거리까지 나오자 곧바로 물로 씻지 않아 아주 더러워진 몸으로 땅바닥을 살피면서 먹을 것을 찾고 있는 고슴도치 무리가 보였다.

레아 더치 집토끼는 과거에 사람들과 함께 TV로만 보았던 고슴도치 무리를 직접 자신의 두 눈으로 목격하자 무척 반갑고 흥분되었다.

그래서 고슴도치 무리 앞에 갑자기 나타나 깜짝 놀래주고 싶은 마음이 생겨서, 자신의 모습을 아무에게도 들키지 않도록 감추고 고슴도치 무리를 몰래 뒤따라가기 시작했다.

레아 더치 집토끼와 고슴도치 무리의 거리가 100m 이내로 점차 가까워지고 있을 때, '후다닥' 소리와 함께 무리를 이루던 모든 고슴도치가 사방으로 흩어져 금세 사라져 버렸고, 저 멀리에서는 들개 몇 마리가 레아 더치 집토끼가 있는 장소를 향해 천천히 걸어오고 있었다.

자신을 향해 천천히 걸어오고 있는 들개들을 보고서야 예전에 집주인이 알려준 무서운 이야기가 번쩍 떠올라 두려움을 느낀 레아 더치 집토끼는 자신의 이름인 **레드아**이(red eye)의 뜻처럼 눈과 귀가 순식간에 새빨개지고 다리까지 후들거리면서 어쩔 줄 몰라 잠시 멈칫거렸다.

하지만 곧바로 자신에게 다가오는 있는 들개들을 피해 자신이 숨을 곳을 찾아내려고 주위를 두리번거렸다.

과거에 이곳에 살던 사람들이 음식 등을 버렸던 장소인 커다란 쓰레기통이 눈에 띄자 레아 더치 집토끼는 곧바로 자신의 뒷다리를 이용한 점프로 쓰레기통 속으로 뛰어들었다.

"깨갱~!"

커다란 쓰레기통 안에서 빈 과자 봉지를 헤집으며 열심히 자신이 먹을

음식을 찾고 있던 불도그 강아지가 레아 더치 집토끼의 발에 꼬리를 밟혀
고통스러운 비명을 질러댔다.

그리고 불도그 강아지 옆에서 함께 과자 봉지를 뒤지고 있었던 벵골 아
기 고양이도 레아 더치 집토끼의 갑작스러운 출현에 깜짝 놀라서 쓰레기
더미 속으로 재빨리 자신의 몸을 숨겼다.

"미안~. 많이 아파~?"

불도그 강아지의 비명 소리를 듣고 오히려 자신이 더 크게 깜짝 놀란 레아 더치 집토끼가 미안한 표정으로 자신의 발에 밟힌 강아지의 꼬리를 두 손으로 부드럽게 감싸서 만져 주었다.

"괜찮아요~. 다치진 않았어요~. 그런데 왜 우리가 있는 쓰레기통 속으로 들어오신 거예요?"라며 불도그 강아지가 과자 봉지에 묻어 있는 부스러기를 자신의 조그만 혀로 핥으면서 레아 더치 집토끼에게 물었다.

"쉿! 조용히. 들개들이 지나가면 내가 우리 집에 데리고 가서 맛있는 음식을 먹여줄게."

레아 더치 집토끼는 들개들에게 자신이 숨은 장소가 들통날까 봐 매우 두려운 표정을 지으며 불도그 강아지에게 속삭이듯 작은 목소리로 말했다.

"음식이요?"

재빨리 몸을 숨겼던 뱅골 아기 고양이가 쓰레기 더미 사이에서 얼굴을 쏙 내밀고 나타나 자신의 혀로 입을 핥으면서 말했다.

"들개들이 지나가면 너도 나와 함께 우리 집으로 가자. 온갖 종류의 맛

있는 통조림을 나누어 줄게."라고 말하고 레아 더치 집토끼는 쓰레기통 안에 있는 온갖 쓰레기를 활용하여 불도그 강아지와 뱅골 아기 고양이, 그리고 자신의 얼굴과 몸을 완벽하게 숨겼다.

"드디어 결투의 날이 내일로 다가왔어. 사람들이 떠난 제주도의 패권을 차지하기 위해 용맹하고 힘이 센 우리 들개 무리와 사람들에게 잘 훈련 받은 사냥개 무리가 싸운다면 과연 누가 이길까?"

"설마, 너는 우리 들개들의 총대장 바리 도베르만의 실력을 믿지 못하는 거니?"

"아니야~. 소수이지만 사람들에게 훈련을 잘 전수받아 질서 정연하게 싸운다는 꽃청 아랜 진돗개가 이끄는 사냥개 무리가 무적이라는 소문이 있어서 그래. 그렇지만 사냥개들보다 덩치가 훨씬 크고 막무가내 싸움을 잘하는 들개들과 용맹한 들개들의 총대장 바리 도베르만 님이 존재하는 한, 나도 우리 들개 무리가 당연히 이길 것이라고 생각해. 하지만 약간 두렵기도 한 것은 사실이야."

레아 더치 집토끼가 숨어 있는 쓰레기통 앞을 천천히 지나가면서 이야기를 나누는 들개들의 대화 소리를 듣고, 쓰레기통 속에서 숨죽이며 숨어있었던 불도그 강아지가 혼잣말로 조용히 말했다.

"며칠 전에 우리 아버지도 들개들의 총대장 바리 도베르만이 이끄는 유기견 부대에 들어갔는데…."

강아지와 아기 고양이 가족

"우와~ 이렇게 크고 좋은 집에서 혼자 살고 있어요?"

레아 더치 집토끼의 손을 잡고 벵골 아기 고양이와 함께 온 불도그 강아지가 연못과 정원, 그리고 5층으로 구성된 커다란 집의 규모에 놀라서 눈을 동그랗게 뜨며 물었다.

"너의 부모님은 어디에 사시니?"

레아 더치 집토끼는 답변을 하는 대신에 불도그 강아지가 살고 있는 집 위치가 더 궁금한 듯 되물었다.

"지금 저는 무척 배가 고파요~ 먼저 먹을 것 좀 주세요."라며 애처로운 눈빛으로 벵골 아기 고양이가 레아 더치 집토끼를 힘없이 바라보면서 말했다.
벵골 아기 고양이의 애처로운 소리를 듣고 마음이 매우 아픈 레아 더치 집토끼는 불도그 강아지와 벵골 아기 고양이를 재빨리 자신의 품에 안았다.

그리고 자신이 거주하는 집으로 들어와 1층 거실을 거쳐 식당과 대형 음식 보관 창고가 있는 2층으로 데리고 갔다.

레아 더치 집토끼의 손에 의해 2층에 있는 대형 음식 보관 창고의 문이 열렸다. 창고 안에는 수만 개가 넘는 온갖 종류의 통조림이 순서대로 차곡차곡 쌓여 있었다.

레아 더치 집토끼는 불도그 강아지에게 육류 통조림을 꺼내 주었고, 뱅골 아기 고양이에게는 생선 통조림을 꺼내서 아주 배부르게 먹여 주었다. 그리고 맛있는 식사가 끝난 후에는 3층에 있는 욕실로 데리고 가서 엄마의 마음으로 욕실 물을 사용하여 불도그 강아지와 뱅골 아기 고양이의 더러운 몸을 깨끗하게 씻겨 주었다.

자신의 이름이 톨로라는 불도그 강아지와 아가라는 이름을 가진 뱅골 아기 고양이는 이곳으로부터 5㎞ 밖에 떨어진 장소에 위치한 조그만 집에서 자신의 가족이 산다고 말했다. 그리고 지금은 먹을 만한 음식이 전혀 없어 온 가족이 배고픔으로 고통 받고 있다는 사실도 알려 주었다.

어리지만 쭈글쭈글한 얼굴을 가진 톨로 불도그 강아지와 귀엽게 생긴 아가 뱅골 아기 고양이는 두 손으로 레아 더치 집토끼의 옷을 붙들고 작은 눈으로 눈물을 글썽거리면서, 자신의 가족도 레아 더치 집토끼의 집으로 놀러 와서 자신들처럼 맛있는 통조림을 배불리 먹었으면 좋겠다고 간절하게 애원하였다.

강아지와 아기 고양이의 효심에 크게 감동한 레아 더치 집토끼는 '한 번만이라는 단서를 달아 강아지와 아기 고양이의 가족들이 자신의 집을 방문하는 것을 즉시 허락해주었고, 3층 욕실 옆에 있는 침실에서 모두 다 함께 모여 즐거운 마음으로 꿀잠을 청했다.

침실 방에 있는 창문 사이로 비치는 눈부신 햇빛으로 인해 아침 일찍 잠을 깬 레아 더치 집토끼는 톨로 불도그 강아지와 아가 뱅골 아기 고양이가 자신과 함께 잠을 자고 있었던 침실에서 이미 사라졌다는 사실을 곧바로 알아차렸다.

"쾅! 쾅! 쾅! 쾅! 계십니까~! 계세요~!"

"쾅! 쾅! 쾅! 쾅! 계십니까~! 계세요~!"

집 밖 대문에서 계속 들려오는 쿵쾅거리는 시끄러운 소리 때문에 어쩔 수 없이 침실 옆에 설치된 창문을 열어보게 된 레아 더치 집토끼는 수십 마리의 개와 고양이가 자신의 집 대문 앞에 모여 있는 장면과 새끼로 보이는 동물들이 자신의 집 정원과 연못에 고여 있는 물로 얼굴과 몸을 대충 씻고 있는 장면을 보게 되었다.

대문 앞에 서 있는 개와 고양이 무리 속에 톨로 불도그 강아지와 아가 뱅골 아기 고양이가 함께 있다는 사실을 발견한 레아 더치 집토끼는 곧바로 집 밖으로 달려가 대문을 열어서 수십 마리의 개와 고양이를 1층 거실로 안내하였다.

"저는 부라퀴 불도그 들개라고 합니다. 우리 아들 톨로에게서 당신이 우리 가족에게 맛있는 통조림을 제공해 줄 수 있다는 이야기를 들었습니다. 참고로 제가 최근에 그 유명한 바리 도베르만 들개 총대장이 이끄는 유기견 부대에 입대하였습니다. 봉급을 받게 된다면 당신에게 빚진 것을 모두 갚겠습니다."라며 톨로 불도그 강아지를 앞세워 거실로 들어온 불도그가 자신의 어깨를 으쓱거리며 말했다.

"바리 도베르만?"

낯익은 이름이라고 생각한 레아 더치 집토끼가 어디서 들어 보았던 이름인지 알고 싶어 잠시 동안 생각에 잠기고 있을 때였다.

"꼬질꼬질한 옷이나 깨끗이 빨아서 입고 말씀하세요. 봉급은 무슨? 힘없는 동물들을 약탈한 전리품을 챙겨서 나누어가지는 들개들이 사냥개들처럼 제주도에 살고 있는 동물들에게 공식적으로 인정받는 조직인가요?"

"그리고 겨우 유기견 부대의 말단이면서 은근히 자랑질은~? 교양 없게~." 라며 부라퀴 불도그와 함께 들어온 아가 벵골 아기 고양이의 엄마인 해금 벵골 고양이가 자신의 혀로 입고 있는 옷에 묻은 얼룩을 닦아내면서 부라퀴 불도그에게 핀잔을 주었다.

"아무것도 없으면서 잘난 척하는 위선자 주제에 교양을 찾다니."

부라퀴 불도그가 해금 벵골 고양이를 향해 입에서 침을 쏟아내면서 말했다.

"가족들이 보고 있는데 서로 다투지 마시고 음식 보관 창고와 식당이 있는 2층으로 올라오세요. 온 가족이 배불리 먹을 수 있을 만큼 맛있는 통조림을 드리겠습니다."

레아 더치 집토끼의 안내에 따라 2층으로 올라가게 된 개와 고양이 가족은 커다란 대형 음식 보관 창고 안에 차곡차곡 가득 쌓여 있는 수만 개의 통조림을 보고서 떡 벌어진 입을 좀처럼 다물지 못하고 있었다.

레아 더치 집토끼가 건네준 육류와 생선 통조림으로 가족들이 배부르게 먹고 나서야 비로소 마음의 안정을 찾게 된 부라퀴 불도그와 해금 벵골 고양이는 레아 더치 집토끼에게 지구에 마지막으로 남아 있던 사람들조차 1년 전에 자신들의 행복한 삶을 위해 야생동물들과 애완동물들을 모두 버리고 지구를 떠났다는 아주 기분 나쁜 소식을 알려주었다. 그래서 지금 제주도 숲 속에는 허기진 야생동물들로 가득하고 마을 길거리에는 배고픈 애완동물들로 가득 차 있다고 분노하면서, 아무런 대책도 없이 이렇게 만들어놓고 갑자기 도망간 사람들을 더 이상 주인으로 생각하지도 말고 기다리지도 말라는 조언도 함께 말해주었다.

하지만 자신을 진심으로 아껴주고 사랑해준 사람들과의 추억을 영원히 간직하고 싶었던 레아 더치 집토끼는 사람들이 자신들의 행복한 삶을 위해 자신과 같은 애완동물들을 버리고 영원히 지구를 떠났다는 사실을 전혀 믿으려고 하지 않았다.

그러자 부라퀴 불도그가 레아 더치 집토끼에게 여기로부터 10㎞ 떨어진 수변 공원 약도를 자세하게 그려주면서, 자신들이 레아 더치 집토끼의 집을 안전하게 지키고 있을 테니 수변 공원 안에서 배회하고 있는 야생동물들을 한 번 만나 자신들의 말이 사실인지를 직접 확인해 보라고 당부하였다.

자신의 눈으로 직접 확인하지 않는 이상 부라퀴 불도그의 말을 도저히 믿고 싶지 않았던 레아 더치 집토끼는 개와 고양이 가족들에게 잠시 동안 자신의 집을 부탁하고, 아침 일찍 야생동물들이 살고 있다고 말한 소포 마을 안에 조성된 수변 공원을 찾아갔다.

그러나 수변 공원 안에서는 몇 마리의 애완동물만이 공원 안을 배회하고 있었을 뿐, 야생동물들의 모습은 전혀 찾아볼 수가 없었다.

"야생동물들을 만나 보기 위해 힘들게 수변 공원을 찾아왔어요! 저 좀 도와주세요~!"

레아 더치 집토끼는 공원 안에서 배회하고 있던 한 마리의 소를 붙들고 도움을 요청했다.
그러자 소가 레아 더치 집토끼에게 대답했다.

"공원 안에서는 애완동물만 만날 수 있어요. 야생동물을 만나고자 한다면 공원이 아닌 숲 속으로 들어가야 해요. 하지만 여기에서 가장 가까운 숲은 곶자왈 숲인데 50㎞ 이상 떨어져 있으며, 무서운 야생동물들도 살고 있기 때문에 애완동물 혼자서는 곶자왈 숲으로 들어갈 수 없을 거예요"

친절하게 답변해주는 소를 만나 하루 종일 사람들에 관한 여러 가지 이야기를 나누게 된 레아 더치 집토끼는 부라퀴 불도그 들개와 해금 벵골 고양이가 자신에게 들려준 이야기가 모두 사실임을 확인하게 되었다.
날이 점차 어두워지자 어쩔 수 없이 수변 공원에서 소와 헤어져 자신의 집으로 되돌아오게 된 레아 더치 집토끼의 발걸음은 사람들에게 크게 실망한 탓에 몹시 무거웠지만, 자신의 집에서 기다리고 있을 개와 고양이 가족의 얼굴을 떠올리며 슬픈 표정을 감추려고 나름대로 노력하였다.
레아 더치 집토끼가 자신의 집에 도착했을 때, 집은 불이 모두 꺼진 매우 어두운 상태였으며 북적북적거려야 하는 개와 고양이 가족의 모습도 전혀 보이지가 않았다.

수변 공원에서 너무 늦게 되돌아온 자신을 기다리다가 지쳐버린 개와 고양이 가족이 이미 본인들의 집으로 되돌아갔다고 생각한 레아 더치 집토끼는 몹시 미안한 마음이 들었다. 홀쭉해진 자신의 배를 만져 보고 나서야 비로소 배고픔을 느끼게 된 레아 더치 집토끼는 곧바로 2층에 있는 식당으로 달려갔지만, 문이 활짝 열려 있는 대형 음식 보관 창고와 마구 어질러진 조리 도구들을 발견하고 깜짝 놀랐다.

수만 개의 통조림을 보관하고 있던 대형 음식 보관 창고를 향해 두려운 마음을 가지고 천천히 다가간 레아 더치 집토끼는 수만 개의 통조림이 하나도 남김없이 모두 사라진 것을 목격하자 곧바로 온 몸에 힘이 빠져 열린 창고 문 앞에서 털썩 주저앉고 말았다. 완전히 비어 있는 대형 음식 보관 창고 바닥에는 '맛있는 통조림을 주셔서 감사합니다.'라는 강아지와 아기 고양이 가족이 남긴 손편지만이 덩그러니 놓여 있을 뿐이었다.

레아 더치 집토끼는 "내 음식을 훔쳐 간 도둑들은 바깥에서 나를 다시 만날까 두려워 마음대로 돌아다니지 못하겠지만, 음식을 잃어버린 나는 또 다른 음식을 찾기 위해 바깥을 자유롭게 돌아다닐 수 있어."라고 자신을 위안하며 화가 난 마음을 진정시키려고 노력했다.

하지만 계속해서 마음속 깊은 곳으로부터 생성되어 저절로 끓어오르는 분노만은 강아지와 아기 고양이 가족으로 구성된 도둑들을 다시 만나기 전까지는 절대 해결할 수 없을 것 같았다.

코코 늑대

  분노가 치밀어 편안하게 잠을 잘 수가 없었던 레아 더치 집토끼는 다음 날 아침 아주 일찍 일어나 수십 마리의 개와 고양이 가족이 자신이 소유했던 수만 개의 통조림을 가지고 도망간 경로를 확인하고자 주택 5층에 설치된 전망대로 뛰어 올라갔다.

  일전에 톨로 불도그 강아지와 아가 벵골 아기 고양이가 자신들이 살고 있는 조그만 집은 이곳으로부터 5㎞ 떨어진 장소라는 말을 근거로 레아 더치 집토끼는 쏘블리 마을과 수변 공원 사이인 산간지역 근처에 강아지와 아기 고양이 가족이 거주하고 있을 것이라고 추정하였다.

  그러나 수십 마리 정도의 개와 고양이 가족이 단 하루 만에 수만 개의 통조림을 완벽하게 훔쳐간 방법이 무엇이었는지는 아무리 생각해봐도 도저히 알 수가 없었다.

  도둑맞은 통조림에 대한 분노 때문이었는지는 몰라도, 레아 더치 집토끼는 길거리에 돌아다니고 있는 사나운 동물들에 대한 두려움마저도 완전히 떨쳐버리고 아침 일찍부터 개와 고양이 가족을 찾기 위해 집을 나섰다.

  톨로 불도그 강아지와 아가 벵골 아기 고양이를 처음 만났던 그날, 레아 더치 집토끼가 길거리를 돌아다니는 들개들을 피해 잠시 동안 함께 숨어 있었던 그 쓰레기통 옆을 다시 지나가고 있을 때였다.

쓰레기통 옆에서 의식을 잃고 쓰러져 있는 회색 털을 가진 늑대 한 마리를 발견하였다.

쓰러져 있는 늑대의 양쪽 허벅지와 발은 다른 동물들에게 이빨로 물렸는지 여기저기 깊은 상처가 있었고, 얼굴은 무엇에 심하게 맞았는지 모르겠지만 퉁퉁 부어 있었다.

비록 배고픔으로 힘이 빠진 상태였지만, 의식을 잃고 길거리에 쓰러져 있는 늑대를 아무런 조치 없이 방치하고 지나간다면 죽을지도 모른다고 생각한 레아 더치 집토끼는 연약한 자신의 등에 자신의 몸무게보다 훨씬 무거운 늑대를 간신이 짊어지고 다시 집으로 되돌아왔다.

레아 더치 집토끼는 집 안에 있는 의료품을 열심히 찾아서 늑대의 깊은 상처들을 치료하였고, 마지막 조치로 치료한 다리를 붕대로 정성껏 감싸주었다.

다음 날 아침, 의식이 되돌아온 늑대에게 레아 더치 집토끼가 물었다.

"너의 이름은 뭐니? 그리고 누구에게 맞아 길거리에서 의식을 잃고 쓰려져 있었던 거니?"

"내 이름은 코크라고 해. 여기에서 50㎞ 떨어진, 야생동물들이 거주하는 곳자왈 숲에서 살고 있어. 어느 날부터 마을에만 있어야 할 들개들을 비롯한 애완동물들이 곳자왈 숲으로 침입하여 야생동물들이 먹어야 할 식량인 과일과 열매를 몰래 훔쳐 먹거나 빼앗아가기 시작했어."라고 말하면서 아픈 몸을 부르르 떨었다.

"곳자왈 숲에 살고 있는 힘이 약한 야생동물들에게서 과일과 열매를 빼앗아 도망가는 들개들을 보고 강력히 항의하기 위해 쏘블리 마을까지 뒤쫓아 오게 되었어."

"그런데 마을 길거리까지 뒤쫓아 온 내 앞에 갑자기 수십 마리의 들개 패거리가 나타나 아무런 이유 없이 내 다리를 물어뜯고 주먹으로 내 얼굴을 가격하여 의식을 잃게 된 거야."라며 아직도 화가 안 풀린다는 듯이 주먹을 꽉 쥐고 있었다.

"코크! 쏘블리 마을에 살고 있는 애완동물들을 대신하여 내가 너에게 사과할게."라며 미안해하는 레아 더치 집토끼의 눈과 귀가 레드아이(red eye)란 별칭처럼 빨갛게 변해가고 있었다.

"들개들이 잘못한 일을 네가 대신 나에게 사과할 필요는 없어. 배가 몹시 고프니 나에게 먹을 것이라도 좀 가져다주지 않겠니?"라며 코크 늑대가 홀쭉해진 자신의 배를 만지작거리며 말했다.

　"미안해. 지금 우리 집에는 너에게 줄 수 있는 음식이 하나도 남아 있지 않아. 나도 이제부터 어떤 음식도 먹어보지 못했어."라고 대답하며 레아 더치 집토끼가 어느새 물 한 바가지를 가져와 코크 늑대에게 건네주면서 개와 고양이 가족이 자신에게 저지른 악행에 대해서 자세하게 말해 주었다.
　레아 더치 집토끼가 건네준 물 한 바가지를 단숨에 들이킨 코크 늑대는 "우정은 서로의 불행을 나누어 절감시켜 버리고, 행복은 함께 공유하면 모두를 빛나게 만드는 능력이 있어. 지금부터 우리가 겪은 불운에 대한 원망과 미움 등 안 좋은 감정들은 모두 잊어버리고 성공과 고난을 함께 나누는 진정한 친구가 되자!"

　"우정은 주변 동물들에게 나누어주지 않으면 받을 수가 없어. 당연히 맛있는 음식으로도 절대 살 수가 없겠지. 그래서 나는 물질적인 부보다 더 값진 재산이라고 생각해. 너의 진정한 친구가 되어줄게."라며 레아 더치 집토끼가 코크 늑대의 친구 제안을 흔쾌히 받아들였다.

　"이제 우리는 친구가 되었으니 나와 함께 과일과 열매 등 먹을 것이 풍부한 곶자왈 숲으로 함께 가자. 내가 안내할게."라고 말하며 코크 늑대가 자리에서 벌떡 일어났다.

"곶자왈 숲! 그곳은 마을에 살고 있는 애완동물들을 몹시 싫어하는 무서운 야생동물들이 살고 있다고 알려진 장소잖아?"라며 걱정스러운 표정으로 레아 더치 집토끼가 말했다.

"지금으로부터 1년 전, 사람들은 애완동물들에게 거주할 집과 오랫동안 먹을 수 있는 여러 종류의 통조림과 맛있고 다양한 음식들을 많이 남겨 주고 지구를 떠났어. 하지만 동물원에 갇혀 있었던 우리 같은 야생동물들에게는 생계에 필요한 어떤 것도 남겨주지 않고 울타리 밖으로만 방생한 후 아무런 대책 없이 떠나버리는 차별을 했어."라며 떨리는 말투로 코크 늑대가 말했다.

"사람들의 차별 때문에 동물원에서 방생된 야생동물 중 일부는 굶주림으로, 일부는 간신히 발견한 적은 먹잇감을 놓고 서로 다투다가 비참한 죽음을 맞이하기도 했지."라고 그 당시의 상황을 떠올리는 듯 잠시 눈물을 글썽이며 말을 계속 이어 나갔다.

"야생동물들이 극한의 공포와 혹독한 환경 속에서도 희망의 끈을 놓지 않고 제주도 여러 곳으로 뿔뿔이 흩어져 발견한 장소가 곶자왈 숲이야! 열대 식물들이 자라고 있는 곶자왈 숲 북방은 나이 많고 노련한 하르방 백호가 지배하는 지역이고, 한대 식물들이 자라는 곶자왈 숲 남방은 젊고 패기가 넘치는 태왁 북극곰이 지배하는 지역이야. 그렇게 남북으로 나누어져 있지만 북방과 남방 모두 풍부하고 맛있는 열매와 과일 등을 얻을 수 있는 최적의 장소야."라며 코크 늑대는 레아 더치 집토끼를 향해 당당한 태도로 말했다.

"내가 곶자왈 숲 북방지역으로 처음 들어갔을 때, 하르방 백호를 우연하게 만나서 풍부한 음식과 따뜻한 잠자리를 제공받았고 두터운 친분도 쌓았어. 너도 나와 함께 하르방 백호를 만나면 맛있는 음식을 얻을 수 있을 거야."라고 코크 늑대가 레아 더치 집토끼에게 자신감 있는 말투로 곶자왈 숲으로 자신과 함께 가자며 자꾸 재촉하였다.

집 근처 길거리를 돌아다니거나 개와 고양이 가족을 찾아 헤매는 행위로는 도저히 음식을 구할 수 없을 것 같다고 판단한 레아 더치 집토끼는 코크 늑대의 제안에 동의하였고, 간단한 짐들을 싸서 하르방 백호가 살고 있다는 곶자왈 숲으로 코크 늑대와 함께 출발했다.

친구가 된 코크 늑대와 함께 쏘블리 마을에서 50㎞나 떨어진 곶자왈 숲으로 즐겁게 걸어가고 있는 길 옆에는 노란 얼굴과 초록색 몸을 가진 아름다운 유채꽃이 가득 피어 있었다.

아름다운 유채꽃 덕분에 즐거운 발걸음으로 곶자왈 숲이 있는 장소까지 거의 다가왔을 때였다.

"와~! 저기 좀 봐. 엄청나게 많은 들개잖아?"라며 레아 더치 집토끼가 손가락으로 가리킨 곳에는 수천 마리의 들개들이 무리를 지어 곶자왈 숲을 향해 우왕좌왕 걸어가고 있었다.

"수천 마리나 되는 들개 무리가 무슨 이유로 야생동물들만 살고 있는 곶자왈 숲을 향해 가고 있을까? 한 번 알아봐야겠어."라며 코크 늑대는 레아 더치 집토끼의 손을 잡고 우왕좌왕 걸어가고 있는 들개 무리 속으로 슬며시 들어갔다.

그때였다.

"우와 긴 털 좀 봐. 야생미가 넘쳐나는데~? 너도 들개냐?"

목에 작은 물통을 메고 코크 늑대 옆을 걸어가고 있었던 세인트 버나드 들개가 말을 걸어왔다.

"난 코크야! 겉모습은 늑대들처럼 생겼지만 사실은 너희처럼 들개야~."라고 말한 뒤, 자신의 꼬리를 들개들처럼 힘차게 흔들어 보였다.

"난 초아라고 해. 너처럼 긴 털이 자란 야성미 넘치는 몸을 가지려면 어떻게 해야 하니?"

"암컷을 많이 생각하면 털이 길게 자라날 거야~."라며 초아 세인트 버나드 들개의 질문에 코크 늑대가 빙그레 웃으면서 대답했다.

그리고 이번에는 코크 늑대가 자신에게 다가와 부러운 듯 긴 털을 만지작거리고 있는 초아 세인트 버나드 들개에게 되물었다.

"여기에 있는 수천 마리의 들개들은 누구니? 그리고 왜 곶자왈 숲을 향해 가고 있는 거야?"

"들개 무리의 총대장 바리 도베르만 들개의 지휘 아래 곶자왈 숲에 살고 있는 야생동물들을 몰아내고 풍성하고 맛있는 과일이나 열매를 차지하려고 쏘블리 마을에서 온 들개들이야!"라고 초아 세인트 버나드 들개가 대답했다.

"바리 도베르만!"

레아 더치 집토끼는 쓰레기통 속에 숨어 있을 때 사냥개와 들개의 싸움에 대하여 이야기하던 들개들과 사람들이 자신을 위해 남겨준 통조림을 훔쳐간 부라퀴 불도그 들개가 입대한 부대의 총대장 이름이 바로 바리 도 베르만이었다는 사실이 머릿속에 떠올랐다.

계속해서 초아 세인트 버나드 들개가 "어제 큰 싸움이 있었어. 우리 수천 마리의 들개 무리를 제주도 마을의 불법 약탈자로 규정한 꽃청 아랜 진돗개가 이끄는 사냥개 무리와 우리 사이에서."라고 말하며 깊은 한숨을 쉬었다.

그리고 낙담한 표정의 초아 세인트 버나드 들개는 "결과는 우리 들개 무리의 패배였어. 앞으로는 사냥개 무리가 지키고 있는 마을 대신에 야생동물들이 살고 있는 곶자왈 숲을 약탈하면서 살아갈 수밖에는 없어. 이러한 사실을 믿느니 차라리 아무것도 모르는 척하고 싶은 심정이야."라며 자신이 느끼는 안타까운 심정을 알려주었다.

"모든 것을 차근차근 천천히 생각해본다면 우리 각자는 남의 것을 약탈하지 않아도 이미 약탈한 것보다 더 좋은 많은 것을 가지고 있어. 단지 자신이 이미 좋은 것을 많이 가지고 있다는 사실을 애써 모른 척하고 싶어할 뿐이야."라며 근심 어린 표정으로 코크 늑대가 자신의 생각을 초아 세인트 버나드 들개에게 말해주었다.

"너무 도덕적인 말을 하고 있는 것 아니야~? 당장 자신이 원하는 것을 얻을 수 있는 약탈이 없다면 어느 무리가 움직일 것 같니? 남보다 더 큰 탐욕을 제공할 수 있는 동물만이 무리의 총대장이 될 수 있는 것처럼…"

"그렇기 때문에 음식에 대한 탐욕이 제일 강한 바리 도베르만이 들개들의 총대장이 된 것과 명예에 대한 탐욕이 제일 강한 꽃청 아랜 진돗개가 사냥개들의 총대장이 된 사실을 너는 정말 모르는 거니?"라며 초아 세인트 버나드 들개는 코크 늑대의 말을 무시하듯 말했다.

"그럼 바리 도베르만 들개 혼자서 수천 마리나 되는 들개들을 지휘하는 거야?"라고 또다시 코크 늑대가 초아 세인트 버나드 들개에게 물었다.

"아니야. 잘 훈련된 사냥개 무리는 꽃청 아랜 진돗개의 지휘 아래 일사불란하게 행동할 수 있지만, 자유분방한 들개 무리는 한 마리의 지휘로는 일사불란하게 움직일 수 없어."

"그래서 바리 도베르만 들개를 총대장으로 떠돌이견들은 아레스 하운드 들개가 맡았고, 야생견은 현무 테리어 들개가 맡았고, 유기견은 부라퀴 불도그 들개가 부대 대장을 맡아서 지휘하고 있어."

"부라퀴 불도그 들개가 유기견 부대의 대장이라고?"

레아 더치 집토끼는 초아 세인트 버나드 들개의 입에서 나온 부라퀴라는 이름을 듣자마자 자신도 모르게 몹시 흥분하여 저절로 입을 열고 말았다.

초아 세인트 버나드 들개는 레아 더치 집토끼에게 유기견 부대가 이동하고 있는 위치를 알려 주었고, 비록 먼 거리였지만 유기견 부대의 위치를 확인한 레아 더치 집토끼는 부라퀴 불도그 들개를 직접 만나기 위해 코크 늑대의 손을 잡고 빠른 걸음으로 유기견 부대가 있는 장소로 뛰어갔다.

코크 늑대와 함께 유기견 부대를 향해 빠른 걸음으로 뛰어가던 레아 더치 집토끼는 유기견 부대 맨 앞에서 당당하게 걸어가고 있는 한 마리의 강아지를 발견하게 되었다.

"앗! 우리 집에서 통조림을 모두 훔쳐 간 톨로 강아지다!"라고 흥분된 말투와 함께 강아지를 가리키고 있던 레아 더치 집토끼의 손가락은 부들부들 떨리고 있었다.

제3편

곶자왈 숲

바리 도베르만 들개

갑자기 자신의 눈앞에 나타난 레아 더치 집토끼를 보고 당황하고 있는 톨로 불도그 강아지의 목덜미를 붙잡은 레아 더치 집토끼는 "우리 집 통조림은 어디 있어?"라고 몹시 화난 투로 소리쳤다.

부들부들 몸을 떨고 있던 톨로 불도그 강아지는 자신이 메고 있던 배낭에서 몇 개의 통조림을 꺼내 레아 더치 집토끼에게 건네주면서 말했다.

"아가 벵골 아기 고양이 가족이 가져간 통조림들의 행방은 나도 몰라. 우리 가족들의 몫으로 결정된 통조림들은 지금 곶자왈 숲으로 행진하고 있는 수천 마리의 들개들에게 당신의 집 앞에서 골고루 나누어 주었어."

"그 공으로 우리 아버지 부라퀴 불도그 들개는 총대장 바리 도베르만 들개 소속 유기견 부대를 지휘하는 부대의 대장님이 되었어."

'우리 집 앞에서 수천 마리의 들개들에게 조금씩 통조림을 나눠주었기 때문에 하루 만에 수만 개의 통조림을 모두 훔쳐갈 수 있었던 거구나.'

레아 더치 집토끼는 톨로 불도그 강아지의 이야기를 듣고서야 비로소 수십 마리에 불과한 개와 고양이 가족이 하루 만에 수만 개의 통조림을 완벽하게 훔쳐 간 방법이 무엇이었는지에 대한 의문점을 해결할 수 있었다.

이때 레아 더치 집토끼의 두 귀를 꼭 붙잡으며 "톨로의 목덜미를 당장 놓아줘."라고 부라퀴 불도그 들개가 무서운 얼굴을 하고 나타나 큰소리로 외쳤다.

자신의 두 귀를 부라퀴 불도그 들개에게 붙잡힌 힘이 약한 레아 더치 집토끼는 얼른 톨로 불도그 강아지의 목덜미를 놓아주고 두려움에 떨면서 또다시 두 눈과 두 귀가 새빨갛게 변해가고 있었다.

이때 유기견 들개 무리 속에서 어느새 나타난 코크 늑대가 부라퀴 불도그 들개에게 두 귀를 붙잡혀 꼼짝하지 못하고 있는 레아 더치 집토끼를 바라보며 말했다.

"두려움에 떨고만 있지 말고 네가 가진 뒷다리로 너의 두 귀를 붙잡고 있는 불도그의 턱을 한 방 때려 봐. 금방 너를 놓아줄 것 같은데?"

하지만 코크 늑대의 말을 듣고도 부라퀴 불도그 들개에게 두 귀가 잡힌 용기 없는 불쌍한 레아 더치 집토끼는 두려움에 떨면서 자신의 두 다리를 공중에서 바둥바둥 거리기만 하고 있었다.

"지렁이도 밟으면 꿈틀거린다는 자기 암시라도 해 봐. 어떤 일을 똑같이 마주한다고 해도 대처하는 방식이 나처럼 완전히 달라질 수 있어."라고 말하면서 코크 늑대는 레아 더치 집토끼가 잡혀있는 장소로 성큼성큼 다가갔다.

그리고 곧바로 "얼굴에 주름살 많은 네가 레아의 집에서 통조림을 훔쳐 간 도둑놈이구나! 어디 주먹 대장님의 주먹맛 좀 봐라!"라고 말한 후 날카로운 흰 이빨을 드러내며 부라퀴 불도그 들개의 얼굴을 향해 힘차게 주먹을 날렸다.

"어이쿠~!"

코크 늑대의 힘찬 주먹 한 방에 부라퀴 불도그 들개는 잡고 있던 레아 더치 집토끼의 두 귀를 놓치면서 땅바닥에 고꾸라졌고, 주변에 있던 유기견 들개들이 싸움 소리를 듣고 근처로 우르르 몰려왔다.

하지만 날카로운 흰 이빨을 드러내며 으르렁거리는 코크 늑대를 가까이서 지켜만 볼 뿐, 아무도 맞서 싸우려고 하지는 않았다.

"나 혼자만 잘 먹겠다고 레아 더치 집토끼 집에서 통조림을 가져온 것이 아니야! 배고픈 들개들의 배를 채워주기 위해 잠시 동안 많은 통조림을 빌려온 것뿐이라고! 남들에게 소소하게 일어나는 일을 자신만의 기준으로 너무 많은 관심을 가지고 간섭하는 것이 너에게는 가치 있는 일이겠지만, 아무런 기준 없이 바라만 보면서 간섭하지 않는 것도 너에게는 가치가 있는 일이야. 소소한 일들에 대해서는 초연한 삶을 살기 바란다."

코크 늑대의 주먹에 맞아 땅바닥에 쓰러진 채 퉁퉁 부은 얼굴을 만지작거리며, 부라퀴 불도그 들개가 자신의 잘못된 행위를 자신의 논리로 항변했다.

"너의 주장이 맞는지 틀린지는 나에게 전혀 중요하지 않아. 상대방이 절망에 빠진 이유가 너의 행동 때문이라면, 그 행동을 한 너는 여러 동물들에게 반드시 지탄을 받아야 해!"라고 말한 코크 늑대는 다시 한 번 부라퀴 불도그 들개의 얼굴을 향해 주먹을 날리려고 할 때였다.

"쏘블리 마을 길거리에서 그렇게 맞고도 아직까지 살아 있었네?"라며 비웃는 웃음소리가 흥분한 코크 늑대 뒤에서 들려왔다.

"들개들의 총대장 바리 도베르만 들개와 떠돌이건 부대 대장 아레스 하운드 들개, 그리고 야생건 부대 대장 헌무 테리어 들개다."라며 부라퀴 불도그 들개와 코크 늑대 주변에서 싸움을 지켜보고 있었던 들개 무리가 웅성웅성 거리고 있었다.

자신을 비웃는 소리를 듣고 뒤를 돌아보게 된 코크 늑대는 두 귀가 쫑긋하게 서 있는 검은 얼굴에 늘름한 몸매를 가진 들개들의 총대장 바리 도베르만 들개의 날카로운 두 눈을 마주보았다.

　"쏘블리 마을 길거리에서 집단으로 몰려와 나를 때렸던 녀석들의 이름이 바리 도베르만, 아레스 하운드, 현무 테리어였구나. 그날처럼 비겁하게 단체로 덤비지 말고 한 놈씩 정정당당하게 나에게 와라."라며 당장이라도 싸울 기세로 더욱 전의를 불태우며 코크 늑대가 말했다.

　"먼저 들개들을 쫓아 곶자왈 숲에서 우리의 영역인 쏘블리 마을 길거리까지 허락 없이 내려온 것은 바로 너였어."라며 야생견 부대 대장인 현무 테리어 들개가 냉정한 말투로 말했다.

　"너도 우리처럼 같은 개과 같은데 서로 싸우지 말자. 우리는 따뜻한 잠자리와 풍성한 열매와 과일을 약탈하려고 곶자왈 숲으로 가는 것이 아니라 우리의 생존에 필요한 음식을 구하기 위해서 곶자왈 숲으로 가는 중이야."라고 아레스 하운드 들개가 부드러운 말투로 코크 늑대에게 자신들의 입장을 설명했다.

　"너희는 로빈훗 효과도 모르니? 곶자왈 숲에 살고 있는 야생동물들의 허락 없이 음식을 약탈하여 배고픈 들개 무리에게 나누어주는 그 행동을 너희는 정의롭다고 생각하겠지. 처음에는 배고픈 약자들에게 선행을 베푼 너희를 쏘블리 마을에 살고 있는 다른 동물들이 칭송할 거야."

"하지만 잦은 약탈로 인해 풍성한 과일이나 열매 등을 생산하던 야생동물들이 점차 곶자왈 숲을 떠나게 될 것이고, 그로 인해 과일과 열매를 돌보아줄 야생동물들이 없어진 곶자왈 숲은 과일과 열매를 전혀 수확할 수 없는 숲으로 완전히 황폐화되겠지."

"결국 곶자왈 숲에서 야생동물들의 허락을 받고 과일과 열매를 얻어먹었던 쏘블리 마을에 살고 있는 동물들조차 더 이상 어떤 음식도 얻을 수 없게 된다면, 이러한 행동을 한 너희를 원망하게 될 거야."라며 코크 늑대는 자신이 어릴 때 배웠던 지식들을 총동원하여 들개 무리 앞에서 큰소리로 말했다.

"그것은 아주 먼 이야기잖아! 아레스 하운드 대장 말처럼 들개 무리가 생존에 필요한 먹을 것만 구하면 곶자왈 숲에서 나오겠다 주장하고 있으니 한 번만 믿어주자."라며 레아 더치 집토끼가 날카로운 흰 이빨을 드러내고 있는 코크 늑대의 열린 입을 천천히 닫아주면서 말했다.

'들개들의 주장을 믿을 수는 없지만, 전혀 통제되지 않는 들개 무리가 곶자왈 숲에서 어떻게 행동하는지 한 번 따라가서 지켜보자.'라고 판단한 코크 늑대는 레아 더치 집토끼와 함께 유기견 부대의 맨 뒤로 이동했다.

또다시 수천 마리의 들개 무리가 총대장 바리 도베르만 들개와 함께 곶자왈 숲을 향해 시끌벅적하게 떠들면서 우왕좌왕하며 걸어가기 시작했다.
앞으로 일어나게 될 끔찍한 상황들을 전혀 짐작하지 못한 채….

백정(白精) 혈통

제주도 한라산 주변은 사람과 동물을 진심으로 사랑한 하늘에 살며 높은 직책을 가진 신선들의 별장이었다고 전해지고 있었다.

하얀 옷을 즐겨 입었던 신선들은 휴가철이 되면 하늘에서 자주 내려와 제주도 사슴을 타고 한라산 주변의 멋진 경치를 구경하면서 즐거운 휴가를 보내고 있었다.

"어라~ 저기 좀 봐~! 수많은 사람이 힘든 표정으로 물동이를 메고 먼 바닷가까지 나가서 물을 길어 오고 있잖아? 먼 바닷가에 나가 물을 먹고 오는 동물들도 몹시 힘들고 지쳐 보여."

정자에 앉아 몸과 마음을 편하게 쉬고 있던 한 신선이 물동이를 지고 먼 바닷가까지 나가서 힘들게 바닷물을 길어오는 사람들과 뜨거운 날씨에 매우 지쳐있는 동물들을 목격하고 옆에 있는 동료 신선에게 말했다.

"바닷물이 꿀맛이라서 그럴 거야. 그렇기 때문에 비록 몸은 수고스럽겠지만 사람들과 동물들이 먼 바닷가까지 갔다 오는 것이 아닐까? 우리도 바닷물 맛 좀 볼까?"

갑자기 바닷물의 맛이 몹시 궁금해진 신선들은 한밤중에 사람들과 동물들이 곤히 잠든 장소로 와서 물동이 안에 담겨 있는 바닷물을 벌컥벌컥 마셨다.

"퉤~! 퉤~! 퉤~! 아~ 짜~! 이렇게 짠 물을 오랫동안 마시게 되면 고혈압이나 뇌졸중 또는 심장질환 등으로 건강을 해칠 수 있어."

굉장히 짠 바닷물 맛에 인상을 찌푸린 신선이 한라산 주변에 살고 있는 사람들과 동물들의 건강을 걱정하면서 말했다.

"사람과 동물에게 염분은 꼭 필요해. 이제라도 우리가 한라산 주변에 살고 있는 사람들과 동물들에게 염분이 소량 함유되어 건강에도 좋고 맛도 좋은 담수를 선물해주면 좋겠다!"

신선들은 하룻밤 동안 한라산 꼭대기에 아주 큰 웅덩이를 열심히 파서 맛있는 물을 모아 주었는데, 나중에 한라산 근처에 살고 있는 사람들과 동물들은 큰 웅덩이를 사슴을 타고 다니던 흰옷 입은 신선들이 선물해 준 담수라는 의미로 백록담이라고 불렀다.

"와우~ 시원한 물맛이 너무 좋은데~? 짜지도 않고 맹탕도 아니고~."

처음에는 한라산 백록담에 담긴 차디찬 담수는 매우 시원하고 맛있는 가장 훌륭한 식수로 한라산 근처에 살고 있는 사람들과 동물들에게 큰 인기를 끌었다.

"맛이 뭐 이래~. 깨끗했던 담수 안에 이상한 물질들이 떠다니고 있어. 담수를 마시면 배도 아픈 것 같고…."

하지만 백록담 담수 안에 우연히 오염 물질을 빠트린 한 동물의 실수로 나쁜 생물들이 담수 안에 다량으로 번식하게 되면서 담수의 오염이 시작되었다.
오염된 담수를 마시고 자주 배탈이 난 사람들과 동물들은 예전처럼 먼 바닷가까지 나가서 바닷물을 구해 먹는 고생스런 방법을 또다시 선택할 수밖에 없었다.

"담수 안에 번식하고 있는 나쁜 생물들을 제거하려면 어떤 방법이 있을까요?"

【백두산 전경/한국의 야생화 김정명 사진작가 作】

"우리도 물속에 있는 나쁜 세균들을 박멸하고자 할 때에는 물을 펄펄 끓이잖아요! 백록담에 담긴 오염된 담수 안에 있는 나쁜 생물들을 박멸하고자 한다면 담수를 펄펄 끓이면 될 것 같아요."

신선들은 회의를 통해 지하에 있는 마그마를 이용하여 백록담 담수를 고열로 펄펄 끓여주기로 결정하였다.

"편하게 쉬려고 오게 된 휴가인데… 고참인 내가 신입 시절에 많이 사용했던 아주 뜨거운 마그마를 직접 다루고 싶지는 않아~. 이런 귀찮고 힘든 일들은 한라산 주변에 처음 휴가 온 신입들에게 맡겨야겠다."

"마그마를 다루는 것은 처음이에요. 마그마의 열량과 화력 수준도 전혀 모르겠어요."

신참 신선들이 백록담 담수가 적당하게 끓기 위해 필요한 열량을 계산하기 위한 계산 능력과 불 조절 기술이 매우 부족하다고 고참 신선들에게 강력히 항변했지만, 고참 신선들은 아무런 대답도 하지 않고 한라산 주변에 아름답게 핀 유채꽃들을 구경하기 위하여 서둘러 자리를 떠났다.

"백록담 담수가 빨리 끓어오르지 않는데… 조금만 더 지하에 있는 마그마를 투입하자!"

　아주 짧은 시간에 신참 신선들이 한라산 지하에 있는 화력 센 마그마를 적당량을 훨씬 초과한 엄청 많은 양을 백록담 담수 밑에 투입하자, 한라산 주변은 마그마가 섞인 채 흘러넘친 담수와 팝콘을 조제할 때처럼 공중으로 튀어 오른 불덩이들로 곳곳에 산불이 발생하기 시작하였다.

　제주도 하늘마저도 화산재로 뒤덮여 암흑천지가 되어버린 후에야 사태의 심각성을 깨달은 고참 신선들은 바닷가 물을 한가득 싣고, 신참 신선들이 있는 장소로 급하게 달려왔다.

　고참과 신참 신선들은 힘을 합쳐 바닷가 물을 이용하여 곳곳에 불타고 있는 산불들을 진압하였고, 공중에 널리 퍼진 화산재도 땅으로 가라앉혔다.

　하지만 그 긴박한 상황에서도 곶자왈 숲 지역에서 화재 진압 담당을 맡은 일부 신선들은 자신들의 숨겨진 능력을 자랑하고 싶어 바닷물과 함께 자신들이 가지고 있는 백색(白色) 정기(精氣)를 담은 하얀 눈을 하늘에서 뿌리면서 아름답게 화재를 진압하였다.

　산불이 나던 시절 곶자왈 숲에 살고 있었던 수많은 동물 중에서도 신선들이 뿌려준 백색(白色) 정기(精氣)를 담은 하얀 눈을 직접 맞아 털 색깔이 하얀색으로 변하고 총명한 두뇌와 센 힘을 가지게 된 동물이 있었는데, 바로 북극곰과 백색 호랑이인 백호였다.

　총명해진 두뇌와 강력한 힘을 가지게 된 북극곰과 백호의 자손들을 곶자왈 숲에 살고 있는 동물들은 백색의 정기를 받은 혈통이라는 뜻으로 백정(白精) 혈통이라 부르면서 섬기게 되었다.

북극곰과 들개 무리의 싸움

곶자왈 숲은 백색(白色) 정기(精氣)를 받고 태어났다는 전설을 간직하고 있는 나이 많고 노련한 백정(白精) 혈통의 하르방 백호가 지배하는 북쪽 열대식물 지역과 젊고 패기가 넘치는 백정(白精)의 혈통 태왁 북극곰이 지배하는 남쪽 한대식물 지역으로 구분되어 있었다.

그리고 곶자왈 숲 북쪽과 남쪽 지역에 살고 있는 야생동물들의 대부분은 단체 활동보다는 개인 활동을 더 좋아했으며, 서로 다투지 않고 평화롭게 자신들의 삶을 영위하고 있었다.

"우와~ 이렇게 시원한 그늘과 풍족한 열매들이 많다니. 여기에 머물면서 마음대로 먹어도 되겠지?"

바리 도베르만 들개와 함께 곶자왈 숲 남쪽 지역에 막 도착한 유기견과 떠돌이견 그리고 야생견 무리로 구성된 수천 마리의 들개들은 서로 즐겁게 떠들거나 자신들의 꼬리를 신나게 흔들어대며 숲 속 여기저기를 마구 돌아다니고 있었다.

코크 늑대의 예상처럼 평화롭고 조용했던 곶자왈 숲은 이해타산적 관계로 급하게 결성된 자유분방한 들개 집단의 무질서한 행동 때문에 곧바로 정적이 완전히 깨진 무질서하고 혼돈의 지역으로 변해버렸다.

"애완동물들보다 야생동물들의 힘이 훨씬 세다고 알고 있었는데~ 지금 보니까 야생동물들은 형편없구나. 애들아~ 여기에서는 눈치 보지 말고 너희가 원하는 모든 것을 마음껏 하렴."이라고 말하며 현무 테리어 들개가 자신이 이끌고 있는 야생견 무리의 무법 행위들을 부추겼다.

떠돌이견과 야생견, 그리고 유기견 중에서도 제일 겁이 없었던 현무 테리어 들개가 이끄는 야생견 무리는 자신들이 정복자인 것처럼 곶자왈 숲 남쪽 지역을 이리저리 돌아다니며 힘이 약해 보이는 야생동물들을 붙잡아 자신들이 먹을 음식들을 빼앗았고, 반항하면 닥치는 대로 살상하였다.

"아악~ 으악~ 살려주세요!"

"흑흑흑~ 제발 도와주세요!"

곶자왈 숲 속에 울려 퍼지는 힘이 약한 야생동물들의 비명소리와 울음소리에 자신의 귀를 막으면서 지켜볼 수밖에 없었던 코크 늑대는 곧바로 들개들의 총대장 바리 도베르만을 찾아가 현무 테리어 들개가 이끄는 야생견 무리의 무법 행위를 강력하게 규탄하면서 말했다.

"바리 도베르만! 너희가 곶자왈 숲으로 들어온 이유가 약탈이 아닌 들개들의 생존에 필요한 음식만을 구하기 위해서라고 스스로 말한 약속을 지켜라! 지금 즉시 현무 테리어에게 명령하여 야생견 무리의 악행을 당장 멈춰라!"

"너의 이름이 코크라고 했지. 세상을 바라보는 마음속 의견 표출 내용이 네가 설정한 삶의 목표를 외부로 드러낸다는 사실은 알고 있니? 머리도 총명하고 힘도 센, 아주 좋은 조건을 갖춘 네가 무리의 우두머리가 되지 못하고 혼자 돌아다니는 이유를 이제 조금은 알 것 같다."라고 바리 도베르만이 빙정거리며 말했다.

"뭔 말이야?"

코크 늑대는 바리 도베르만의 말이 도대체 무슨 뜻인지 전혀 모르겠다는 말투로 되물었다.

"코크! 너는 수천 마리나 되는 들개들을 이끌고 있는 내가 설마 아무런 목적도 없이 곶자왈 숲으로 들개 무리를 데리고 왔다고 생각하고 있었던 것은 아니겠지? 무리의 우두머리에게 목적 없이 살아가는 삶이란 단순히 잠을 자면서 시간을 보내고 있는 삶과 똑같아."

"목적을 달성하려면 끊임없이 기회를 포착하려고 노력해야 하고, 막상 기회가 왔을 때에는 반드시 목적을 달성하기 위한 도전이 필수적이지. 나의 목적은 들개 무리에게 풍족한 음식과 안전한 거주지를 제공하는 대신 평생 동안 들개들의 우두머리로 살아가는 것이야!"

"그리고 곶자왈 숲 정벌은 아랜 진돗개가 지휘하는 사냥개 무리에게 패해 쏘블리 마을에서 어쩔 수 없이 쫓겨난 들개 무리에게 풍족한 음식과 안전한 거주지를 제공하려는 목적을 달성하기 위해 내가 반드시 도전해야 하는 하나의 수단이자 기회일 뿐이야."라고 바리 도베르만 들개가 말했다.

"그렇다면 나한테는 왜 생존에 필요한 음식만을 구하기 위해 곶자왈 숲으로 간다는 거짓말을 했던 거니?"라며 코크 늑대가 주먹을 부르르 떨며 또다시 바리 도베르만 들개에게 물었다.

"코크. 너는 상대가 입으로 내뱉는 약속만으로 현실적인 상황을 받아들이는 멍청이였구나! 그래서 너는 많은 동물의 미래를 책임져야 하는 지도자 자격이 없는 거야. 그리고 들개들이 곶자왈 숲에 들어와 생존에 필요한 음식만을 구한다고 말한 것은 아레스 하운드 들개지 내가 말한 것도 아니야. 나는 관여하지 않겠다.”라며 바리 도베르만 들개는 야생견의 약탈 및 무법 행위에 대한 실질적인 제제를 할 의사가 전혀 없음을 밝혔다.

바리 도베르만 들개의 대답에 크게 실망한 코크 늑대는 유기견 부대에서 톨로 강아지와 함께 있는 레아 더치 집토끼를 다시 만났다.

“지식을 나누면 같은 지식을 가지게 된다고 현자(賢者) 동물이 말하던데…. 바리 도베르만 들개가 비록 나와 같은 개과 동물이지만, 서로 지식을 나눌 수 없을 정도로 정신적 장벽을 가지고 있는 것 같아.”

“레아. 나는 곶자왈 숲 일부가 야생동물들의 지옥으로 변하는 모습을 차마 내 눈으로 더 이상 볼 수가 없어. 나와 친분이 있는 하르방 백호를 찾아가 약탈자 들개 무리로부터 힘이 약한 야생동물들과 곶자왈 숲을 지켜 달라고 요청하겠어.”

“나는 지금 곧바로 곶자왈 숲 북쪽 지역으로 간다. 내가 다시 돌아올 때까지 레아는 들개들과 함께 기다리고 있어.”라는 말을 남기고 코크 늑대는 들개들의 집단에서 홀연히 사라져 버렸다.

그로부터 이틀 뒤, 멀리 떨어진 지역에서 야생동물들을 대상으로 약탈을 계속하고 있던 현무 테리어 들개와 야생견 부대 무리가 공포에 질린 얼굴을 하고 손과 발을 부들부들 떨면서 바리 도베르만을 급하게 찾아왔다.

"바리 도베르만님! 코크 녀석이 우리를 배신하고 북극곰 무리를 데리고 와서 야생견들을 학살하고 있습니다."

현무 테리어 들개는 코크 늑대를 선두로 아주 큰 몸집을 가진 젊은 북극 곰과 그를 따르는 북극곰 무리가 자신들이 야생동물들을 약탈하고 있는 장소에 갑자기 나타나서 무자비하게 야생견을 도살하고 있다고 주장하였다.

특히 아주 큰 몸집을 가진 대장격인 북극곰은 엄청나게 센 힘을 가진 큰 주먹으로 야생견 무리가 아무리 집단으로 덤벼들어도 주먹 한 방에 한 마리씩 들개를 때려눕혀서 도저히 당해낼 수가 없었다며 자신들의 패배를 항변하였다.

"내 앞으로 배신자의 친구인 레아 더치 집토끼를 당장 잡아와라."

코크 늑대의 배신에 크게 분노한 총대장 바리 도베르만 들개의 명령을 받은 들개들은 즉시 유기견 부대에 있었던 레아 더치 집토끼를 사로잡아 데리고 왔다.

"레아. 덩치 큰 북극곰은 도대체 누구냐?"

바리 도베르만 들개는 레아 더치 집토끼에게 코크 늑대와 함께 온 아주 큰 몸집을 한 대장 격인 북극곰의 이름을 신경질적으로 물어보았지만, 레아 더치 집토끼는 생전 처음 곶자왈 숲에 들어온 자신은 북극곰 무리에 대해서 전혀 알지 못한다고 부들부들 떨면서 대답하였다.

레아 더치 집토끼로부터 북극곰에 대한 아무런 정보도 얻을 수 없었던 바리 도베르만 들개는 부라퀴 불도그, 아레스 하운드, 현무 테리어 들개에게 명령하여 유기견과 떠돌이견, 그리고 야생견을 모두 한자리에 모이게 하도록 명령했다.

수천 마리의 들개 집단이 모두 한자리에 모이자, 한가운데 설치된 단상으로 힘차게 뛰어올라간 바리 도베르만 들개는 레아 더치 집토끼의 두 귀를 붙잡아 자신의 머리 위까지 들어 올리면서 말했다.

"순간순간 맞이하는 변화에 대한 선택이 전체 삶을 결정한다. 코크 늑대가 우리를 배신하고 북극곰 무리를 안내하여 야생견들을 무차별적으로 도살하였다. 이에 대한 보복으로 즉시 북극곰 무리를 모두 죽이고 영원히 곶자왈 숲 남쪽 지역을 우리만의 터전으로 만들자!"

바리 도베르만 들개의 연설을 들은 수천 마리의 들개 무리는 곧바로 "컹컹~! 컹컹~!" 우렁찬 소리를 내며 바리 도베르만 들개를 중심으로 모여들었고, 현무 테리어 들개가 제공한 북극곰들의 냄새를 맡은 뒤 곧바로 북극곰 무리가 있는 장소로 흩어져 힘차게 달려 나갔다.

30여 분을 용맹하게 뛰어가던 들개 무리는 먼발치에서 코크 늑대가 안내하고 있는 북극곰 무리를 발견하자 상대방에게 겁을 주기 위해서 더욱 크게 "컹컹~! 컹컹~!" 소리를 지르면서 천천히 다가가고 있었다.

이때 갑자기 엄청난 몸집을 가진 북극곰 무리가 "우워억~! 우워억~!" 우렁찬 괴성을 지르면서 들개 무리를 향해 천천히 다가오자, 이번에는 수천 마리의 들개가 동시에 모두 전진을 멈췄다.

엄청난 몸집과 큰 알통을 가진 팔에서 나올 주먹맛을 상상한 유기견 부대에 소속된 들개들은 맞서 싸우기도 전에 이미 큰 공포를 느끼고, 자신들의 꼬리를 슬며시 감추고는 어느새 떠돌이견과 야생견 무리와 함께 형성한 대열에서 이탈하여 숲 속으로 사라져 버렸다.

물론 유기견 부대의 대장인 부라퀴 불도그 들개와 그의 아들 톨로 강아지의 모습도 어느새 흔적 없이 사라져 버린 상태였다. 아레스 하운드 들개가 이끌고 있는 떠돌이견 무리 중에서도 일부 개들이 우왕좌왕하면서 대열을 이탈하려고 다른 들개들의 눈치를 살펴보고 있었다.

"몸집이 크다고 두려워하지 마라! 우리보다 덩치가 큰 목장의 송아지와 야생 노루를 수시로 잡았던 우리 들개들이 아니냐! 두려움을 가진 상태로는 절대로 북극곰 무리와의 전쟁에서 승리할 수 없다!"라며 바리 도베르만 들개가 싸움터에 남아 있는 들개 무리를 향해 큰소리로 외쳤다.

"바리 도베르만 님의 정신이 이상한 것 아니야? 목장에 있는 순박한 송아지와 야생 노루를 지금 우리 앞에서 무섭게 다가오고 있는 덩치 큰 북극곰과 비교하다니!"라고 바리 도베르만의 외침에 불만을 표시하면서 떠돌이건 한 마리가 자신이 지키고 있었던 대열을 이탈하려고 우왕좌왕하고 있었다.

쫑긋한 귀를 바짝 세우고 이글거리는 사나운 눈빛으로 들개 무리의 행동을 자세하게 살펴보고 있던 바리 도베르만 들개는 곧바로 대열을 이탈하려고 우왕좌왕하는 떠돌이견에게 빠르게 달려가 목을 물어 죽였다.

무시무시한 바리 도베르만 들개의 행동을 생생하게 목격한 들개 무리는 자신들보다 훨씬 덩치 큰 북극곰 무리와 직접 싸울 수도, 그렇다고 도망갈 수도 없는 아주 난처한 상황에 빠지자 죽음에 대한 두려움이 마음속에서 막 자라나기 시작했다.

죽음에 대한 두려운 마음을 가진 들개 무리가 두 다리를 달달달 떨며 제자리에 멈춰 서 있는 우습고도 불쌍한 장면을 보고 있었던 레아 더치 집토끼는 '똑같이 두 눈을 뜨고 있는데 정신이 깨어 상대방을 노려보고 있는 북극곰 무리와 정신이 나가 있어서 마치 꿈을 꾸고 있는 것 같은 들개 무리의 싸움 결과는 이미 결정되었다.'라고 마음속으로 생각했다.

떠돌이견 부대의 대장인 아레스 하운드 들개가 총대장 바리 도베르만에게 물었다.

"엄청나게 몸집이 큰 북극곰 무리를 상대로 몸집이 작은 우리 들개 무리가 과연 이길 수 있을까요?"

"덩치 큰 동물과 싸움을 할 때에는 모든 동물을 잡으려고 하지 말고, 동물들을 지휘하는 대장 동물 한 마리만 정확히 노려야 승산이 있어. 그리고 싸움은 힘으로 하는 것이 아니라 기술로 하는 거야. 덩치가 큰 동물들은 덩치가 작은 동물들보다 대부분 민첩하지 못하지. 민첩한 기술을 이용하여 단숨에 북극곰 대장의 목을 물어 죽이면 승리는 우리 것이 될 수 있어."라고 대답했다.

"몸집이 크면 민첩하지 못하다는 기초적인 상식도 없으면서 싸움터에서 부대를 통솔하는 대장을 하고 있냐?"

총대장 바리 도베르만 들개 옆에 서 있던 야생견 부대 대장인 현무 테리어 들개가 아레스 하운드 들개를 쳐다보며 핀잔을 주었다.
현무 테리어 들개의 말을 듣고 더욱 자신감을 얻어 의기양양해진 바리 도베르만은 아주 큰 소리로 제일 몸집이 큰, 대장격인 북극곰과 그 옆에 있는 코크 늑대를 향해 외쳤다.

"덩치만 큰 뚱뚱하고 미련한 북극곰아! 너의 이름은 무엇이냐? 그리고 배신자 코크. 북극곰 무리를 몰아낸 후에 레아 더치 집토끼와 함께 너의 고향인 이 숲 속에 같이 묻어주마! 기다려라."

바리 도베르만 들개는 가장 덩치가 큰 대장 격인 북극곰이 있는 근처로 천천히 다가가더니, 자신의 두 귀를 반듯하게 세우고 잠시 동안 낮은 자세를 취하다가 엄청나게 빠른 속도로 덩치 큰 북극곰을 향해 달려갔다.

퍽!

한방이었다. 커다란 주먹 한 방이었다.

북극곰의 덩치가 크다고 해서 민첩함이 전혀 없을 것이라 생각한 바리 도베르만의 착각이 가장 큰 실수였으며, 단 한 번의 오판으로 처참한 죽음을 맞이하였다.

바리 도베르만 들개의 처참한 죽음 앞에서 코크 늑대는 혼잣말로 중얼거렸다.

"나에게 필요한 것은 음식이지만, 나에게 필요 없는 것은 쓰레기야. 전쟁이 부대 수장들에게 요구하는 것은 모든 능력을 음식처럼 다루라는 것이겠지. 당연히 북극곰 대장은 강한 힘과 민첩함을 모두 겸비한 요리사 같은 존재였다는 사실을 미처 몰랐던 너의 어리석음을 탓해야 해."

덩치 큰 북극곰은 죽은 바리 도베르만 들개의 시신을 자신의 머리 위로 들어 올리면서 "우워웍~!" 더 큰 소리로 괴성을 질러댔고, 그 소리에 잠시 동안 나갔던 정신이 제자리로 돌아온 들개 무리는 엄청난 공포를 느끼고 북극곰 무리와의 싸움을 완전히 포기한 채 사방으로 흩어져 도망가기 시작했다.

　곶자왈 숲 사방으로 흩어져 도망가고 있는 자신의 부하들과 들개 무리를 바라보면서 아레스 하운드 들개는 다음과 같이 생각했다.

　'바리 도베르만은 정보가 없어서 죽은 것이 아니라 껍데기 정보와 알맹이 정보를 구분하지 못해서 죽은 것이다. 덩치가 큰 동물은 민첩하지 못하다는 껍데기 정보는 정보가 전혀 없는 것보다도 못한 것이었다. 사실을 확인하지 않은 껍데기 정보를 가지고 바리 도베르만은 자신의 목숨을 거는 너무 큰 도박을 했다.'

쏘블리 마을

바리 도베르만 들개를 처참하게 죽인 덩치 큰 북극곰 앞에 자신들의 포로였던 레아 더치 집토끼를 데리고 온 떠돌이견 부대의 대장 아레스 하운드 들개가 찾아와 말했다.

"저는 떠돌이견으로 어리석은 바리 도베르만 편에서 이번 싸움에 참전하게 되었지만 깊이 후회하고 있습니다. 저를 부하로 삼아 주신다면 평생 북극곰 부족을 섬기며 충성을 다하겠습니다."라며 머리를 조아렸다.

"상대방의 특성을 전혀 파악하지 않고 무조건 용맹하면 싸움에서 이길 것이라고 생각한 바리 도베르만의 작전 실패가 참패의 원인이다."라고 말하며, 코크 늑대와 함께 있는 덩치 큰 북극곰은 아레스 하운드 들개를 자신의 부하로 받아주겠다고 말했다.

아레스 하운드 들개가 덩치 큰 북극곰에게 또다시 물었다.

"제가 모시게 된 대장님의 존함을 알고 싶습니다. 알려 주시겠습니까?"

"비록 내가 곶자왈 숲의 남쪽 지역을 다스리고 있는 북극곰 부족의 부족장이지만 내 진짜 이름을 알고 있는 동물들의 숫자는 매우 적다. 그 이유는 내가 참여한 전쟁에서 한 번도 지지 않았기 때문이다. 내 이름은 태왁 북극곰이다."라고 자신의 이름을 자랑스럽게 알려주었다.

상대방 장수의 이름을 서로 알지 못하는 상태에서 싸우게 된 소규모 전투에서 승리한 장수는 자신이 사로잡은 포로를 심문하여 패배한 장수의 이름을 알 수 있지만, 전투에서 패배하여 자신의 부하들과 함께 정신없이 도망간 장수는 자신을 이긴 장수의 이름을 알 수가 없다.

역사서에 알려진 장군들의 이름 중 대부분은 전쟁에서 패배한 포로들이었으며, 전쟁 영웅들로 알려진 상당수의 이름도 후대에 만들어진 추상적 이름들이었다.

"와~! 와~! 만세~! 만세~!"

"우리를 구해준 태왁 북극곰만이 곶자왈 숲의 진짜 맹주다~!"

총대장 바리 도베르만을 죽여 곶자왈 숲을 약탈자인 들개 무리로부터 안전하게 지켜냈다는 반가운 소식을 듣고, 야생동물들의 영웅 태왁 북극곰을 구경하기 위해 몰려온 야생동물들이 칭찬하며 말했다.

태왁 북극곰을 중심으로 한 북극곰 무리와 곶자왈 숲에 살고 있는 야생동물들은 과일과 열매를 산더미처럼 쌓아놓고, 약탈자 들개 무리를 물리친 기념 축제를 열어 서로 기쁨을 나누고 있었다.

축제가 열린 하루 뒤, 뒤늦게 약탈자를 몰아내기 위해 백색 호랑이 무리를 이끌고 급하게 달려온 하르방 백호는 자신의 경쟁자인 태왁 북극곰에게 이미 곶자왈 숲 맹주 자리를 빼앗긴 사실을 알고는 자리에서 털썩 주저앉아 탄식하고 있었다.

더구나 자신이 보살펴준 코크 늑대의 안내로 태왁 북극곰이 곶자왈 숲에 침입한 들개 무리를 찾아냈다는 사실까지 알게 된 하르방 백호는 엄청난 분노에 사로잡혀 자신이 직접 코크 늑대를 붙잡아 심문하였다.

"내가 너를 지금까지 나의 가족처럼 여겨 보살펴 주었는데, 어찌하여 나 대신 나의 경쟁자인 태왁 북극곰의 길잡이가 된 것이냐?"

"저는 태왁 북극곰을 위해서 길을 안내한 것이 절대 아닙니다. 들개 무리가 곶자왈 숲을 침입하여 야생동물들을 학살하고 양식을 약탈하는 만행을 알리기 위해 하르방 백호를 찾아가던 도중에 우연히 태왁 북극곰을 먼저 만났을 뿐입니다."

"불쌍한 야생동물들의 급박한 처지를 고려하여 다른 야생동물에게 부탁하여 들개 무리의 곶자왈 숲 침입을 알리는 전갈을 하르방 백호 님에게 보내드렸고, 저는 태와 북극곰과 함께 들개 무리를 몰아내기 위해서 먼저 출발한 것뿐입니다."라며 코크 늑대는 자신의 억울함을 표출하였다.

"너의 오판으로 인하여 나는 곶자왈 숲 맹주 자리를 같은 백정(白精) 혈통인 나의 경쟁자에게 빼앗겼다. 내가 맹주 자리를 다시 찾아올 수 없다면 너도 용서하지 않겠다."라며 하르방 백호는 끓어오르는 분노를 억누르지 못하고 코크 늑대에게 마구 표출하고 있었다.

하르방 백호에게 큰 꾸지람을 듣고 낙담에 빠진 코크 늑대는 레아 더치 집토끼와 아레스 하운드 들개가 함께 있는 북극곰 무리 진영으로 되돌아와 무엇인가를 곰곰이 생각하며 뜬 눈으로 밤을 지새웠다.

"레아야. 정말 미안해. 너에게 난 양의 탈을 쓴 늑대인가 봐."

자신 옆에서 잠을 자고 있는 레아 더치 집토끼를 물끄러미 바라보면서, 코크 늑대는 알 수 없는 한 마디를 툭 던지고 잠자리에서 벌떡 일어나 백색 호랑이 무리가 거주하고 있는 장소로 길을 떠났다.
얕은 잠을 자고 있었던 레아 더치 집토끼도 잠자리에서 바로 일어나, 곧바로 코크 늑대의 뒤를 따라 백색 호랑이 무리가 있는 장소로 갔다.

"하르방 백호 님! 하르방 백호 님! 드릴 말씀이 있습니다!"

이른 새벽부터 하르방 백호를 급하게 찾아온 코크 늑대는 태와 북극곰에게서 곶자왈 숲 맹주 자리를 하르방 백호가 탈환할 방법에 대한 자신의 생각을 다음과 같이 이야기했다.

"곶자왈 숲을 침입한 들개 무리는 이곳으로부터 50㎞ 떨어진 쏘블리 마을에 살고 있었습니다. 들개 무리뿐만이 아니라 쏘블리 마을에 살고 있는 어떠한 애완동물도 다시는 곶자왈 숲을 침범할 수 없도록 완전히 소탕하세요."

"그렇게 하신다면 바리 도베르만 들개만을 물리친 태와 북극곰보다 더 안전하게 곶자왈 숲을 지켜준 영웅으로 추대되어 반드시 야생동물들의 맹주 자리를 되찾을 수 있을 것입니다."

"제가 쏘블리 마을까지 길을 안내하는 안내자가 되겠습니다. 백색 호랑이 무리가 쏘블리 마을을 점령하게 된다면, 그 마을에서 살고 있는 부라퀴 불도그와 현무 테리어 들개의 목숨은 저에게 주십시오."

코크 늑대의 제안과 요청을 흔쾌히 수락한 하르방 백호는 백색 호랑이 무리에게 쏘블리 마을 원정대 구성과 곶자왈 숲 맹주 탈환에 필요한 전쟁 준비를 명령했다.

"우리도 북극곰 무리처럼 애완동물들을 사냥할 기회가 드디어 생겼어. 백 마리 이상 잡아서 백색 호랑이 무리의 영웅도 되고 싶고, 나의 힘도 모두에게 자랑하고 싶어."

곶자왈 숲을 침략한 들개 무리를 물리친 북극곰 무리의 힘보다 자신들의 힘을 더 자랑하고 싶었던 백색 호랑이 무리는 쏘블리 마을을 침략할 전쟁 준비를 빠른 속도로 끝마쳤다.

하르방 백호는 코크 늑대를 자신들의 안내자로 선정하고 곧바로 쏘블리 마을을 향한 원정을 시작했다.

코크 늑대를 원망하면서도 어쩔 수 없이 몰래 하르방 백호의 쏘블리 마을 원정대 뒤를 따라가야만 하는 상황에 직면한 레아 더치 집토끼는 아주 절박한 상황이 닥쳤을 때 사람들이 어떻게 대처했는지 계속해서 골몰히 생각했지만 쉽사리 답을 찾을 수는 없었다.

"그냥 애완동물을 사냥하는 것은 정말 재미가 없어. 죽음을 당하기 직전 애완동물이 백색 호랑이 무리를 앞에 두고 어쩔 줄 몰라 하면서 엄청난 공포를 느끼는 장면을 즐기면서 사냥하도록 하자."

하르방 백호는 가벼운 발걸음으로 쏘블리 마을 입구에 도착한 백색 호랑이 무리를 향해 곧바로 쏘블리 마을 안으로 들어가 애완동물들을 소탕하지 말고 잠시 대기하고 있으라고 명령하였다.

쏘블리 마을 입구에 일제히 도열한 백색 호랑이 무리 맨 앞에 당당하게 선 하르방 백호가 제일 먼저 쏘블리 마을 입구를 향해 우렁찬 목소리로 "어흥~! 어흥~!"을 크게 외치자, 도열해 있었던 모든 백색 호랑이 무리가 하르방 백호를 따라서 동시에 우렁찬 목소리로 "어흥~! 어흥~!"을 크게 외쳐 댔다.

큰 덩치를 소유한 백색 호랑이 수백 마리가 쏘블리 마을을 향해 다가오고 있다는 불행한 소식을 듣고 큰 걱정에 사로잡힌 쏘블리 마을의 애완동물들은 쏘블리 마을 입구에서 외쳐 되는 백색 호랑이 무리의 "어흥~! 어흥~!" 우렁찬 소리를 직접 듣자 더 큰 공포에 휩싸여 근육 신경들이 모두 마비되어 조금도 움직일 수가 없었다.

'피식자가 요리조리 마구 도망다녀야 포식자가 사냥하는 맛이 날 텐데 망부석처럼 그대로 멈춰 버렸네. 이러다가 쏘블리 마을은 아주 재미없는 사냥터가 되고 말 거야.'라며 예기치 못한 돌발 상황을 목격한 하르방 백호가 무척 당황했다.

하르방 백호는 극도의 공포로 인해 오금이 저려 꼼짝 못하고 있는 쏘블리 마을 애완동물들을 보고 신나서 계속 우렁찬 목소리로 "어흥~! 어흥~!" 거리고 있는 백색 호랑이 무리를 향해 당장 어흥거리는 소리를 멈추라고 말했다.

하르방 백호의 말 한마디에 우렁찬 백색 호랑이들의 울음소리로 몹시 시끄러웠던 쏘블리 마을 입구에는 개미가 지나가는 소리도 들을 수 있을 정도로 깊은 정적만이 흘렀다.

하르방 백호는 쏘블리 마을 입구에서 꼼짝하지 못하고 서 있는 수많은 애완동물들 중에서 수컷 고양이 한 마리를 지목하면서 말했다.

"고양이 님. 우리는 들개들처럼 항상 날카로운 발톱을 꺼내 보이면서 위협하는 무서운 개과 동물이 아니에요. 사냥하거나 달리기를 할 때에만 넘어지지 않으려고 어쩔 수 없이 발톱을 꺼내고 있어요. 덩치만 크지 다른 동물들을 해치지 못하는 순박하고 착한 고양잇과 동물이 바로 우리 호랑이들입니다."라며 자신의 발에서 조금 나와 있었던 날카로운 발톱을 발 안으로 슬며시 숨기면서 말했다.

"가족들에게 던지는 따뜻한 말 한마디는 얼음보다 찬 마음을 녹인다고 하잖아요. 본성이 착한 저희들을 전혀 두려워하지 마시고 어서 빨리 고양이님을 걱정하고 있는 가족에게로 돌아가세요."라며 하르방 백호는 해맑은 웃음을 지으면서, 자신의 커다란 발을 수컷 고양이를 향해 크게 흔들면서 작별 인사를 건넸다.

하르방 백호의 다정다감한 몸짓과 말투를 본 쏘블리 마을 입구에 있던 애완동물들은 극도의 공포가 사라지자 곧 마비되어 있던 근육이 풀렸고, 한두 마리씩 백색 호랑이 무리의 눈치를 살피면서 빠른 걸음으로 도망가기 시작했다.

'바로 이거야! 역동적이어야 진짜 사냥터지~!' 하르방 백호는 은근한 미소를 지으며 자신이 지목한 수컷 고양이를 계속해서 응시하고 있었다.

어느새 수컷 고양이도 쏘블리 마을 입구에 도열해 있는 백색 호랑이 무리에 대한 경계심을 풀고 자신이 살고 있는 집으로 막 되돌아가려고 뛰기 시작할 때였다.

"지금이다! 쏘블리 마을에 사는 애완동물들을 모두 소탕해라!"

하르방 백호의 명령이 떨어지자 동시에 백색 호랑이 무리는 일제히 커다란 발에서 날카롭고 큰 발톱을 꺼내 도망가는 애완동물들을 큰 걸음으로 뒤쫓기 시작했다.

처음부터 곶자왈 숲을 침입한 들개 무리뿐만 아니라 쏘블리 마을에 살고 있는 모든 애완동물들을 소탕하고 싶었던 하르방 백호와 백색 호랑이 무리는 자신들의 눈에 보이는 동물이라면 아무런 이유도 없이 닥치는 대로 학살하기 시작했다.

불쌍한 수컷 고양이도 큰 걸음으로 뒤쫓아 온 하르방 백호에게 금방 붙잡혔다.

"당장 우리 아빠를 놓아줘! 더러운 백호야!"

먼 발치에서 암컷 고양이와 함께 서 있던 아기 고양이가 하르방 백호에게 당장이라도 덤빌 기세로 말했지만, 하르방 백호는 아기 고양이를 비웃으며 날카로운 발톱으로 수컷 고양이의 숨통을 바로 끊어 죽였다.

"아빠~! 흑흑흑~!"

어느새 엄마 고양이 품을 떠나 자신의 아빠를 죽인 하르방 백호에게 달려든 아기 고양이는 한 대도 때려보지 못한 채, 금방 하르방 백호의 큰 손에 붙잡혀 자신도 언제 죽을지 모르는 상황에 처하고 말았다.

"부라퀴 불도그와 현무 테리어 들개의 목숨 대신 엄마 고양이와 아기 고양이의 목숨을 저에게 주십시오."

하르방 백호 옆에서 백색 호랑이 무리로 구성된 쏘블리 마을 원정대의 안내를 맡고 있었던 코크 늑대가 불쌍한 아기 고양이의 목숨을 구하기 위해 다급하게 자신의 요구 사항을 수정하였다.

"내 곁에 자신의 아빠를 죽인 원한을 품은 자식인 아기 고양이를 남겨 둘 수는 없다. 코크."

하르방 백호가 코크 늑대의 수정된 요구 사항을 거절하려고 할 때, 갑자기 백색 호랑이 무리 뒤를 몰래 따라와서 모든 상황을 지켜보고 있었던 레아 더치 집토끼가 나타나서 말했다.

"걱정하지 마세요. 엄마 해금 벵골 고양이와 아가 벵골 아기 고양이는 제가 예전에 쏘블리 마을에 살았던 집으로 데리고 갈게요. 해금이와 아가, 우린 구면이지?"

자신들이 훔쳐간 통조림들의 주인인 레아 더치 집토끼를 다시 만난 해금 벵골 고양이와 아가 벵골 아기 고양이는 얼굴을 푹 숙인 채 고개만 끄덕거렸다.

유레카

낮에는 "으아악~! 아악~!" 애완동물들의 비명소리들로 넘쳐났고, 밤에는 "……." 어떤 소리도 들을 수 없는 암흑 상태로 급속하게 쏘블리 마을의 환경은 변해 갔다. 힘이 약해 백색 호랑이 무리에게 도저히 대항할 수 없었던 대다수의 애완동물은 백색 호랑이 무리의 눈에 띄지 않도록 쏘블리 마을 안에 몰래 숨어 있거나 쏘블리 마을을 버리고 인근 마을로 도망쳐버렸다.

독재자들이 훌륭한 유산이나 커다란 바위 등에 이름을 새겨 넣어 자신의 정치적 힘과 능력을 과시하듯이, 쏘블리 마을을 점령한 백색 호랑이 무리도 사람들이 남겨 놓은 집이나 정원 혹은 유물 등에 자신의 똥과 오줌을 누워 영역 표시를 하는 만행을 저지르고 있었다.

만발한 유채꽃으로 향기로운 냄새가 퍼져 있었던 쏘블리 마을이 백색 호랑이 무리의 영역 표시로 인해 똥과 오줌 냄새로 금세 가득 찬 오염된 장소가 되어 버리자, 화가 난 하르방 백호가 백색 호랑이 무리를 모아 놓고 진지하게 말했다.

"냄새나는 오줌과 더러운 똥으로 집이나 정원 또는 유물 등에 자기 소유임을 표시하는 것은 우리 호랑이들에게는 어쩔 수 없는 행동이다. 하지만 더러운 냄새를 풍기며 영역 표시를 한다고 해서 아무렇게나 똥을 싸고 오줌을 갈기는 행위를 고귀한 백정(白精) 혈통인 나는 절대 용납할 수 없다."

"우리가 거주할 쏘블리 마을이 냄새나는 마을로 인식되지 않고 시각적인 예술이 살아 숨 쉬는 고상한 마을이 될 수 있도록, 앞으로는 영역 표시를 하는 오줌과 똥을 나처럼 아름답게 싸라."

하르방 백호는 자신이 빼앗은 집 대문에 오줌을 정성스럽게 갈겨 백호(白虎)라고 이름을 새겨 넣었고, 자신의 똥을 피라미드 형태로 반듯하게 잘 쌓아 올렸다.

백색 호랑이 무리는 하르방 백호의 예술적 행위에 열광하였고, 예술적 재능이 넘치던 일부 백색 호랑이도 쏘블리 마을에 있는 건물뿐만 아니라 근처에 있는 동굴 안까지 들어가서 자신의 오줌과 똥을 사용하여 애완동물들을 사냥하는 장면과 먹고 싶은 열매나 과일 등을 현실처럼 재현하는 예술 활동을 전개하였다.

한편, 아가 벵골 아기 고양이의 손을 잡고 레아 더치 집토끼 집으로 들어오게 된 해금 벵골 고양이는 자신이 가지고 있었던 수십 개의 통조림을 꺼내 놓으면서 말했다.

"지금 내가 가지고 있는 것은 이것 밖에 없어. 나머지 통조림은 하르방 백호에게 죽은 내 남편이 쏘블리 마을 동물들이 재난을 당할 때 사용한다며 어디엔가 저장해 놓았다고 나에게 말해 주었어."

"누구나 실수를 할 수는 있다고 생각해. 하지만 진실한 반성이 아닌 변명을 선택한다면 너에 대한 나의 이미지는 더욱 나빠질 뿐이야. 그리고 지금은 통조림을 찾는 것보다 우리가 함께 힘을 합쳐서 백색 호랑이 무리의 악행으로부터 애완동물들을 구하는 것이 더 중요하다고 생각해."라고 레아 더치 집토끼가 말했다.

매일매일 해금 벵골 고양이, 아가 벵골 아기 고양이와 함께 쏘블리 마을 여러 장소를 둘러본 레아 더치 집토끼는 백색 호랑이 무리에게 처참하게 죽은 애완동물들의 사체, 그리고 백색 호랑이 무리의 똥과 오줌으로 더럽혀진 주택과 소중한 유물들을 보고 아주 큰 정신적 충격을 받았다.

'하르방 백호는 힘만 세지 멍청한 동물인 것 같아. 커다란 바위나 아름다운 유물에 하르방 백호라는 이름을 새겨 넣어 칭송 받을 수 있는 기간은 자신이 권력을 가지고 있는 짧은 기간뿐이야. 권력을 잃어버린 뒤부터 커다란 바위나 아름다운 유물에서 하르방 백호의 이름이 완전히 지워지기 전까지의 아주 긴 기간을 다른 동물들이나 동물들의 후손에게 엄청난 욕

을 먹어야 한다는 사실을 전혀 모르고 있기 때문이지.'

　쏘블리 마을에 있는 아름다운 주택과 유산에 더러운 똥과 오줌으로 자
신의 이름을 새겨 자랑하는 백색 호랑이 무리의 행위를 보고 레아 더치 집
토끼는 고개를 절레절레 흔들며 도저히 이해할 수 없다고 생각했다.

　집으로 되돌아온 레아 더치 집토끼는 해금 뱅골 고양이, 아가 뱅골 아기
고양이와 함께 쏘블리 마을을 침략한 백색 호랑이 무리로부터 애완동물
들을 보호하고 소중한 유산들을 되찾기 위한 여러 가지 방법을 계속해서
골몰히 모색하고 있었다.

　그러다가 레아 더치 집토끼는 자신을 기르던 사람들이 곤란한 일이 발생
할 때마다 자신의 집 4층 서재로 달려가 그곳에 소장된 책들을 살펴보면서
문제점을 하나씩 해결한 사실을 어렴풋 생각해냈다.

　하지만 4층 서재 책장에 가지런히 꽂혀져 있는 책은 숫자만 수천 권이었
기 때문에 혼자서는 도저히 다 살펴볼 수가 없다고 판단한 레아 더치 집토
끼는, 해금 뱅골 고양이와 아가 뱅골 아기 고양이의 도움을 받아 꽂혀있는
책들을 한 권씩 순서대로 꺼내보고 있었다.

　아가 뱅골 아기 고양이가 이상한 사진이 많이 수록된 책이 있다고 말하
면서 자신이 살피고 있던 책 한 권을 레아 더치 집토끼에게 건네주었다.

　"유레카~! 유레카~!"

　레아 더치 집토끼가 아가 뱅골 아기 고양이로부터 건네받은 '불법 도축장의 실태'라는 제목을 가진 기사문들을 모아 놓은 책 내용을 보고 깜짝 놀라면서 외쳤다.

　'돈만 아는 꼴등 시민'이라는 기사문에는 아주 사악한 사람들이 소와 곰들에게 물을 먹여 도축하는 장면이 사진으로 실려 있었고, 물고문을 당하고 있는 사진 속의 소와 곰들은 몹시 고통스러운 표정을 짓고 있었다.

　이외에도 동물들을 불법적으로 도축하는 다른 사진들이 실려 있었지만, 레아 더치 집토끼에게는 물고문을 당하는 소와 곰들의 고통스러운 장면이 가장 인상에 깊게 각인되었다.

더불어 그 책에는 꼴등 시민들을 붙잡으러 경찰과 함께 온 진돗개들도 있었는데, 진돗개들은 영리하여 주인이었던 사람들과 매우 친숙하였고, 호랑이와 곰에게도 대항할 수 있을 정도로 담대하고 용맹한 사냥 본능도 함께 가지고 있다고 적혀 있었다.

금세 레아 더치 집토끼는 소포 마을에 살고 있는 꽃청(공식적인 제주도 애완동물 지킴이 최고 관직) 아랜 진돗개를 머릿속에 떠올렸고, 해금 뱅골 고양이와 아가 뱅골 아기 고양이 몰래 '불법 도축장의 실태'라는 책을 가지고, 쏘블리 마을에서 백색 호랑이 무리를 몰아내기 위한 조언을 듣기 위해 소포 마을에 거주하고 있는 꽃청 아랜 진돗개를 찾아갔다.

명석한 두뇌를 가지고 있었던 꽃청 아랜 진돗개는 '불법 도축장의 실태'라는 책을 처음부터 끝까지 단 한 번만 정독하였지만, 이 책은 사람들이 동물들을 잔인하게 다루어 상상할 수 없는 정신적 공포를 심어줄 수 있는 고문 기술을 알려주는 내용이 기재된 책이라고 설명해 주었다.

"자신의 주변에서 문제가 생기는 것을 바라는 동물은 단 한 마리도 없겠지만, 발생한 문제를 하나씩 해결해 나갈수록 아무도 모르게 자신의 잠재력이 조금씩 향상될 거야. 그러나 자신이 어떤 일을 해서 무엇이 되어야 하는지를 전혀 알지 못한다면, 자신의 숨은 잠재력을 영원히 발휘할 수 없어."

"사람들이 동물들에게 사용했던 고문 기술을 활용하여 힘이 센 백색 호랑이 무리를 물리칠 수 있는 작전을 내가 꼭 수립할게. 나를 믿고 여기에서 오늘 밤은 편히 자."라며 꽃청 아랜 진돗개가 레아 더치 집토끼의 등을 두드려주며 위로하여 주었다.

다음 날 아침, 꽃청 아랜 진돗개는 제주도 말인 화니 유니콘으로 하여금 자신이 직접 지휘할 잘 훈련된 사냥개 무리를 훈련장에 집합시켜 다음과 같이 연설하였다.

"야생동물인 백색 호랑이 무리 개개인이 아무리 힘이 세다고 주장해도 훈련이 잘 된 애완동물 단체와 비교한다면 상대가 될 수 없을 만큼 약하다. 더구나 나는 어제 레아 더치 집토끼가 구해다준 책에서 사람들이 전수해준 고문이라는 싸움의 신기술을 얻게 되었다. 평소 열심히 훈련했던 작전으로 어리석은 백색 호랑이 무리를 쏘블리 마을에서 완전히 몰아내 고통의 수렁에 빠진 애완동물들을 해방 시키자!"

레아 더치 집토끼의 안내에 따라 꽃청 아랜 진돗개가 이끄는 사냥개 무리는 쏘블리 마을로 침입한 하르방 백호가 이끌고 있는 백색 호랑이 무리를 내쫓기 위해 유채화가 그려진 깃발을 높이 들고 쏘블리 마을을 향해 힘찬 진군을 시작했다.

제4편

통일 전쟁

꽃청 아랜 진돗개

꽃청 관직을 가진 아랜 진돗개가 잘 훈련된 수백 마리의 사냥개를 이끌고 소포 마을을 출발하여 자신들이 점령한 쏘블리 마을을 향해 진군을 시작했다는 소식을 듣게 된 백색 호랑이 무리는 서로의 얼굴을 쳐다보며 낄낄대고 웃었다.

하르방 백호는 백색 호랑이 무리 앞에서 이렇게 말했다.

"천방지축으로 날뛰던 자유분방한 들개 무리나 일사불란하게 움직인다는 사냥개 무리나 모두 개들이 아닌가? 나약한 개들 주제에 힘이 센 호랑이를 상대하러 스스로 찾아온다니 너무나 우습군. 나의 우렁찬 큰 소리를 한 번만 들어도 곧바로 꼬랑지들을 내리고 도망칠 거야. 하! 하! 하!"

이번에는 쏘블리 마을 입구에 도착한 꽃청 아랜 진돗개가 이끄는 수백 마리의 사냥개 무리와 하르방 백호가 이끄는 수백 마리의 백색 호랑이 무리가 도열하여 정면으로 대치한 상황이 되었다.

낄낄대고 웃고 있는 백색 호랑이 무리 맨 앞에서 하르방 백호가 사냥개 무리를 향해서 큰 소리로 외쳤다.

"친한 동료들끼리 함께 식사하는 것은 아주 중요한 친교 활동이라고 하는데, 우리가 주문하지 않은 맛있는 먹잇감인 사냥개들이 스스로 배달되다니. 누가 맛집에 우리가 좋아하는 식사를 주문한 것이냐?"

"삶은 명성을 얻거나 부를 얻는 것보다 무엇을 얻고 가느냐가 훨씬 더 중요하다. 하르방 백호! 너를 물리쳐 명성을 얻거나 호랑이 가죽을 팔아 부를 얻기 위해서 내가 이 장소까지 온 것이 아니다. 공포로 마음 둘 곳 없는 애완동물들을 해방시키고 그들의 마음을 얻으려고 이 장소에 온 것이다!" 라고 꽃청 아랜 진돗개가 하르방 백호의 말에 맞대응했다.

"사냥개 주제에 애완동물들을 공포로부터 해방시켜준다고? 너희에게 공포가 무엇인지 직접 느끼게 해주마!"

하르방 백호는 처음 쏘블리 마을 입구에서 백색 호랑이 무리가 애완동물들에게 공포심을 준 행위를 꽃청 아랜 진돗개가 이끌고 온 사냥개 무리를 향해 사용하기 시작했다.

"어흥~! 어흥~!"

하르방 백호의 우렁찬 소리를 시작으로 백색 호랑이 무리의 모두가 자신들과 대치하고 있는 사냥개 무리에게 공포를 심어주려고 허공을 향해 우렁찬 목소리를 질러댔다.

백색 호랑이 무리의 우렁찬 소리를 처음 듣게 된 사냥개 무리도 잠시 동안 극도의 공포로 근육 신경이 모두 마비되어 조금도 움직이지 못하는 상황이 발생했지만, 고도의 훈련을 많이 받아서인지 그런 현상은 오래 지속되지 못하였다.

꽃청 아랜 진돗개가 자신이 가지고 있는 유채화 깃발을 앞쪽으로 살짝 흔들자, 백색 호랑이 무리와 대치하고 있던 사냥개 무리는 일제히 빳빳하게 세운 귀들을 축 늘어뜨려 백색 호랑이들이 크게 외치는 '어홍~! 어홍~!' 소리를 완전히 차단하고 완벽하게 질서를 유지하고 있었다.

'나를 길러 주었던 사람들도 공포 영화를 보다가 무서워지면 소리가 나지 않도록 볼륨을 줄였어. 소리를 들을 수 없는 공포 영화는 무섭지가 않았기 때문이었지. 마찬가지로 시각에서 오는 공포보다 청각에서 오는 공포가 훨씬 무섭다는 사실을 꽃청 아랜 진돗개는 이미 잘 알고 있구나.'

사냥개 무리를 쏘블리 마을로 안내해준 레아 더치 집토끼는 꽃청 아랜 진돗개가 유채화 깃발을 사용하여 사냥개 무리를 잘 지휘하고 있는 장면을 목격하고 전쟁에서의 승리를 확신하였다.

"어라~? 우렁찬 소리에도 전혀 겁을 먹지 않다니. 그렇다면 힘으로 직접 제압하는 수밖에!"

백색 호랑이 무리의 우렁찬 소리가 사냥개 무리에게는 전혀 효과를 발휘하지 못하자, 백색 호랑이 무리는 자신들의 눈앞에서 질서 있게 서 있는 사냥개 무리를 향해 마구잡이식으로 돌격하였다.

하지만 백색 호랑이 무리보다 이동 속도가 더 빠른 사냥개들은 꽃청 아랜 진돗개가 흔들고 있는 유채화 깃발의 지휘 아래 백색 호랑이 무리와 정면으로 맞서 싸우지 않고 요리조리 피해 다니기만 하였다.

사냥개는 한 마리도 잡지 못한 채 이리저리 뛰어다니던 호랑이 무리의 체력은 시간이 흘러갈수록 점차 고갈되어 급속하게 움직임이 둔화되기 시작했고, 체력이 많이 떨어진 일부 호랑이들은 아예 무리에서 이탈하여 지친 몸을 추스르고 있었다.

"저 호랑이를 잡아 실험 대상으로 삼으면 될 것 같구나."라는 꽃청 아랜 진돗개의 한마디에 무리에서 이탈하여 몸을 추스르고 있던 지친 호랑이 주변으로 사냥개 수십 마리가 집단으로 몰려와 순식간에 사로잡았다.

꽃청 아랜 진돗개는 사냥개들이 사로잡아온 호랑이를 대상으로 '불법 도축장의 실태'라는 책에서 나온 내용과 똑같이 고무호스를 이용하여 호랑이의 입속에 끊임없이 물을 퍼붓는 물고문을 시작했다.

"으아아아아악~!"

사냥개 무리의 포로로 잡힌 호랑이는 자신의 입속으로 계속 들어오는 물을 끊임없이 먹는 엄청난 고통 때문에 쏘블리 마을 전역으로 울려 퍼지는 비명을 온 힘을 다하여 정신없이 내질렀다.

"얼마나 고통스러운 거야? 내 마음까지 찢어지게 만드는 이런 비명은 더 이상 듣고 싶지 않아!"

포로 호랑이가 쉴 새 없이 내지르는 고통스러운 비명소리를 더 이상 듣지 않으려고 귀를 막고 있었던 호랑이 무리의 마음속에는 점차 알 수 없는 커다란 공포가 생겨나기 시작했다.
그러자 백색 호랑이 무리는 사냥개들을 향한 공격을 일제히 멈추었고, 제자리에서 어슬렁거리며 하르방 백호의 눈치만 살피고 있었다.

"도대체 포로로 잡은 호랑이에게 사냥개들이 무슨 짓들을 하고 있는 거야~?"

전세가 크게 불리하게 돌아가고 있음을 금방 눈치 챈 하르방 백호는 자신의 곁에 있던 코크 늑대에게 꽃청 아랜 진돗개가 물을 이용하여 포로 호랑이에게 사용하고 있는 기술이 무엇인지를 알아봐 달라고 요청하였다.

"레아. 나랑 잠시 이야기 좀 나누자."

코크 늑대는 꽃청 아랜 진돗개 옆에서 사냥개들의 승리를 돕고 있던 레아 더치 집토끼를 찾아갔다. 그리고 과거 사람들이 동물들을 대상으로 공포와 고통을 준 고문이라는 기술의 한 종류임을 알게 되었고, 즉시 하르방 백호에게 되돌아가 자신이 알아낸 정보를 전달해주었다.

코크 늑대에게서 사람들에게 전수받은 고문이라는 무서운 기술을 사냥개들이 사용하고 있다는 사실을 알게 된 하르방 백호는 금세 얼굴빛이 흑색으로 변했다. 그리고 백색 호랑이 무리에게 말했다.

"과거에도 사람들은 숲 속에 살고 있던 우리 호랑이들을 손쉽게 잡아 동물원에 가두어서 구경하거나 자기들이 원하는 방향으로 고된 훈련을 시켰다. 연약한 사람들이 힘이 센 우리 호랑이를 항상 이기는 이유는 끊임없이 생각하여 만들어낸 기구와 기술 때문이었다."

"사냥개 무리가 사람들이 사용한 무서운 기술을 습득했다면, 이번 전쟁에서 호랑이 무리가 사냥개 무리를 이기는 것은 거의 불가능하다. 쏘블리 마을을 버리고 우리의 고향인 곶자왈 숲 북쪽 지역으로 다시 되돌아가자."

하르방 백호는 흩어져 있는 호랑이 무리를 빠르게 수습하여 곧장 쏘블리 마을을 버리고 곶자왈 숲을 향해 떠났고, 코크 늑대도 그들의 뒤를 쫓아갔다.

아레스 하운드 들개의 잔꾀

쏘블리 마을에서 호랑이 무리를 몰아냈다는 반가운 소식을 듣고 다시 자신들이 살던 마을로 되돌아온 애완동물들은 꽃청 아랜 진돗개와 사냥개들을 쏘블리 마을의 수호천사 부대라고 부르면서 열렬히 환영하였다.

"아빠! 쏘블리 마을에 살고 있는 애완동물들이 사냥개 무리를 왜 수호천사들이라고 부르는 거야?"

톨로 불도그 강아지가 자신의 아빠인 부라퀴 불도그 들개에게 물었다.

"수호천사는 동물들의 소원을 들어주기 위해 나타나는 존재가 아니라 이미 소원을 들어준 존재에게 붙여주는 이름이야. 이 세상에 태어나 부자(父子) 관계를 맺고 있는 사랑스러운 나의 아들 톨로가 나의 수호천사인 것처럼."

부라퀴 불도그 들개는 톨로 불도그 강아지를 따뜻하게 안아주면서 대답했다.

'지금 사냥개 무리가 즐겁게 누리고 있는 이 자리는 원래 들개 무리의 자리였어야 하는데…'

열렬히 환영하고 있는 쏘블리 마을 애완동물들 속에서 사냥개 무리를 몹시 부러워하며 부라퀴 불도그, 톨로 불도그, 초아 세인트 버나드 들개와 함께 있던 현무 테리어 들개가 마음속으로 생각했다.

승리 축하연 행사에 점차 도취된 꽃청 아랜 진돗개는 물고문으로 정신이 반쯤 나간 포로 호랑이를 붙잡고, 임시로 만들어 놓은 강단 위로 올라가 쏘블리 마을에 거주하는 동물들을 향해 큰소리로 외쳤다.

"애완동물들이 살고 있는 많은 마을이 현재 식량 부족으로 심한 고통을 겪고 있습니다. 곶자왈 숲으로 들어가서 우리 애완동물들을 괴롭힌 야생동물 백색 호랑이와 북극곰 무리를 내쫓아버리고 각종 풍부한 과일과 열매를 우리 소유로 만듭시다."

"아랜~! 아랜~! 아랜~!"

쏘블리 마을 애완동물들은 꽃청 아랜 진돗개의 연설에 미친 듯이 환호하면서 금세라도 사냥개들과 함께 곶자왈 숲으로 떠날 듯 보였다.

'미호, 선호, 행호, 셀호? 내 침이나 먹어라. 퉤~! 퉤~! 퉤~!'

레아 더치 집토끼는 승리 축하연 행사에 참석하는 대신, 해금 뱅골 고양이, 아가 뱅골 아기 고양이와 함께 쏘블리 마을을 잠시나마 점령했던 백색 호랑이 무리가 자신들의 영역 표시를 하기 위해 똥과 오줌으로 레아의 집과 연못, 그리고 정원에 새겨 놓았던 '미호야~ 사랑해. 남편 선호가', '주택 기증자 행호', '위대한 셀호 공적비' 등에 적힌 글을 물로 깨끗하게 없애는 대청소를 하면서 마음속으로 맹비난을 하고 있었다.

"레아 더치 집토끼 님! 꽃청 아랜 진돗개 님께서 급히 찾으십니다."

레아 더치 집토끼가 자신을 찾아온 사냥개를 뒤따라간 곳은 꽃청 아랜 진돗개를 중심으로 쏘블리 마을 애완동물 지도자들이 함께 모인 장소였다.
레아 더치 집토끼를 반갑게 맞이한 꽃청 아랜 진돗개는 곧바로 곶자왈 숲 침략 작전을 선언하는 설명문을 읽기 시작했다.

"전쟁의 승패는 사기와 심리전이 좌우합니다. 곶자왈 숲 남쪽 지역을 다스리는 북극곰 부족 거주지에다 공포의 물고문으로 반쯤 미쳐버린 포로 호랑이를 풀어주게 된다면, 풀어준 호랑이를 발견하게 된 북극곰 무리는 우리가 사람들이 전수해 준 물고문 기술을 가지고 있다는 사실을 자연스럽게 알게 될 것입니다."

"우리가 보유한 무서운 기술을 알게 된 순간 북극곰 무리도 백색 호랑이 무리처럼 싸울 생각을 전혀하지 못하고 혼비백산 도망칠 것입니다. 그때 도망치는 북극곰 무리를 뒤쫓아가 섬멸하면 손쉽게 승리를 얻을 수 있습니다."

쏘블리 마을 애완동물 지도자들은 지금 당장이라도 곶자왈 숲을 자신들이 차지한 것처럼 무척 기뻐했고, 자신의 작전에 스스로 만족한 꽂청 아랜 진돗개는 레아 더치 집토끼를 가까이 불러서 말했다.

"레아. 너도 우리와 함께 곶자왈 숲으로 가서 쏘블리 마을 애완동물들을 위해 싸우자!"

자신의 이익을 위해서 남을 해치는 싸움은 절대로 하지 말아야 한다는 좋은 충고를 많이 들었왔던 레아 더치 집토끼였지만, 꽂청 아랜 진돗개의 곶자왈 숲 침략 요청을 수락하는 어리석은 선택을 하고 말았다.

집으로 되돌아온 레아 더치 집토끼는 해금 벵골 고양이와 아가 벵골 아기 고양이에게 자신이 곶자왈 숲 원정을 다녀올 때까지 자신의 집을 안전하게 잘 관리해 달라고 부탁하고 꽃청 아랜 진돗개가 이끄는 사냥개 무리를 뒤따라갔다.

곶자왈 숲 남쪽 지역에 도착한 사냥개 무리는 남쪽 지역 중에서도 북극곰들이 가장 많이 살고 있다는 장소에 물고문을 당해 반쯤 미쳐버린 호랑이를 풀어주었다.

"어? 북극곰들이 살고 있는 남쪽 지역에 어떻게 북쪽 지역에 살고 있어야 하는 백호가 있는 것이지?"

반쯤 미쳐버린 호랑이는 곧바로 숲 주변을 순찰 중이던 북극곰들에게 발견되어 태와 북극곰 앞으로 끌려갔다.

태와 북극곰과 북극곰 무리는 사냥개들이 저지른 물고문으로 인하여 혼미한 정신과 육체적 힘을 거의 상실한 호랑이의 상태를 보자 처음에는 측은한 생각을 가지게 되었다.

그러나 고문 후유증으로 생긴 정신적·육체적 고통을 이겨내기 위해 비명을 계속 질러대는 모습과 사냥개 무리에게 다시 잡히지 않도록 자기 혼자는 절대로 남겨 두지 말라는 진심이 담긴 애처로운 모습을 보고 엄청난 두려움도 함께 느끼게 되었다.

"호랑이가 입은 옷 호주머니 안에 들어 있는 사진들은 뭐지?"

무심코 포로 호랑이의 주머니 속에 들어있던, 반달곰의 가슴에 호수를 꽂아 쓸개즙을 뽑고 있는 여러 장의 사진을 꺼내서 돌려 보게 된 북극곰들은 잔인한 고문 모습을 보고 치를 떨며 경악했다.

"백색 호랑이 무리와 북극곰 무리를 쫓아내기 위해 곳자왈 숲으로 몰려 오고 있는 사냥개 무리에게 잡히면 쓸개즙을 뽑힌 반달곰들처럼 우리도 끔찍한 고문을 받게 된다던데."

북극곰 무리가 마치 자신들이 사냥개 무리의 포로로 잡혀 고문 대상자가 되지 않을까 크게 동요하며 전의를 상실한 채 안절부절못하자, 우왕좌왕하고 있는 북극곰 무리를 보고 몹시 화가 난 태와 북극곰이 큰소리로 꾸짖었다.

"선조 때부터 살아온 이 땅을 버리면, 우리가 가야 할 곳이 세상 어디에 남아 있더냐! 죽고자 하면 살 것이요, 살고자 하면 죽는 것은 자연의 이치다. 살고자 하는 동물들은 나를 따라 곳자왈 숲을 침입한 사냥개들을 무찌르자!"

그러나 태와 북극곰의 진지한 말을 듣고 호응하는 북극곰의 소리는 들개 무리와의 싸움 때보다 훨씬 작았고, 심지어 일부 북극곰은 소리조차 내지 않는 등 이미 심리적으로 크게 위축되어 있었다.

　이때 잠자코 지금까지 상황을 주의 깊게 지켜보고 있던 아레스 하운드 들개가 태왁 북극곰에게 다가와서 귓속말로 어떤 이야기를 말했고, 태왁 북극곰은 아레스 하운드 들개를 향해 엄지 척을 하고 난 후 북극곰 무리를 향해서 또다시 소리쳤다.

　"꽃청 아랜 진돗개 한 마리가 일사불란하게 지휘하는 사냥개 무리는 여러 마리가 이끌며 천방지축 우왕좌왕하던 들개 무리와는 차원이 다르다. 그러나 한 마리가 지휘한다는 사실은, 역설적으로 지휘자인 그 한 마리만 제거하면 바로 조직이 붕괴되는 아주 큰 단점도 동시에 가지고 있다."

　"사냥개 무리가 우리가 살고 있는 장소로 들어온다면, 너희는 싸우지 말고 도망가서 숨어 있어라! 그리고 내가 꽃청 아랜 진돗개를 죽이고 사냥개와 애완동물들을 곶자왈 숲에서 완전히 몰아내는 것을 너희의 두 눈으로 똑똑히 지켜보아라!"

　하지만 대부분의 북극곰 무리는 태왁 북극곰의 이야기를 시큰둥하게 듣고, 사냥개 무리가 자신들이 있는 장소로 쳐들어오면 포로가 되지 않기 위해서는 어디로 도망가야 하는지에 대한 고민만 하고 있었다.

　다음 날 새벽. 먼발치에서 수많은 유채꽃이 꽂혀 있는 아주 긴 깃대가 북극곰 무리가 살고 있는 장소로 점점 다가오고 있었고, 그 깃대 뒤에는 꽃청 아랜 진돗개가 지휘하는 사냥개 무리와 일부 애완동물들이 함께 진군하고 있었다.

자신들에게 점점 다가오고 있는 사냥개 무리의 모습을 본 북극곰 무리는 포로로 잡힌다면 호랑이처럼 반쯤 미쳐 버린 북극곰이 될 것이라는 현실적인 공포를 느끼고 두려움에 치를 떨면서 어떻게 처신해야 할지 몰라 당황하고 있었다.

북극곰들이 살고 있는 장소로 들어온 사냥개 무리가 살짝 건드린 나뭇잎 소리에도 깜짝 놀라서, 몸집이 커다란 북극곰 무리는 앞을 다투어 자신의 몸을 바위 뒤에 숨기거나 인근에 있는 캄캄한 동굴 속으로 숨어들어가는 등 우왕좌왕하며 도망치기에 바빴다.

하지만 태와 북극곰만은 두 발을 땅에 딛고 늠름하게 서서 꽃청 아랜 진돗개의 정예부대와 맞서기 위해 홀로 기다리고 있었다.

드디어 태와 북극곰 주변으로 수십 마리의 사냥개 정예부대원이 빙 둘러 "컹컹~! 컹컹~!" 짖어대기 시작했고, 태와 북극곰도 사냥개들을 상대하기 위해 손톱과 발톱을 날카롭게 세우고 있었다.

태와 북극곰이 수십 마리의 사냥개 무리에게 둘러쌓인 모습을 보고 도와주려고 오려던 주변에 있는 북극곰들도 저 멀리에서 레아 더치 집토끼가 고무호스를 한 번 들어 보이자 두 발이 얼음처럼 얼어버렸다.

꽃청 아랜 진돗개가 태와 북극곰이 있는 장소에 도착하자, 태와 북극곰과 수십 마리의 사냥개의 진검 싸움이 시작되었다.

수십 마리의 사냥개는 꽃청 아랜 진돗개가 흔들고 있는 유채꽃 깃발의 신호에 따라 이리저리 일사불란하게 움직이면서 태와 북극곰을 최대한 한 장소로 고립시켰고, 젊은 패기와 민첩함을 겸비한 태와 북극곰도 사냥개 몇 마리를 주먹으로 때려죽이는 전과를 올리며 투혼을 발휘하고 있었다.

그러나 30여 분의 시간이 지나면서부터 태와 북극곰의 체력이 급속도로 떨어져 민첩성도 눈에 띄게 떨어졌고, 심지어는 자신의 몸마저도 지탱하기 매우 힘들어 보였다.

그때 꽃청 아랜 진돗개는 자신이 흔들고 있던 유채꽃 깃발의 끝을 태와 북극곰에게 향했고, 이 신호를 본 수십 마리의 사냥개가 동시에 태와 북극곰에게 달려들어 몸 전체를 물어뜯기 시작하였다.

사냥개들의 집단 공격을 받은 태와 북극곰은 많은 피를 흘리며 곧바로 풀숲 위로 나뒹굴며 쓰러졌고, 예상보다 훨씬 빠른 시간에 손쉽게 승리한 사냥개 무리는 놀라움과 기쁨으로 환호성을 질러대고 있었다.

마지막 수단으로 자신의 코를 태와 북극곰의 코로 가져가 더 이상 숨을 쉬고 있지 않다는 것을 확인한 사냥개 무리는 꽃청 아랜 진돗개에게 태와 북극곰의 죽음을 알려주었다.

꽃청 아랜 진돗개는 태와 북극곰 시체를 자신의 머리 위로 들어 올리는 행위로 사냥개 무리의 완전한 승리를 자축하려고 태와 북극곰 시체에 아주 가까이 다가갔다.

　그 순간 눈을 감고 있었던 태왁 북극곰이 두 눈을 크게 번쩍 뜨면서 왼손으로 꽃청 아랜 진돗개의 목을 잡고 당당하게 자신이 누웠던 풀숲에서 두 발로 벌떡 일어섰다.

　갑작스러운 돌발 상황에 꽃청 아랜 진돗개 주변에 있었던 사냥개 무리는 모두 깜짝 놀랐고, 꼼짝없이 태왁 북극곰에게 목을 잡힌 꽃청 아랜 진돗개는 곧 죽음을 맞이하게 될 것이란 공포와 선불리 행동한 자신의 실수를 한탄하는 것 이외에는 아무것도 할 수 없는 처지에 직면하게 되었다.

"사냥개들의 다양한 공격을 어떻게 다 막아낼까 모두 걱정하고 있었겠지만, 권력이 집중된 우두머리를 제거하는 한 가지 작전만으로도 모든 것을 다 해결할 수 있어."라며 꽃청 아랜 진돗개를 사로잡을 작전을 조언해준 아레스 하운드 들개가 꽃청 아랜 진돗개의 목을 꽉 잡고 있는 태와 북극곰 곁으로 다가오면서 말했다.

"오직 너를 사로잡으려고 나보다 약한 사냥개들에게 어쩔 수 없이 물어 뜯기며 마지막 승부를 미뤄야 하는 초인적 인내심을 발휘하는 것이 나에게 는 가장 힘들었다. 모든 동물들에게 슬픔과 공포를 전해주는 침략행위를 한 독재자가 사죄할 방법은 오직 죽음뿐이다."

태와 북극곰이 꽃청 아랜 진돗개에게 자신이 내릴 처분에 대해 알려주고 는 오른손으로 꽃청 아랜 진돗개의 얼굴을 힘껏 내리치려고 하는 순간….
"탕~!" 하는 커다란 소리가 곳자왈 숲 속에 크게 울려 퍼졌고, 아랜 진돗 개를 붙잡고 있었던 태와 북극곰의 왼손이 피로 물들며 힘없이 축 처졌다.

곶자왈 숲 최후의 승자

"도대체 이 천둥 같은 소리는 뭐지?"

북극곰들과 사냥개 무리가 숲 속에서 크게 울려 퍼진 소리에 모두 당황하여 잠시 멈칫하고 있을 때, 또다시 숲 속에서 "탕~!" 하는 소리가 울려 퍼지자 또 다른 북극곰 한 마리가 머리에 피를 흘리면서 쓰러져 죽었다.

태왁 북극곰은 피로 물든 자신의 왼손을 오른손으로 붙잡으며 매우 고통스러운 표정을 짓고 있었고, 그 틈을 타서 꽃청 아랜 진돗개는 잽싸게 탈출하여 사냥개 무리가 있는 곳으로 되돌아갔다.

"우리의 주인이 우리를 구하러 오셨구나."

꽃청 아랜 진돗개와 사냥개 무리는 곶자왈 숲에서 울려퍼진 "탕~!" 소리가 과거 자신들을 훈련시켰던 사냥꾼의 총소리임을 금세 알아차리고 소리가 들리는 방향으로 일제히 얼굴을 돌려 "컹~! 컹~!" 소리를 질러대며 반겼다.

아주 먼 장소에서 사냥개 무리를 향해 손을 열심히 흔들어준 사냥꾼은 이내 자신이 타고 온 우주선 안으로 들어가서 하늘 위로 사라져버렸다.

'실패하지 않으려는 것보다 실패하더라도 오뚝이처럼 금방 일어나 다시 도전할 수 있는 용기를 가지는 것이 훨씬 더 중요해. 이번에는 북극곰 무리를 곶자왈 숲에서 완전하게 내쫓아 보자.'라고 생각한 꽃청 아랜 진돗개는 사냥개 무리를 지휘할 유채꽃 깃발을 다시 한 번 힘껏 움켜잡았다.

사냥꾼이 쏜 총알로 간신히 태왁 북극곰에게서 탈출한 꽃청 아랜 진돗개가 유채꽃 깃발을 다시 들고 사냥개들을 지휘하기 시작했고, 사냥꾼의 출현으로 전세가 완전히 뒤바뀐 태왁 북극곰과 북극곰 무리는 곶자왈 숲 북쪽 지역으로 정신없이 흩어져 도망을 가기 시작했다.

"하르방 님! 곶자왈 숲 남쪽 지역에 살고 있는 북극곰 무리가 우리가 살고 있는 북쪽 지역으로 몰려오고 있습니다. 북극곰 무리를 뒤쫓아서 사냥개 무리의 선발대도 함께 오고 있다고 합니다."

하르방 백호는 자신들이 무서워하는 사람들의 기술을 전수받은 사냥개 무리를 몰고 이곳 북쪽 지역으로 다가오고 있는 북극곰 무리를 무척 원망했지만, 사냥개 무리와 맞서 싸울 용기는 이미 상실한 상태였다.

코크 늑대가 하르방 백호에게 무덤덤한 표정으로 자신의 생각을 말했다.

"힘이 센 호랑이와 북극곰 무리가 자신들보다 훨씬 힘이 약한 사냥개 무리와의 싸움에서 패해 도망다니면서 살게 된 원인은 절대적인 힘을 가진 사람들의 무기와 기술을 전수받지 못했기 때문입니다."

"야생동물들이 애완동물들로부터 제주도를 다시 탈환하기 위해서는 사냥개 무리처럼 사람들의 무기와 기술을 반드시 얻어내야 한다고 생각합니다. 제주도 면적보다 훨씬 넓은 육지에서 이미 1만 년 전에 지구를 떠난 사람들의 흔적을 찾거나 다시 사람들을 만나는 것은 백색 호랑이 무리만으로는 매우 어렵습니다. 북극곰 무리와 힘을 합쳐 육지로 가서 사람들의 흔적을 같이 찾아보는 것은 어떻겠습니까?"

"굉장히 빠르게 변화하는 세상이 어느새 나에게도 관대한 변화가 아닌 급속한 변화를 요구하고 있지만, 심리적·물질적 준비가 덜 된 나는 한 단계씩 올라가는 방법으로 변화를 추구할 테니 너무 강요하지는 말라."

하르방 백호는 코크 늑대의 의견에 동감하고 자신의 부하들에게 백색 호랑이 무리와 북극곰 무리가 모두 탈 수 있을 수백 척의 배를 빨리 모아오라고 명령하였다.

백색 호랑이 무리가 살고 있는 장소에 막 도착한 태와 북극곰과 북극곰 무리에게 하르방 백호가 코크 늑대의 의견을 자세하게 설명해 주었고, 당장이라도 사냥개 무리로부터 벗어나고 싶었던 태왁 북극곰과 북극곰 무리는 하르방 백호가 준비한 배에 서둘러 올라탔다.

하르방 백호와 백색 호랑이 무리, 태왁 북극곰과 북극곰 무리, 아레스 하운드 들개와 코크 늑대는 자신들의 고향인 제주도를 당분간은 볼 수 없다는 현실을 한탄하면서 다음과 같이 결심했다.

"죽기 전에 내 고향인 제주도 땅을 다시 밟지 못해 희망을 간직한 마음에 돌이킬 수 없는 상처를 받게 되더라도, 살아서 반드시 제주도로 되돌아올 수 있다는 간절한 희망만은 평생 동안 간직하며 살아가자. 그리고 육지에 도착하면 제일 먼저 우리를 도와줄 사람들을 반드시 찾아서 오늘날 사냥개 무리에게 당한 수모를 꼭 갚아주자."

큰 슬픔을 한가득 싣고 가는 배 위에서 백색 호랑이 무리와 북극곰 무리는 자신들의 눈에서 하염없이 흘러나오는 피눈물을 푸른 바닷물 속으로 내던지고 있었다.

한편, 쏘블리 마을뿐만 아니라 곶자왈 숲도 완전히 지배하게 된 사냥개 무리는 뒤늦게 자신들을 도와준 사냥꾼을 찾아보려고 다시 곶자왈 숲 속을 샅샅이 뒤져 보았지만 어디에서도 사냥꾼의 흔적을 찾지 못했다.

사람들에게서 나온 고문 기술과 총이라는 도구의 엄청난 위력을 몸소 체험한 꽃청 아랜 진돗개는 백색 호랑이 무리와 북극곰 무리가 도망친 육지에서 이미 1만 년 전에 지구를 떠난 사람들의 흔적을 절대 찾을 수 없을 것이라고 생각했다.

하지만 최근에 사람들이 지구를 떠난 제주도만큼은 사람들의 흔적들이 어마어마하게 많이 남아 있을 것이고, 심지어는 일부 사람들도 아직까지 남아 있을지 모른다고 판단했다.

더구나 제주도에 살고 있는 어떤 동물이 사람들과 직접 접촉하거나 사람들의 흔적을 발견하여 사람들의 도구나 기술을 사용하게 된다면, 사냥개 무리도 백색 호랑이 무리나 북극곰 무리처럼 제주도에서 쫓겨날 수 있다고 생각해 이에 대한 대책을 심각하게 고민하게 되었다.

며칠 뒤, 꽃청 아랜 진돗개는 애완동물들과 야생동물들을 쏘블리 마을 한자리에 모아 놓고 다음과 같이 말했다.

"이제 쏘블리 마을과 곶자왈 숲은 애완동물이 야생동물을 지배하는 올바른 동물 세상이 되었다. 또한 이번 싸움 과정에서 보았듯이 사람들은 항상 하늘에서 우리 애완동물들을 지켜보고 있으며, 어려움에 처할 때는 적극적으로 도움을 준다는 사실도 확인하였다."

"그래서 나는 우리를 도와준 사람들의 공적을 칭송함과 동시에 은혜를 영원히 기억하기 위해서 많은 기념비와 제단을 제주도 도처에 세울 것이며, 하늘로 떠난 사람들을 위한 제사를 매년 제단에서 지낼 것이다."

"그리고 일부 야생동물들이 하르방 백호와 태와 북극곰 따위를 자신들의 영웅으로 추앙하고 있지만, 사람들이 좋아하는 우리 애완동물들을 공격한 야생동물들은 우리가 공경하는 사람들을 공격한 것과 다름없는 행위를 한 대표적인 사악한 놈들이다. 제주도 내에서 이러한 사악한 놈들을 몰래 숭배하는 동물이 있다면 결단코 죽음을 면치 못하리라."

"또한 사악한 무리의 추종자들이 제주도 안에서 사람들이 남겨 놓은 기술이나 도구를 발견하여 우리에게 사용하게 된다면 큰 피해를 입을 수밖에 없다. 사람들의 흔적이라면 어떠한 것이라도 발견하는 즉시 숨기지 말고 즉시 제보하라. 흔적을 숨기는 동물도 큰 처벌을 면하기 어려울 것이다."라고 엄중하게 경고하였다.

곧바로 제주도 여러 장소에서 사람들을 칭송하는 글이 새겨진 기념비와 제사를 지내기 위한 제단이 건설되었으며, 사람들이 남겨놓은 기술의 무서움을 알게 된 사냥개 무리는 자신들을 제외한 어떤 동물도 책과 유물, 도구와 주택 등 사람들의 흔적을 영원히 찾아낼 수 없도록 빠르게 없애기 시작하였다.

제5편

여행의 시작

화니 유니콘

"지금이 꽃청 님에게는 행복한 날들인가요?"

사람들을 칭송하기 위한 기념비와 제단을 건설하는 현장을 매일 행복한 모습으로 나와 시찰하고 있는 꽃청 아랜 진돗개에게 레아 더치 집토끼가 물었다.

"나에게 행복한 날들은 아무것도 할 일이 없어서 편하게 쉬고 있었던 날들이 아니었어. 오히려 할 일이 너무 많아 시간이 어떻게 흘러가는지 모르고 지내는 날들이었지. 지금이 내가 태어나서 가장 할 일이 많은 시기인 것 같아."

꽃청 아랜 진돗개가 레아 더치 집토끼에게 지금 현재가 자신에게 가장 행복한 시기임을 에둘러 대답했다.

"이렇게 많은 기념비와 제단을 혼자서 만드는 것은 불가능하지만, 집단

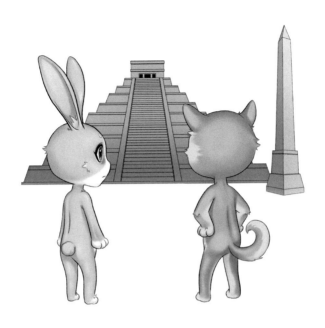

을 활용한다면 손쉽게 해결할 수 있기 때문에 집단 행위의 위력은 대단하지. 이제 남은 과제는 나의 의지대로 집단을 구분하고 구분된 집단에 맞는 역할을 부여해 주는 것뿐이야."

제주도 안에는 많은 기념비와 제단이 완성되었고, 사람들이 남겨 놓은 흔적도 대부분 사라져 버렸다. 그러자 꽃청 아랜 진돗개는 쏘블리 마을로 애완동물들과 야생동물들을 또다시 한자리에 모아놓고 다음과 같이 명령했다.

"앞으로 야생동물인 너희는 쏘블리 마을에 살고 있는 모든 동물들이 마음껏 먹을 수 있도록, 곶자왈 숲에서 열심히 일해 채취한 각종 과일과 열매를 우리 애완동물들에게 가져다 바쳐라."

그리고 애완동물에게는 다음과 같이 말했다.

"너희는 사냥개 무리가 추진하는 정책에 대해서는 어떤 호기심도 가지지 말고, 오직 시원한 바람을 맞으며 파란 바다와 노란 유채꽃들을 구경하면서 즐겁게 살기만 해라."

또한 자신이 이끌던 사냥개 무리에게는 다음과 같이 말했다.

"태왁 북극곰과의 곶자왈 숲 싸움에서 우리가 큰 위기에 봉착했을 때 하늘에서 우주선을 타고 온 사냥꾼이 총을 가지고 우리를 도와주는 것을 내 두 눈으로 직접 목격한 후에야 비로소 나는 수많은 동물 중에서도 사냥개만이 사람들에게 선택받은 동물임을 깨달았다."

"사람들에게 선택받은 동물만이 사람들의 뜻을 올바르게 이어받을 수 있으며, 사람들에게 감사하는 제사도 드릴 수 있는 권리를 가진다고 생각한다. 우리 사냥개 무리는 새로 건립한 제단을 활용하여 매년 사람들에게 고마움을 표하는 제사를 주관하자."

마지막으로 쏘블리 마을에 모인 모든 동물을 향해 두 눈을 부릅뜨고 큰 소리로 외쳤다.

"사냥개 무리를 제외하고 사람들에 관하여 이야기하거나, 흔적들을 찾거나, 소유하거나, 우리 몰래 제사를 드리는 동물이 발견된다면 결단코 용서하지 않겠다. 그리고 제주도 전역에서 자기 주변에 사람들이 남겨놓은 어떤 흔적이라도 발견한다면 즉시 한 점도 남김없이 바로 없애라."

꽃청 아랜 진돗개의 연설이 끝나자, 사냥개 무리의 책사를 맡고 있던 화니 유니콘이 꽃청 아랜 진돗개에게 다가와 약간 불만스러운 말투로 물었다.

"전쟁에서 사냥개 무리에게 큰 도움을 준 사람들의 흔적이 사라지지 않도록 보존하는 것이 사람들이 우리에게 베푼 은혜에 진정으로 보답하는 것이라고 생각하는데, 반대로 사람들의 흔적을 없애도록 명령하는 이유는 무엇입니까?"

"다른 동물들이 우리보다 우수한 문명을 가지고 있던 사람들과 접촉하거나 사람들의 흔적을 발견하여 우리를 몰아낼 수 있는 힘을 보유하게 된다면, 우리도 언제든지 북극곰과 백색 호랑이 무리처럼 제주도에서 쫓겨날 수 있기 때문이다."

"제단에서 제사를 지내거나 기도를 올리는 무형적인 행위 따위로는 우리 사냥개 무리의 권력을 영원히 지킬 수 없다. 오직 형태가 있는 것으로만 우리의 권력을 지켜낼 수 있을 뿐이다."라고 꽃청 아랜 진돗개가 대답해 주었다.

애완동물과 야생동물의 곶자왈 숲 싸움이 끝난 지 10여 년이 흘러간 쏘블리 마을에는, 예전에는 볼 수 없었던 엄청난 변화가 있었다.

첫 번째 변화는 주택, 문헌, 도구나 기구 등 지구를 떠난 사람들이 남겨 놓은 유산이나 유적, 흔적이 제주도 지역에서 거의 사라져 버렸다.

두 번째 변화는 제사장층, 지배층과 피지배층 등 동물들에게 신분제도가 생겨났다.

유일하게 공부를 할 수 있었던 사냥개 무리는 자신들이 만들어놓은 제단에서 매년 사람들을 칭송하는 제사를 주관하고, 쏘블리 마을 질서를 유지하기 위해 권력을 사용하며 생활하였다.

애완동물들은 공부를 할 기회는 얻지 못했지만 아름다운 제주도 경치를 구경하면서 야생동물들이 열심히 일해서 가져다주는 온갖 종류의 과일과 열매를 먹으며 즐겁게 생활하고 있었다.

하지만 야생동물들만은 매일 곶자왈 숲으로 들어가 모든 쏘블리 마을 동물들이 먹을 수 있도록 쉬지 않고 열심히 일만 하는 노예 같은 삶을 살게 되었다.

　　꽃청 아랜 진돗개는 자신의 책사인 제주도 말 화니 유니콘에게 말했다.

　　"우리가 처음 사람들의 흔적과 도움을 만나 제주도를 지배하게 되었고, 앞으로도 다른 동물들이 계속해서 사람들의 흔적과 도움을 만나지 않는다면, 우리가 영원히 제주도를 지배할 수 있을 거야. 그래서 나는 모든 동물들 앞에서는 사람들을 칭송하는 행동을 보여 주지만, 마음속으로는 사람들을 좋아하지 않아."

　　화니 유니콘이 꽃청 아랜 진돗개에게 말했다.

　　"상처가 나지 않은 손으로만 독을 만질 수 있습니다. 하지만 삶의 과정에서 사람들과 동물들의 마음 속에는 반드시 모두 상처가 남았습니다."

　　"지구 만물을 다스렸지만 마음에 상처를 가지고 있던 사람들이 결국 자신들의 마음을 다스리지 못해서 생긴 이기심으로 지구를 황폐화시키고 떠나야만 했듯이, 마음에 상처를 가지고 있는 우리 동물들이 사람들이 남겨놓은 흔적을 독점하려고 하는 이기심을 가지게 된다면, 결국 우리에게도 큰 재앙이 일어나 제주도를 떠나게 될 것입니다. 아무리 급한 목표가 있더라도 대장님이 충분한 시간을 가지고 잘 생각해서 우리의 미래를 결정하시기 바랍니다."

꽃청 아랜 진돗개는 책사 화니 유니콘에게 명령하여 사냥개 무리에서 제일 똑똑한 학자 동물들을 선발하여 제주도의 미래를 결정할 운영 회의에 참석하게 하였다.

"지금 제주도는 제사장 계급인 사냥개와 지배층인 애완동물, 그리고 피지배층인 야생동물들로 구성되어 있다. 제주도의 미래를 생각해서 신중하게 생각하고 말하라. 지금처럼 계급주의로 운영하는 것이 좋은 것이냐? 아니면 계급주의를 타파하고 예전처럼 평등하게 운영하는 것이 좋은 것이냐?"

꽃청 아랜 진돗개의 질문에 선발된 학자들의 대표가 자신들의 의견을 취합해서 대답했다.

"아무것도 배우지 못한 동물들이 지배하는 세상은 매우 위험합니다. 제사장 계급인 우리 사냥개 무리를 제외하고는 지난 10년간 애완동물들과 야생동물들은 아무것도 배우지 못했습니다. 무식한 그들에게 제주도의 운명을 맡기게 된다면 우리 모두가 자멸할 것입니다. 계급주의로 운영하시는 것이 타당합니다."

"지금까지 교육의 기회도 평등하지 않았는데 무슨 근거로 애완동물들과 야생동물들이 무식하다고 주장하시는 겁니까. 근거가 있습니까?"

제주도 미래 운영 회의에 참석하고 있던 화니 유니콘이 학자들의 대표에게 항의하듯 말하자, 이번에는 꽃청 아랜 진돗개가 화니 유니콘을 향해 화난 투로 말했다.

"지배자의 자질은 배워서 익힐 수 있는 후천적 능력이 아니라 하늘로부터 주어진 선천적으로 타고난 적성이다. 수많은 동물 중에서 사람들로부터 인정받은 사냥개만이 가질 수 있는 자질이다."

꽃청 아랜 진돗개의 발언으로 제주도 미래 운영 회의가 명분을 쌓기 위한 형식적인 회의였음을 알게 된 화니 유니콘은 입술을 부르르 떨며 잠자코 있었다.
꽃청 아랜 진돗개의 지원에 더욱 힘을 얻은 선발된 학자들의 대표는 추가적인 건의도 말했다.

"그리고 지금의 신분제도를 유지하기 위해서는 육지로부터 어떤 정보도 더 이상 유입되지 않도록 제주도 지역을 완벽히 차단해야 합니다. 또한 육지 상황을 수시로 정탐할 수 있도록 동물들을 파견하시는 걸 건의합니다."

"즐거운 삶이든 괴로운 삶이든 인생은 한 편의 연극일수 밖에 없다. 하지만 인생을 희곡으로 볼 것인지 비극으로 볼 것인지 결정할 관점만은 남이 아닌 우리 스스로 결정할 수 있다고 생각한다."

"놀라운 일이나 재미있고 새로운 소식은 급격하게 감소하겠지만, 지금부터 육지에 살고 있는 모든 동물들과의 소통을 없애기 위해 육지 정탐자가 사용할 배를 제외하고 제주도에 남아있는 모든 배를 없애버려라."라고 꽃청 아랜 진돗개가 명령했다.

제주도 미래 운영 회의가 끝나자 꽃청 아랜 진돗개는 화니 유니콘을 몰래 불러 다음과 같이 말했다.

"제주도에 살고 있는 모든 동물에게 사냥개 무리만이 사람들에게 선택받은 유일한 동물이라고 공포했다. 그런데 레아 더치 집토끼는 사람들에 대한 정보를 우리보다 더 많이 알고 있으며, 레아가 살고 있는 집 4층 서재에는 사람들이 남겨 놓은 정보가 수록된 수많은 책이 소장되어 있지. 만약 다른 동물들이 그곳에 있는 책을 소유하게 된다면 우리에게 큰 재앙이 될 수 있다고 생각한다."

"내일 저녁에 네가 나 대신 직접 사냥개 무리와 함께 레아 더치 집토끼를 찾아가서 죽어 버리고, 레아가 살던 집은 모두 불태워 사람들의 흔적들을 완전히 없애도록 하라."

꽃청 아랜 진돗개의 명령을 어길 수 없었던 화니 유니콘은 그날 밤 아무도 모르게 레아 더치 집토끼를 먼저 찾아가 꽃청 아랜 진돗개의 마음속 생각을 알려 주었다.

"자신에게 큰 도움이 되는 권력과 재물을 모을수록 자신을 해칠 수 있는 욕망까지 함께 모으게 된다는 사실을 어리석은 동물들은 모르고 있지. 처음에는 소포 마을만을 소유했던 아랜 진돗개가 쏘블리 마을과 곶자왈 숲까지 지배하여 최고 권력자가 되어버리자, 이제는 스스로 제어할 수 없는 욕망의 노예가 된 것 같아."

"꽃청 아랜 진돗개는 제주도 동물들을 지키는 아름다운 관직인 꽃청이라는 이름도 조만간 버리고 새로운 이름을 가진 독재자로 재탄생할 거야. 독재라는 어둠이 서서히 몰려오고 있는 제주도를 떠나서 나와 함께 육지로 가자."라는 레아 더치 집토끼의 갑작스러운 제안을 곰곰이 생각한 화니 유니콘이 대답했다.

"너와 함께 육지로 갈게. 쏘블리 항구에 정박해 있는 배들은 사냥개 무리가 지키고 있어 구하기가 매우 힘드니, 바닷가를 지배하고 있는 나와 매우 친한 블루너 용왕에게 부탁하여 잠수정으로 제주도를 탈출하자."

레아 더치 집토끼는 자신과 함께 살고 있던 해금 뱅골 고양이와 이제 어엿한 어른이 된 아가 뱅골 고양이에게 화니 유니콘과 함께 제주도를 떠나 육지로 가자고 제안했지만, 해금 뱅골 고양이는 암컷인 아가 뱅골 고양이를 위험한 미지의 세계로 데리고 갈 수는 없다며, 자신들은 레아 더치 집토끼의 집에 계속 남아 있겠다고 말했다.

다음 날 자신의 책사인 화니 유니콘이 레아 더치 집토끼를 데리고 소리소문 없이 사라졌다는 소식을 듣고 크게 분노한 꽃청 아랜 진돗개는 곧바로 자신의 부하인 사냥개 무리를 직접 데리고 와서 레아 더치 집토끼의 집을 불태우고 정원과 연못을 모두 파괴하였으며, 앞으로는 어떤 동물도 이 장소에 접근하지 말라는 엄명을 내렸다.

꽃청 아랜 진돗개와 사냥개 무리가 레아 더치 집토끼의 집에 불을 지르고 있을 때, 집안에 몰래 숨어 있던 해금 뱅골 고양이와 아가 뱅골 고양이는 4층 서재에 꽂혀있던 사람들이 쓴 책 두 권을 들고 불타고 있던 레아 더치 집토끼의 집에서 간신히 탈출하여 어디론가 사라져버렸다.

검은 흑돼지

꽃청 아랜 진돗개는 제주도를 육지로부터 소식이 완전히 끊어진 고립된 지역으로 만들었지만, 레아 더치 집토끼와 함께 도망간 화니 유니콘을 대신할 육지 정탐 동물을 임명하기 위해서 또다시 제주도 미래 운영 회의를 개최할 수밖에 없었다.

"육지 정탐 동물이 사용할 배를 제외하고는 제주도에 있는 모든 배를 없애버려 제주도에 살고 있는 동물들이 육지로부터 오염된 사상을 가져오지 못하도록 조치하였다."

"그러나 육지로부터 제주도로 흘러 들어오는 오염된 사상을 방지하기 위해서는 육지 동물들의 활동을 감시할 육지 정탐 동물이 필요하다. 적임자를 추천해라."

꽃청 아랜 진돗개의 명령을 하달 받은 선발된 학자 동물들은 일제히 사냥개와의 싸움에서 패한 후, 쏘블리 마을에서 조용히 살고 있는 들개들을

【서해 홍도 해변가 바위/한국의 야생화 김정명 사진작가 作】

추천했다.

"사람들의 보호를 받으며 곱게 자란 사냥개들은 야생 환경에서 해야 하는 업무인 정탐 업무를 수행하기에는 매우 부적절합니다. 저희 대신 들판에서 거칠게 자란 현무 테리어, 부라퀴 불도그, 톨로 불도그, 초아 세인트 버나드 들개에게 정탐 업무를 맡기는 것은 어떠십니까?"

꽃청 아랜 진돗개는 들개 무리의 야생견 부대 대장 경험이 있는 현무 테리어 들개를 정탐 대장으로, 부라퀴 불도그와 초아 세인트 버나드를 정탐 참모로 각각 임명하였다.

"들개 무리가 우리를 보고 사냥개들의 개가 되었다고 비난하면 어떡하지?"라고 초아 세인트 버나드 들개가 걱정스러운 표정으로 말했다.

"암묵적인 비난을 걱정하는 소극적인 성격을 버리고 더 큰 목표를 위해 작은 일에는 신경 쓰지 않는 적극적 성격이 되어야만 해."라고 현무 테리어 들개가 초아 세인트 버나드 들개에게 적극적으로 정탐 업무에 참여하라고 촉구하였다.
지배층인 사냥개의 일원이 되어 함께 일하게 된 것을 크게 기뻐한 들개들은 곧바로 제주도와 가까운 육지인 부산과 거제도를 시작으로 홍도까지

방문하여 열심히 육지 동물들의 동향을 탐색하였다.

그러던 어느 날 육지를 정탐하던 들개들이 제주도 쏘블리 마을에 거주하고 있는 꽃청 아랜 진돗개를 급하게 찾고 있었다.

"10여 년 전에 곶자왈 숲에서 쫓겨난 백색 호랑이와 북극곰 무리가 내륙 깊숙한 곳에 위치한 원주 지방의 기승전결 마을에 함께 살고 있다고 합니다."

"이들은 자신들의 역량을 모두 집중해 사람들과 접촉할 목적으로 육지에 있는 모든 마을을 하나씩 하나씩 샅샅이 뒤지고 있다는 불길한 소식이 들려오고 있습니다."라며 현무 테리어 들개가 자신들이 정탐한 정보를 꽃청 아랜 진돗개에게 보고 하였다.

"포기를 모르는 동물들에게 패배라는 경험은 삶에서 가장 쓰라린 것이겠지만, 동시에 향후 승리의 밑거름이 되기도 하지. 이러한 사악한 무리가 사람들과 접촉하여 우리가 가지고 있는 고문 기술보다 더 뛰어난 기술이나 도구를 습득하게 된다면, 이번에는 우리가 아름다운 제주도에서 쫓겨나게 될 것이다."

"너희 들개들은 곧바로 기승전결 마을로 들어가서 백색 호랑이와 북극곰 무리의 동태를 자세히 살펴 나에게 알려주기 바란다. 적당한 시기에 내가 위험의 싹을 완전히 자르기 위해 사냥개 무리를 이끌고 직접 토벌하러 가겠다."라고 꽃청 아랜 진돗개가 전의를 불태우며 말했다.

"기승전결 마을은 육지에서도 아주 깊숙이 들어가야 하는 장소인 원주 지방에 위치하고 있다고 들었습니다. 들개들은 단거리 장소를 정탐하는 건 가능하지만 오랜 기간 사냥으로 배고픔을 해결하면서 장거리 정탐을 하는 것은 불가능합니다. 장거리 정탐에 적당한 동물을 선정하여 파견하는 것이 옳다고 생각합니다."라며 현무 테리어 들개가 기승전결 마을 탐색 활동을 에둘러 거부하였다.

"그렇다면 너희 들개들을 대신해 내륙 깊숙한 장소에 위치한 기승전결 마을에 살고 있다는 백색 호랑이와 북극곰 무리를 정탐할 수 있는 건 어떤 동물이라고 생각하느냐?"라며 매우 언짢은 표정으로 꽃청 아랜 진돗개가 말했다.

그때 부라퀴 불도그가 잽싸게 꽃청 아랜 진돗개에게 대답했다.

"쏘블리 마을에서 편지와 소포를 배달하고 있는 검은 흑돼지가 다른 동물들보다 뛰어난 네 가지 특성을 가지고 있어 적임자라고 생각합니다."

"흑돼지의 뛰어난 네 가지 특성? 어서 얼른 말해 보아라."라고 꽃청 아랜 진돗개가 부라퀴 불도그에게 되물었다.

"첫 번째 특성, 흑돼지는 다른 동물들보다 후각이 매우 발달했습니다. 흙바닥을 자세하게 탐색하여 동물들이 이동한 발자취를 추적할 수 있습니다. 비록 10년이라는 시간이 지나갔지만, 백색 호랑이와 북극곰 무리가 육지에서 이동한 경로라면 후각만으로 충분히 파악할 수 있기 때문에, 우리가 예상하지 못한 더 많은 정보를 추가로 얻을 수도 있습니다."

"두 번째 특성, 흑돼지는 잡식성 동물입니다. 길거리에 널려 있는 거의 모든 동물과 식물을 먹을 수 있으며, 만약 길거리에 먹을 수 있는 음식이 없다면 쟁기 수준인 돼지 코를 이용하여 땅을 파서 벌레나 나무 뿌리를 먹으며 자신의 배고픔을 해결할 수 있습니다. 따라서 소지하고 있는 음식이 없어도 아주 먼 곳까지도 충분히 정탐할 수 있습니다."

"세 번째 특성, 흑돼지는 청결한 동물입니다. 유유상종이라는 말처럼 깨끗한 이미지는 더러운 옷을 입고 있는 하층 동물들이 아닌 깨끗한 옷을 입은 상류층에 있는 동물들과 더 친밀하게 지낼 수 있어 일반 동물들이 잘 모르는 고급 정보들을 많이 습득할 수 있습니다."

"네 번째 특성, 흑돼지는 서열을 중시하는 동물입니다. 따라서 자신이 정탐하여 습득한 정보를 절대 배신하지 않고 반드시 꽃청 아랜 진돗개 님께 전달하여 드릴 것입니다."

부라퀴 불도그의 설명에 매우 흡족해진 꽃청 아랜 진돗개는 기승전결 마을을 정탐할 적임자 동물로 검은 흑돼지를 임명하겠다고 발표했는데, 이번에는 사냥개 무리가 흥분하며 반대했다.

"우리와 같은 사상을 소유하고 있는지 전혀 알 수 없고 신분도 미천한 검은 흑돼지에게 사냥개들의 미래가 걸린 기승전결 마을 정탐의 중책을 맡겨서는 절대 안 됩니다. 우리와 친분이 있는 동물로 새로 선정하여 주시기 바랍니다."

"동물들은 저마다 다양한 능력을 가지고 태어난다. 정탐 기회는 누구에게나 공평하게 부여해서는 안 된다. 정탐하는 곳에 잘 적응하고 정보를 처리할 수 있는 능력을 갖춘 동물에게 부여하는 것이 더 중요하다."

"정탐 능력이 부족한 동물들은 다음 기회를 붙잡기 위해 열심히 노력하기 바란다. 나는 매일 쏘블리 마을 동물들에게 새 소식을 전하는 직업을 가진 검은 흑돼지를 기승전결 마을을 탐색할 동물로 선발하겠다."라고 꽃청 아랜 진돗개가 최종 선언하였다.

검은 흑돼지는 동물들의 열렬한 환송을 받으며 백색 호랑이 무리와 북극곰 무리가 살고 있다는 기승전결 마을을 정탐하기 위하여 쏘블리 마을 입구에 있는 항구에서 부산으로 향하는 배를 타고 떠났다.

소나타 낙타

부산에 도착한 검은 흑돼지는 제일 먼저 육지 동물들의 동향을 탐색하는 임무를 수행 중인 현무 테리어, 초아 세인트 버나드 , 부라퀴 불도그와 그의 아들인 톨로 불도그를 만나서 지금까지 수집한 백색 호랑이와 북극곰 무리의 동향 정보를 얻었다.

"부산에서 원주까지는 아주 긴 여행이 될 거야! 혼자 가는 것은 무리지. 자네와 함께 먼 거리를 갈 수 있는 친구를 소개할게. 이 친구 이름은 소나타야."라고 현무 테리어 들개가 검은 흑돼지에게 등에 큰 혹이 두 개나 달린 이상한 동물을 소개해주었다.

"등에 커다란 혹을 달고 있어 걷기도 힘들 것 같은 이상하게 생긴 동물이 과연 먼 곳까지 여행할 수 있을까요?"라고 검은 흑돼지가 의구심을 나타내자, 소나타 낙타가 검은 흑돼지에게 다가와 웃으면서 말했다.

"난 낙타라는 동물이야! 등 위에 있는 혹은 물주머니가 아니라 지방 덩

【영월 한반도 지형/한반도 지형 사진작가 고주서 作】

어리야. 3일간 아무것도 먹지 않아도 지방 덩어리를 분해시켜 필요한 수분을 충분히 섭취할 수 있기 때문에 장거리 여행도 가능해. 더구나 한 번에 500kg의 화물도 거뜬히 운반할 정도로 힘도 세다구."라며 검은 흑돼지가 제주도에서 식량으로 힘겹게 운반해 온 제주 감귤을 한 손으로 번쩍 들어 올렸다.

"와우~! 소나타 낙타가 나의 여행 동반자가 되어 준다면, 내가 준비해온 식량들을 운반하는데 큰 힘이 되겠는 걸?"

검은 흑돼지는 소나타라는 이름을 가진 낙타에게 자신이 가져온 귤과 함께 제주 한라봉도 함께 던져주었다.

검은 흑돼지와 소나타 낙타는 백색 호랑이와 북극곰 무리가 이동한 흔적을 따라 부산에서 대구, 그리고 다시 충주를 거쳐 마침내 한 달 만에 원주 지방 근처까지 무사히 도착했다.

검은 흑돼지와 소나타 낙타가 원주 지방 근처에 있는 산속에 숨어서 바라본 기승전결 마을은 제주도 쏘블리 마을보다는 면적이 약간 작았지만, 더 다양한 종류의 동물이 살고 있는 것처럼 보였다.

"바로 너희가 꽃청 아랜 진돗개가 백색 호랑이와 북극곰 무리를 정탐하라고 보낸 동물들이구나!"

기승전결 마을을 몰래 정탐하고 있었던 검은 흑돼지와 소나타 낙타 뒤에서 회색 털을 가진 늑대가 갑자기 나타나서 말했다.

"기승전결 마을은 10여 년 전에는 황색 호랑이와 반달곰 무리가 여러 동물들과 함께 협력하면서 평화롭게 살고 있던 마을이었지만, 지금은 제주도에서 이주해 온 백색 호랑이와 북극곰 무리로 인해 남과 북, 두 개의 연합세력으로 사실상 나뉘어 맹주 자리를 놓고 치열하게 대립하면서 싸우고 있어."

"북쪽 지역은 제주도에서 이민 온 하르방 백호가 이끌고 있는 백색 호랑이 무리와 지역 동물인 황색 호랑이 무리가 연합세력을 이루어 지배하고 있고, 남쪽 지역은 제주도에서 이민 온 태왁 북극곰이 이끌고 있는 북극곰 무리와 지역 동물인 반달곰 무리가 연합세력을 이루어 지배하고 있지."라며 회색 털을 가진 늑대가 기승전결 마을의 현재 상황에 대하여 자세하게 설명해 주었다.

회색 털을 가진 늑대의 갑작스러운 등장에 너무 긴장한 검은 흑돼지와 소나타 낙타를 보자 회색 털을 가진 늑대가 또다시 말했다.

"아~ 참. 내 소개를 아직 안 했구나. 나는 코크라고 해. 지금은 기승전결 마을 북쪽 지역을 다스리는 하르방 백호의 군사 역할을 담당하고 있어."

"너희가 정탐하려고 자리 잡은 장소는 태왁 북극곰이 다스리고 있는 기승전결 마을의 남쪽 지역이야. 제주도에서 탈출한 꽃청 아랜 진돗개의 책사인 화니 유니콘과 레아 더치 집토끼가 태왁 북극곰에게 귀순했다는 소식을 듣고 나도 남쪽 지역에 대한 정탐 임무를 맡아 이곳에 왔을 뿐이야."

"관계를 발전시키는 것은 진실이 아니라 상대방에 대한 믿음이라고 하는데, 나를 믿고 함께 하르방 백호에게 가지 않을래? 지금 기승전결 마을에 엄청난 사건이 발생했어. 그리고 너희가 제주도에서 온 동물들임을 알게 된다면 북쪽 지역에 사는 동물들이 너희를 영웅처럼 환대해줄 거야."

검은 흑돼지는 북쪽 지역에 사는 동물들이 자신들을 영웅으로 환대해줄 것이라는 말보다는, 기승전결 마을에 발생한 엄청난 사건에 관한 정보를 정확하게 파악하고 싶다는 생각으로 코크 늑대의 제안을 수락하였다.
코크 늑대는 백색 호랑이와 황색 호랑이 무리가 지키고 있는, 흰색과 황색으로 아름답게 치장된 하르방 백호의 집무실로 검은 흑돼지 일행을 안내하였다.

"백색 호랑이와 북극곰 무리의 사이가 나쁜 이유는 곶자왈 숲에서 사냥개 무리에게 자신들이 쫓겨난 결정적 원인을 상대편 탓으로 인식하고 있기 때문이야."라고 코크 늑대가 하르방 백호가 집무실로 들어오기를 기다리고 있는 검은 흑돼지 일행에게 먼저 말을 꺼냈다.

"과거의 불행한 일을 교훈으로 삼지 않고 남의 탓으로만 생각한다면 불행한 삶을 살 수밖에 없어. 용서는 남이 아닌 자신을 위한 거야."라며 검은 흑돼지가 코크 늑대의 말에 응수했다.

"우리도 사람들과 접촉하여 태왁 북극곰에게 사용한 동일한 총을 얻거나 사냥개 무리가 포로 호랑이에게 사용한 고문 기술에 대한 정보를 습득하게 된다면 제주도뿐만 아니라 광대한 육지를 통치할 수 있는 유일무이한 진짜 영웅이 될 수 있다는 희망을 품으면서 살고 있어."라고 코크 늑대는 자신들의 바람도 함께 말했다.

"이분들이 제주도에서 꽂청 아랜 진돗개가 정탐자로 선정하여 보낸 동물인가요?"

젊은 황호와 백호의 부축을 받고 집무실 안으로 들어온 아주 나이 많은 백호가 띄엄띄엄 간신히 말을 이어가며 물었다.

"이분이 하르방 백호 님이셔. 인사 드려. 그리고 하르방 백호 님 옆에 있는 젊은 황호는 후계자인 장남 달형 황호 님이고 그 옆에는 차남인 구릿 백호 님이야"

검은 흑돼지와 소나타 낙타가 집무실로 막 들어온 하르방 백호 일행에게 정중하게 인사를 하자, 왼쪽에 있던 달형 황호가 심각한 표정을 일시적으로 풀고 반갑게 맞아주었다.

"코크 늑대에게서 기승전결 마을에 발생한 엄청난 사건에 대해 이미 들으셨나요?"

달형 황호의 돌발 질문에 자신들은 오늘 처음 기승전결 마을에 도착했기 때문에 어떤 일이 발생했는지 전혀 모른다고 검은 흑돼지가 대답했다.

"그럼 지난 10년 동안 기승전결 마을에서 발생한 일들에 대해 간략하게 이야기하는 것이 좋겠군요."라고 달형 황호가 천천히 말했다.

"사냥개 무리에 의해 제주도 곶자왈 숲에서 쫓겨난 백색 호랑이와 북극 곰 무리는 육지에서 정착할 장소를 찾아 부산에서 대구, 그리고 다시 충주를 거쳐 원주 지방에 속한 기승전결 마을까지 오게 되었어요."

"기승전결 마을 북쪽 지역에 정착한 백색 호랑이 무리는 기존에 정착해 있던 황색 호랑이 무리와 혼인하여 연합세력을 형성하였고, 남쪽 지역에 정착한 북극곰 무리는 기존에 정착해 있던 반달곰 무리와 혼인하여 연합 세력을 형성하였고요."

"물론 그 당시 원주 지방에 막 도착해 외부 세력이었던 백색 호랑이 무리와 북극곰 무리는 서로 힘을 합쳐 토착 세력이 지배하고 있는 새로운 정착지에 잘 적응할 수 있도록 아주 긴밀하게 협력하고 있었습니다."

"나이가 많아 기력이 많이 쇠한 하르방 백호와 곶자왈 숲 싸움에서 사냥꾼이 쏜 총에 맞아 왼손을 다쳐 더 이상 싸움을 할 수 없게된 태와 북극곰이었지만, 자신들이 죽기 전에 반드시 꽃청 아랜 진돗개가 이끌고 있는 사냥개 무리를 물리치고 고향인 제주도 곶자왈 숲으로 되돌아갈 수 있다는 희망의 끈을 절대 놓지 않았습니다."

"사람들에게 전수받은 고문 기술을 가지고 있는 사냥개 무리를 물리치고 고향인 제주도 곶자왈 숲으로 되돌아가기 위해서는 반드시 지구 어딘가에 남아 있는 사람들을 만나서 사냥꾼이 가지고 있던 총이라는 무기를 얻어야만 한다는 굳은 믿음도 당연히 가지고 있었지요."

"그래서 호랑이와 곰 무리는 합동 탐색대를 구성하여 사람들의 흔적들을 찾아 전국으로 나서게 되었는데, 지금으로부터 6개월 전 강화도 지방 마니산 근처에서 써니라는 여자의 자녀들인 남매가 애완동물로 기르고 있었던 구라 대부 거북이를 우연히 만나게 되었습니다."

"구라 대부 거북이는 합동 탐색대 대원들에게 써니라는 여자는 시리우스 별에 살고 있는 사람들이 과거처럼 다시 지구에서 살아갈 수 있도록 신체적 면역력을 증가시킬 수 있는 인삼이라는 특수작물을 연구하는 연구원이라고 알려 주었습니다."

"지금으로부터 6년 전에 6년 근 인삼 표본을 시리우스 별로 가져갈 목적으로 우주선을 타고 지구로 오게 된 써니는 마니산 지역과 금산 지방에 연구용 인삼 밭을 만들어 두 지역을 오가며 인삼 작물 연구를 시작했습니다."

"써니의 피나는 노력의 결과, 앞으로 6개월 후면 6년 근 인삼 표본을 채취하여 시리우스 별로 되돌아간다는 중요한 사실도 알려 주었지요."

"문제는 써니는 특수작물 연구원이기 때문에 합동 탐색대가 원하는 총을 가지고 있지 않았다는 거예요. 총을 얻으려면 어쩔 수 없이 써니 소유의 우주선을 타고 시리우스 별로 가야 한다고 했어요. 물론 시리우스 별로 가기만 하면 총보다 훨씬 더 무서운 무기도 얻을 수 있을 것이라는 솔깃한 이야기도 들려주었지만…"

"써니의 불새 우주선은 아주 작은 4인용이라 시리우스 별에서 지구 별로 올 때에도 써니와 자녀인 남매, 그리고 남매의 애완동물인 구라 대부 거북이 이렇게 세 명과 한 마리의 동물이 우주선에 탑승하여 함께 지구에 왔다고 말했어요."

"따라서 써니의 우주선에 탈 자리는 구라 대부 거북이가 양보한 한 좌석뿐이기 때문에, 호랑이와 곰 무리 중에서 선발된 단 한 마리만이 시리우스 별로 갈 수 있다며 무척 안타까워했습니다."

"구라 대부 거북이는 지구에서 시리우스 별까지 100일에 달하는 우주여행 기간 동안에는 고도의 인내력을 필요로 때문에, 자신이 직접 생각한 인내력 실험을 통과한 단 한 마리의 동물을 선택하겠다고 주장했어요."

"자신이 생각한 인내력 실험이란 밖을 돌아다닐 수 없는 우주선 안과 매우 비슷한 환경을 갖춘 마니산 동굴 안에서, 우주여행 기간과 동일한 100일을 지내야 하며, 맛없는 우주선용 음식과 마찬가지로 계속 먹기에 고달픈 쑥과 마늘만 먹어야 한다는 조건이라고 알려 주었어요."

"다시 말하면 구라 대부 거북이는 마니산 동굴에서 100일 동안 정말 맛없는 쑥과 마늘만 먹는 엄청난 인내력을 소유한 단 한 마리의 동물을 선택하여 자기 대신 불새 우주선에 태우겠다며, 2개월 후 자신이 제안한 시험에 도전할 동물을 호랑이와 곰 무리가 각각 선발하여 마니산으로 다시 자신을 찾아오라고 제안한 것입니다."

"구라 대부 거북이의 제안을 듣고 기승전결 마을로 되돌아온 합동 탐색대는 각각 호랑이와 곰 무리에게 되돌아가서 100일 동안 마니산 동굴에서 쑥과 마늘만 먹고 견디어 최종 우주선 탑승 동물로 선택 받을 수 있는 방법에 대해 각자 연구를 시작하였습니다."

"그리고 시리우스 별에서 총보다 훨씬 더 무서운 무기를 얻을 수 있다면, 제주도뿐만 아니라 전국을 지배할 수 있을 것이라는 생각을 가지게 되자, 호랑이와 곰 무리의 사이는 급속도로 나빠지기 시작했습니다."

"이러한 상황 속에서 최근에 사람들과 친숙했던 꽃창 아랜 진돗개의 책사인 화니 유니콘과 사람들에 대하여 많은 것을 알고 있다고 소문이 난 레아 더치 집토끼가 자신들의 반대 세력인 태왁 북극곰에게 귀순했다는 소문까지 듣게 되자, 우리는 곰 무리와의 경쟁에서 질까 봐 큰 근심에 사로잡히게 되었습니다."

"하지만 때마침 꽃청 아랜 진돗개가 육지 정탐 동물로 검은 흑돼지를 임명했다는 사실을 우연히 듣고, 코크 늑대를 파견하여 부산에서부터 기승전결 마을까지 검은 흑돼지 일행을 계속해서 추적해서 마침내 호랑이 무리가 있는 장소까지 유인하게 된 것입니다."라고 지난 일들에 대하여 검은 흑돼지에게 달형 황호가 상세하게 이야기해 주었다.

"사람들에 대해서 어떤 것을 알고 있나요? 사람들은 총보다 더 무서운 무기를 정말로 가지고 있나요? 구라 대부 거북이의 의도는 무엇일까요?"

달형 황호는 마치 검은 흑돼지 일행이 사람들에 대하여 많은 것을 알고 있다고 생각하는 것 같았다.

"저희는 꽃청 아랜 진돗개에 대해서는 어느 정도 정보를 알고 있지만, 사람들에 관해서는 아무것도 몰라요."라며 소나타 낙타가 대략 난감한 표정을 지으며 고개를 절레절레 흔들었다.

"코크 늑대는 어떻게 사람들에 대해서 아무것도 모르는 이런 멍텅구리 같은 동물을 여기까지 데리고 온 거야! 너희도 당장 여기에서 꺼져!"라며 다혈질인 구릿 백호가 자신이 앉아 있었던 의자를 박차고 일어나며 말했다.

"잠깐만요. 우리는 사람들에 대해서는 전혀 모르고 있지만, 태와 북극곰에게 귀순했다는 화니 유니콘과 레아 더치 집토끼와 친분이 있어요. 그들과 접촉하여 구라 대부 거북이가 제안한 시험에 도전한 곰 출전자의 정보와 전략을 얻어다 드릴게요."

검은 흑돼지의 돌발 제안에 하르방 백호, 달형 황호, 구릿 백호와 코크 늑대는 금세 화가 난 표정을 바꾸며 크게 기뻐하였다.
검은 흑돼지와 함께 집무실을 나온 소나타 낙타가 자신이 힘들게 들고 있었던 제주 감귤과 한라봉을 땅바닥에 내던지면서 코크 늑대에게 말했다.

"여기까지 오던 도중에 배고픈 호랑이 무리를 많이 본 것 같은데, 어째서 하르방 백호와 그 자녀들은 내가 들고 있는 감귤과 한라봉에는 전혀 관심이 없고 사람들이나 무서운 무기들에만 관심이 있는 걸까?"

"대부분의 권력자는 백성들이 필요한 것에는 관심이 전혀 없어. 오직 자신이 소유하고 싶은 것이나 자신의 힘을 더 강력하게 뒷받침해 주는 것에만 관심이 있다고."

코크 늑대는 소나타 낙타의 질문을 이해할 수 없다는 표정으로 대답했다.

제6편

호랑이와
곰 신화

선발된 동물

검은 흑돼지는 소나타 낙타를 코크 늑대에게 맡겨두고 홀로 곰 무리가 살고 있는 지역으로 잠입하여 화니 유니콘과 레아 더치 집토끼의 행방을 열심히 찾고 있었다.

그때 기승전결 마을의 남쪽 지역을 순찰중인 곰 무리의 돌격대장인 아레스 하운드 들개를 우연하게 보게 되었고, 아레스 하운드 들개를 쫓아간 다면 반드시 화니 유니콘과 레아 더치 집토끼를 만날 수 있을 것이라고 생각했다.

"화니야, 화니야."

예상대로 순찰을 끝마친 아레스 하운드 들개가 도착한 막사에서 어떤 반달곰 한 마리와 담소를 나누고 있는 화니 유니콘을 보고, 검은 흑돼지는 반가움에 큰 소리로 부르면서 달려갔다.

제주도에서 자신에게 편지나 여러 가지 소식을 전해주었던 검은 흑돼지를 기승전결 마을에서 갑자기 만난 화니 유니콘은 처음에는 깜짝 놀랐지만, 곧 기쁘게 맞이하며 자신과 담소를 나누고 있었던 반달곰 한 마리도 적극적으로 소개하여 주었다.

"이분은 기승전결 남쪽 마을을 다스리고 있는 태왕 북극곰의 친아들인 선 반달곰이셔."

선 반달곰은 훤칠한 키에 가슴에는 흰 반달 모양이 크게 그려진 다부진 몸을 가진 아주 잘생긴 반달곰이었다.

검은 흑돼지는 기승전결 마을에 살고 있는 어떤 동물에게서 호랑이와 곰 무리가 각각 선발한 한 마리의 동물이 구라 대부 거북이를 만나기 위해 마니산 동굴로 간다는 이야기를 우연히 듣게 되었다고 화니 유니콘에게 말했다.

"곰 무리가 선발한 동물은 누구니?"

검은 흑돼지의 질문에 잘 생긴 선 반달곰이 화니 유니콘을 대신하여 대답했다.

"지구를 떠나 우주로 간다는 것은 생명을 담보로 하는 아주 위험한 일이야. 호랑이 무리는 연로한 하르방 백호의 뒤를 이어 호랑이 무리를 이끌어

갈 장남인 달형 황호를 선발할 수는 없을 거야. 당연히 차남인 구릿 백호가 선발되어 마니산 동굴로 가겠지."

"하지만 곰 무리를 이끌고 있는 태왁 북극곰의 자녀는 나 혼자뿐이야. 호랑이 무리는 독신이면서 곰 무리의 유일한 후계자인 나를 매우 위험한 우주로 보낸다는 것은 불가능하다고 판단하고 있기 때문에, 마니산 동굴로 가는 동물이 대체 누구인지 몹시 궁금해 하고 있을걸?"

검은 흑돼지와 함께 선 반달곰의 말을 듣고 있었던 화니 유니콘도 아무 말도 하지 않고 조용히 고개만 끄덕이고 있었다.

선 반달곰은 오늘 밤 만찬을 차려 두 동물의 반가운 만남을 환영해 주고 싶다며 검은 흑돼지와 화니 유니콘을 자신의 집으로 초대하였고, 선 반달곰이 주최하는 만찬장에서 검은 흑돼지는 보고 싶었던 레아 더치 집토끼까지 만나게 되었다.

환영 만찬장 행사에서 검은 흑돼지는 화니 유니콘이 태왁 북극곰의 군사이며, 레아 더치 집토끼가 태왁 북극곰의 책사라는 가장 높은 직책에 임명되었다는 사실을 알게 되었다.

즐거운 만찬이 모두 끝나자 검은 흑돼지는 화니 유니콘과 레아 더치 집토끼와 함께 잠을 청할 화려한 막사를 배정받았고, 막사 안에서 화니 유니콘, 레아 더치 집토끼와 과거 제주도 시절의 추억들을 정겹게 나누면서 곰 무리에 관한 많은 정보를 얻게 되었다.

"화니와 레아는 제주도 쏘블리 마을에서의 삶과 기승전결 마을에서의 삶 중에서 어디가 더 좋아?"

검은 흑돼지는 자신이 아직 경험하지 못한 기승전결 마을에서의 삶이 몹시 궁금하여 직접적으로 물어보았다.

"일반적인 동물들은 자기가 소유한 잠자리와 음식, 옷이나 자연환경과 여건 등을 보고 삶의 우열을 비교하지만, 그것보다는 살아 있다는 것 자체에 가장 감사해야 해. 삶에는 좋고 나쁨은 없다."라며 화니 유니콘이 대답했다.

"짧은 시간에 태와 북극곰에게 인정받아 화니는 군사가 되고 레아는 책사라는 높은 직책을 임명 받았잖아. 정말 대단해. 받은 직책이 부담되지는 않니?"

머쓱해진 검은 흑돼지가 침체된 대화 분위기를 바꾸기 위한 말에도 화니 유니콘이 또다시 냉정하게 말했다.

"책임을 부여한다는 것은 그 동물에 대한 신뢰를 표현한 것이야. 그래서 나도 태왁 북극곰을 진심으로 존경하고 있어."

더 이상 자연스러운 분위기로는 시험에 도전할 곰 무리의 출전자를 알 수 없다고 판단한 검은 흑돼지는 단도직입적으로 출전자 정보를 물어보기로 결심했다.

"곰 무리 중에서 마니산 동굴로 선발되어 가게 된 동물이 누군지 궁금해서 내가 미칠 것 같아. 너희가 나에게 정보를 알려주면 정말 안 되는 거니?"

"선 반달곰!"

검은 흑돼지의 애처로운 질문에 레아 더치 집토끼의 입에서 선발된 동물 이름이 튀어나왔고, 깜짝 놀란 화니 유니콘이 레아 더치 집토끼를 노려봤지만 이미 엎질러진 물이었다.

"태왁 북극곰의 유일한 후계자이며 독신자인 선 반달곰을 죽을지도 모르는 우주로 보낸다고?"

검은 흑돼지는 즉시 반문했지만, 화니 유니콘의 눈치를 보고 있었던 레아 더치 집토끼는 더 이상 아무런 말도 하지 않았다.

다음 날 새벽 레아 더치 집토끼는 곤히 잠들고 있던 검은 흑돼지를 조용히 깨워 막사 주변에 위치한 정원이 있는 산책로로 데리고 가면서 말했다.

"내가 제주도 쏘블리 마을에서 홀로 살고 있을 때, 네가 전해준 편지와 여러 가지 소식을 받은 덕분에 혼자 세상에 남겨졌다는 외로움을 견딜 수 있었어. 고마움의 표시로 너에게 조금이라도 도움이 될 수 있다면 내가 알고 있는 정보를 무엇이라도 너에게 알려줄게."

"여기에 앉아서 조금만 기다리면 모든 것을 알 수 있어."

레아 더치 집토끼는 정원에 설치된 수많은 의자 중에서도 아주 구석진 곳에 위치한 의자를 가리키며 검은 흑돼지에게 말했다.

30분쯤 시간이 흘러갔을 때, 레아 더치 집토끼는 검은 흑돼지에게 다시 말했다.

"사람들이 가지고 있는 각종 무기와 기술은 우리 같은 동물들이 도저히 상상할 수 없을 정도로 강하고 무서워. 만약 사람들이 가지고 있는 무서운 무기 중에서 한 개라도 소지한 동물이 있다면, 기승전결 마을뿐만 아니라

【담다리 참꽃/한국의 야생화 김정명 사진작가 作】

제주도 전역··· 아니 전 세계를 지배할 수 있는 강력한 힘을 가지게 될 거야."

"만약에 써니라는 여자와 함께 시리우스 별에 가서 총 또는 더 무서운 무기를 가져오게 되는 동물이 자신의 가족이 아니라면, 하르방 백호와 태와 북극곰 자신은 물론 그들의 가족들까지도 매우 위태로워질 수 있어."

"그렇기 때문에 절대로 가족 이외의 다른 동물에게 자신들의 운명이 걸린 중요한 임무를 맡길 수는 없어."

"호랑이와 곰 무리의 합동 탐색대가 2개월 후에 구라 대부 거북이로부터 시험에 도전할 동물을 선발하여 마니산으로 다시 찾아오라는 제안을 받았을 때, 하르방 백호는 즉시 차남인 구릿 백호를 선발하였지만, 외아들밖에 없었던 태와 북극곰은 아무런 대책을 세울 수 없을 것이라고 누구나 생각했지. 심지어 나까지도."

"내가 꽃청 아랜 진돗개가 지배하는 제주도를 화니 유니콘과 함께 탈출한 이유는, 처음에는 모든 동물들의 평안과 질서 유지를 위해 노력했던 지도자 꽃청 아랜 진돗개가 쏘블리 마을과 곶자왈 숲까지 점령하여 제주도 최고 권력자가 되자마자 자신도 제어할 수 없는 욕망의 노예가 되어 자신의 권력 강화만을 탐하는 독재자로 점차 변하고 있었기 때문이야."

"태왁 북극곰도 곶자왈 숲 남쪽 지역을 지배하고 있을 때에는 백정(白精) 혈통의 정기를 받고 태어났다는 전설처럼 어려운 동물들을 돌봐주고 많은 동물에게 칭송받던 영웅적 지도자였어."

"그러나 권력자로서의 자리를 오래 지키고 있을수록 향기롭게 풍기던 영웅의 자질은 점차 사라지고, 악의를 내뿜는 사악한 독재자의 자질이 점차 나타나기 시작했지."

"곶자왈 숲에 살고 있는 동물들은 아직도 하르방 백호와 태왁 북극곰을 약한 동물들을 보호하는 동물들의 영웅으로 알고 있지만, 기승전결 마을에 살고 있는 동물들은 권력을 추구하는 독재자로 알고 있어."

"저기를 봐. 자신들의 권력을 빼앗기지 않으려고 마음씨 곱고 순수한 동물들을 자기 멋대로 이용하는 사악한 행동을."

열변을 토한 레아 더치 집토끼가 손가락으로 가리킨 장소에서는 아무도 없는 새벽에 산책로 옆 숲길에서 태왁 북극곰의 유일한 후계자이며 독자인 선 반달곰이 예쁜 반달곰과 몰래 사랑을 나누고 있었다.

"자신의 혈연만이 권력자가 되어야 한다는 삐뚤어진 욕망을 가진 태왕 북극곰은 후계자인 선 반달곰과 작당하여 후계자라는 권력과 잘생긴 외모, 그리고 혼인을 빙자한 사기 수법으로 수십 마리의 예쁜 반달곰과 북극곰을 유혹하여 새벽마다 사랑을 나누면서 임신을 시키고 있어."

"지금 권력층에 있는 동물들은 모두 쉬쉬하고 있지만, 선 반달곰의 자녀를 임신한 처녀 곰의 숫자만 해도 수십 마리가 훨씬 넘어. 더 많은 곰을 임신시키고 나면, 선 반달곰은 마니산 동굴로 떠나갈 거야. 선 반달곰이 우주로 떠난 후에 다시는 지구로 되돌아오지 못하더라도 잉태된 자신의 자식들은 기승전결 남쪽 마을의 지배자가 되어 자신의 아버지인 선 반달곰의 업적을 칭송하며 살아 가겠지."

"그리고 내가 더 화가 나는 것은, 태왕 북극곰에게서 군사라는 고위직을 선물 받은 화니 유니콘이 이와 같은 사실을 모두 알고 있으면서도 잘못을 지적하기는커녕 '권력자는 모두 욕망의 소유자'라고 주장하면서 은근히 돕고 있다는 사실이야."

아무도 없는 새벽에 산책로 옆 숲길에서 계속해서 예쁜 반달곰과 사랑을 나누고 있는 선 반달곰을 바라보고 있는 레아 더치 집토끼의 눈에서는 분노의 눈물이 흘러나오고 있었다.

"레아. 최악의 상황에 직면하지 않으려면 큰 장점을 가진 지도자보다 큰 단점이 없는 지도자를 섬겨야 해. 둘 다 독재자는 맞지만 태와 북극곰은 하르방 백호보다 정신이 더 이상한 것 같아. 나와 함께 하르방 백호에게 가서 호랑이 무리가 구라 대부 거북이의 선택을 받을 수 있도록 돕지 않을래?"

검은 흑돼지의 권유에 레아 더치 집토끼가 잠시 깊은 고민을 한 후 대답했다.

"마니산 동굴에서 무려 100일 동안 쑥과 마늘만 먹고 있어야 한다는 조건은 구릿 백호와 션 반달곰에게 큰 고통이 될 거야. 하지만 내가 둘 중에서 누구를 선택하느냐에 따라 승패가 달라질 수 있다고 생각해. 구릿 백호는 나에게 큰 절을 해야 할 걸?"

레아 더치 집토끼가 마치 구릿 백호를 선택할 것 같은 뉘앙스를 드러내자 신이 난 검은 흑돼지가 말했다.

"구릿 백호가 이길 수 있는 좋은 묘안이라도 있는 거니?"

"내가 제주도에서 살았던 집 4층은 사람들이 공부하던 책을 모아둔 서재였어. 서재에 있던 책 중에는 쑥과 마늘을 이용한 각종 요리법이 적혀 있는 요리책도 있었지."

"비록 100일이라는 긴 시간이지만, 요리법에 적혀 있는 대로 요리해서 먹는다면 구라 대부 거북이가 제안한 쑥과 마늘만 먹는 고통을 많이 줄여줄 수 있을 거야."

레아 더치 집토끼에게서 마니산 동굴로 선발된 동물의 이름뿐만 아니라 구릿 백호가 선 반달곰과의 경쟁에서 이길 수 있는 방법까지 알게 된 검은 흑돼지는 더 이상 정보 습득을 위해 기승전결 남쪽 마을에 머무를 필요가 없다고 생각하였다.

마니산 동굴 생활 준비

"권력을 계속해서 잡고 있으면 처음에는 선량하고 똑똑했던 지도자들도 탐욕스럽고 무식한 독재자로 변하는 이유는 뭘까? 그리고 왜 고통 받는 동물들은 독재자의 탄생을 방치하고 있는 걸까?"

기승전결 북쪽 마을의 지배자 하르방 백호 가족을 기다리고 있는 집무실에서 레아 더치 집토끼가 검은 흑돼지에게 물었다.

"처음에는 자신이 가지고 있는 능력을 활용하여 많은 동물에게 도움을 줄 목적으로 지도자가 되었지만, 막상 지도자가 되어 자신의 마음대로 추진하는 일을 지지하는 많은 동물이 아무런 견제 없이 무조건 동조만 할 뿐 잘못한 것을 전혀 비판하지 않기 때문에 독재자로 변하는 것 같아."

"독재자를 몰아내 새로운 지도자를 선출한 경우에도 자신이 선출한 행위가 잘못되었다는 사실을 인정하기 싫어서 자신이 선출한 지도자에게는 어떤 비판도 하지 않고, 오히려 잘못을 견제하려는 세력들을 비판하려는 동물들의 행위가 끊임없이 새로운 독재자의 탄생을 돕는 것 같고."

"동물들은 항상 독재자를 비난하고 있다고 주장하지만, 자신이 동조하는 지도자에 대해서는 견제하지 않고 무조건 지지하고자 하는 동물들의 행위 때문에 계속해서 새로운 독재자가 탄생한다는 사실. 그리고 독재자들 역시 자신을 비판하지 않는 동물들에게 큰 힘을 얻고 있다는 사실을 전혀 모르고 있어. 마치 우리가 지금 하고 있는 어리석음처럼."

이때, 집무실 안으로 하르방 백호와 그의 가족, 그리고 군사인 코크 늑대와 함께 들어온 소나타 낙타가 검은 흑돼지를 보자마자 큰 입을 싱글벙글거리며 말했다.

"검은 흑돼지! 마니산 동굴로 선발된 동물은 하르방 백호의 차남인 구릿 백호 님이셔. 글쎄 내가 마니산 동굴 근처까지 구릿 백호 님을 곁에서 보좌하는 수행원으로 선택되었어."

"맞아! 소나타 낙타가 한 손에는 감귤, 또 다른 한 손에는 한라봉을 거뜬하게 드는 힘을 보신 하르방 백호가 구릿 백호의 수행원으로 바로 선택한 거야~!"

군사 코크 늑대도 소나타 낙타가 구릿 백호의 수행원으로 선택된 것이 매우 흡족한 듯 말하면서, 오랜만에 얼굴을 본 친구인 레아 더치 집토끼를 향해 반가운 손짓을 보냈다.

검은 흑돼지가 하르방 백호와 달형 황호, 그리고 구릿 백호에게 자신이 직접 데리고 온 레아 더치 집토끼를 소개하자 하르방 백호가 레아 더치 집토끼에게 물어보았다.

"검은 흑돼지의 설득으로 우리 편으로 귀순했다고 하던데. 사실인가?"

하르방 백호의 말을 듣고 깜짝 놀란 레아 더치 집토끼는 "미래에 대한 희망을 더 이상 기대할 수 없을 때, 배신을 선택하게 됩니다. 저는 태왁 북극곰에게서 희망 없는 미래를 본 제 마음에 따라 하르방 백호 님에게 귀순한 것뿐입니다."라고 대답했다.

곧이어 레아 더치 집토끼는 하르방 백호에게 태왁 북극곰이 선발한 동물은 유일한 후계자인 선 반달곰이라는 사실과 구릿 백호가 마니산 동굴에서 100일 동안 쑥과 마늘만 먹으며 참는 경쟁에서 선 반달곰을 이길 수 있는 방법으로 날것으로 쑥과 마늘을 먹는 대신 다양한 요리를 활용하여 먹으면 된다고 조언하면서 사람들이 쓴 각종 나물과 채소에 관한 요리법이 적혀 있는 요리책을 선물로 건네주었다.

레아 더치 집토끼가 가져온 정보에 매우 흡족해진 하르방 백호는 자신의 책사로 레아 더치 집토끼를 즉시 임명하였을 뿐만 아니라, 책 속에 적혀 있는 요리법을 하루빨리 숙달하기 위하여 기승전결 북쪽 마을에서 아주 큰 상금을 걸고 모든 호랑이 무리가 참여하는 요리 경연대회를 성대하게 개최하였다.

한편 호랑이 무리가 지배하는 기승전결 북쪽 마을의 축제 분위기와는 전혀 다르게 곰 무리가 지배하는 기승전결 남쪽 마을은 초상집 분위기였다.

태왁 북극곰은 군사인 화니 유니콘과 후계자인 선 반달곰을 자신의 집무실로 불러 크게 호통을 쳤다.

"네가 소개한 검은 흑돼지가 우리를 배신하여 사람들에 관한 고급 정보를 많이 가지고 있던 레아 더치 집토끼를 하르방 백호에게 데리고 갔다! 더구나 하르방 백호는 레아 더치 집토끼에게서 맛없는 쑥과 마늘을 활용하여 맛있게 먹을 수 있는 요리법이 적혀 있는 요리책을 선물로 받았고, 그 요리책에 있는 요리들을 숙달하기 위한 요리 경연대회까지 성대하게 개최하고 있다고 한다!"

"곰 무리가 기승전결 마을에서 완전히 사라질 수 있는 절체절명의 위기 상황이 닥쳤는데도 화니 유니콘은 선 반달곰이 구릿 백호를 이길 수 있는 대책을 아직까지도 전혀 세우지도 않고 있으며, 선 반달곰은 아무런 생각 없이 낮에는 자신이 정말 사랑하는 수아 북극곰을 만나서 황금 같은 시간을 낭비하고 있으니 내가 심히 걱정이 되는구나."

하지만 태와 북극곰의 호통 소리에도 불구하고 선 반달곰은 다음과 같이 크게 반발하면서 태와 북극곰의 집무실을 나가 버렸다.

"아버지. 선불리 판단하시면 모든 것을 망칠 수 있습니다. 동물들은 게임의 승패가 참가자들 개인의 실력과 전략의 절대적인 차이에 좌우된다고 말을 하지만, 사실은 참가자의 실력과 전략의 상대적 차이에 결정되는 것입니다. 레아 더치 집토끼의 도움을 받아 구릿 백호가 요리법을 숙달하기 위해 열심히 공부하든 방치하고 놀고 있든, 이 게임의 승자는 상대적으로 우수한 전략을 가지고 있는 저입니다. 심려 놓으시고 편안히 계시기만 하세요."

선 반달곰의 반항에 더욱 화가 난 태와 북극곰은 화니 유니콘에게 선 반달곰이 마니산 동굴로 떠나기 전까지의 일상을 자세하게 관찰하여 자신에게 알려달라고 명령하였다.
며칠 동안 선 반달곰을 새벽부터 한밤중까지 몰래 추적하여 일상 활동을 자세하게 탐색한 화니 유니콘은 태와 북극곰에게 다음과 같이 보고했다.

"새벽에는 후손을 낳기 위해 매일 새로운 반달곰, 북극곰 처녀들을 대상으로 사랑을 나누고, 오후에는 자신이 제일 좋아하는 수아 북극곰을 만나서 연애를 하고 있으며, 저녁이 되면 밤새도록 단백질이 풍부한 음식들을 선별하여 엄청난 양을 먹고만 있습니다."

"밤새도록 단백질이 풍부한 음식을 엄청나게 먹기만 하고 있다고?"

화니 유니콘의 보고를 들은 태와 북극곰은 잠시 동안 곰곰이 무엇인가를 계속해서 생각한 후에 다음과 같이 말했다.

"음~. 역시 내 아들 선 반달곰은 매우 똑똑하구나. 구릿 백호가 어떤 작전을 구사하더라도 결코 내 아들을 이길 수는 없을 것이다. 며칠 남지 않았지만, 우리 마을도 내 아들이 마니산 동굴로 떠나기 전까지 매일 성대한 잔치를 열어 곰 무리의 승리를 미리 축하하겠다."

수아 북극곰

태와 북극곰도 선 반달곰의 작전 내용을 어느 정도 알아차린 것 같았으나, 화니 유니콘은 군사인 자신이 아직도 아무것도 모르고 있는 상황이 너무 부끄러웠다.

그래서 자신의 자존심을 내려놓고 선 반달곰을 다시 찾아가 호랑이 무리에게 승리할 수 있는 작전에 대해 직접 물어보기로 결심했다.

기승전결 남쪽 마을 여러 장소를 돌아다니며 탐색하고 있던 화니 유니콘은 아름다운 꽃들이 만발한 공원에서 수아 북극곰에게 무릎을 꿇고 무엇인가를 애원하고 있는 선 반달곰을 발견했다.

화니 유니콘이 선 반달곰을 향해 가까이 다가가려는 순간, 수아 북극곰이 흐느껴 울면서 선 반달곰에게 말했다.

"우주로 간 당신을 오랫동안 보지 못한다면 사랑스러운 당신의 모습이 내 기억에서 점차 잊혀질 거예요. 당신을 잊지 않으려고 노력하는 과정은 나에게 엄청난 심적 고통을 주겠죠."

【산철쭉/한국의 야생화 김정명 사진작가 作】

"그러나 그보다 나를 더 고통스럽게 하는 것은, 내가 어려울 때 한 번 나를 떠나간 당신이 언젠가 또다시 나를 만나게 되어도 언제든지 내 곁을 떠날 수 있다는 생각에 영원히 당신을 믿지 못하게 만들 불안감입니다."

"예쁜 외모의 매력은 사귀는 시간이 길어질수록 체감된다고 하던데, 사랑한다는 나를 아무런 망설임 없이 떠나 버리고 시리우스 별을 선택한 것도 그런 이유인가요?"

선 반달곰도 매우 고통스러운 표정을 지으며 수아 북극곰의 질문에 떨리는 목소리로 대답하고 있었다.

"내 눈에 비친 당신의 매력은 눈에 보이는 외모가 아니라 눈으로는 절대로 볼 수 없는 지혜랍니다. 진심으로 사랑하는 대상에게는 수백 번의 잘한 일보다 단 한 번의 실수가 더 기억에 남을 수밖에 없어요. 그 이유는 마음속에 늘 사랑하는 당신이 함께 살아있기 때문입니다."

"내가 비록 나만의 영광이 아닌 곰 무리의 번영을 위해 어쩔 수 없이 시리우스 별로 가는 길을 선택했지만, 나의 마음만은 당신 것입니다. 예전에는 먼 거리에서 다가오는 당신을 보기만 해도 내 마음에 따뜻한 온기가 흘렀어요. 하지만 당신의 모습을 아예 볼 수 없는 시리우스 별에서는 당신을 생각하기만 해도 내 마음에는 따뜻한 온기가 흐를 거예요. 마치 지금 당신의 흐느낌이 내 마음에 슬픈 빗줄기를 뿌리는 것처럼…."

선 반달곰의 대답 속에 담겨있는 자신을 향한 사랑을 확인한 수아 북극곰은 또다시 말했다.

"당신의 대답으로 인해 내가 혼자가 아니라는 사실을 깨닫고 있어요. 그리고 당신의 사랑은 내 작은 가슴속에 이미 차고도 넘치고요. 앞으로 당신의 시야에 내가 보이지 않을지라도 내 마음속에는 언제나 당신과 함께 살고 있다는 사실만은 당신의 운명처럼 믿어주길 바라요."

"나를 떠난 당신의 발자국 안에 내 사랑을 정성스럽게 담아놓고, 당신이 남겨 놓은 흔적이 하나씩 사라질 때마다 당신을 붙잡지 못한 나를 더욱 원망하겠지만, 당신의 힘겨운 여정이 모두 끝나는 날에 내가 당신의 곁에 남아서 당신을 향한 나의 영원한 사랑을 온 세상에 증명할 수 있었으면 좋겠어요. 당신은 내 마음을 훔쳐간 나의 유일한 동물이기 때문입니다."

"이제 제 마음속에 부족한 사랑을 그리움으로 대신 채워야 한다는 것을 잘 알고 있지만, 당신을 붙잡을 방법이 없기 때문에 어쩔 수 없이 보내주어야만 하는군요."

선 반달곰은 자신과의 이별을 매우 슬퍼하는 수아 북극곰을 따뜻하게 안아주며 위로가 담긴 시를 즉석에서 만들어 불러 주었다.

제목: 알 수 없는 너

지은이: 선 반달곰

사랑스러운 그녀를 만날 때에는
은둔자처럼 소리 없이 숨어 있다가

사랑스러운 그녀가 보이지 않을 때
너는 그녀 향기로 입힌 비수로
나를 찌른다.

큐피드가 쏜 화살을 맞은 고통으로
우리가 사랑의 문을 열었던 것처럼

네가 찌른 비수로
내 마음이 고통스러워할 때만이
비로소 우리는
오작교의 문을 열수가 있다.

너는 오작교를 건너가는 나를 위하여

그녀의 가슴에도 나처럼

고통의 비수를 꽂아다오!

아픔을 간직한 그녀만이

내가 가진 행복의 마르스를 만날 수 있으리라!

너와 처음 만났을 때의 고통이 클수록

너와 헤어질 때의 행복이 넘쳐나는

알 수 없는 너 그리움이요.

마니산 동굴에서의 대결

<마니산 동굴로 출발하기 전 - 기승전결 북쪽 마을>

구릿 백호는 북쪽 마을에서 열린 요리경연 대회에서 우승한 요리사들로부터 쑥과 마늘을 이용한 각종 요리법을 직접 전수받아 하루 12시간 이상 조리 연습을 하면서 완벽하게 요리법을 숙지하였다.

"아~ 동굴 안으로 가져가야 할 것이 너무 많은데…. 이것도 필요하고 저것도 필요하고… 어떡하지…."

또한 차가운 기운이 감도는 동굴 안에서 100일 동안 따뜻하게 생활하기 위하여 자신이 직접 입을 두꺼운 의복들도 준비했고, 지루한 시간을 재미있게 보내기 위해 고리 던지기와 제기 등 혼자서 즐길 수 있는 놀이기구들도 함께 챙겼다.

구릿 백호의 수행원으로 마니산 동굴로 함께 가게 된 소나타 낙타는 일행들이 기승전결 마을에서부터 마니산 동굴 도착지까지 동행하는 동안 함께 맛있게 먹을 한라봉과 감귤을 운반할 준비를 혼자서 모두 끝마쳤다.

군사인 코크 늑대의 호위 아래 수행원들은 구릿 백호가 마니산 동굴 안에서 100일 동안 요리해서 먹을 쑥과 마늘, 그리고 각종 양념과 조리기구 및 자신들이 직접 먹을 각종 음식을 준비했다.

모든 준비가 완벽하게 끝나자 코크 늑대의 호위 아래 마니산 동굴로 출발한 구릿 백호와 소나타 낙타 및 수행원들, 그리고 검은 흑돼지와 레아 더치 집토끼를 하르방 백호와 후계자이며 장남인 달형 황호, 그리고 호랑이 무리가 자신들의 승리를 기원하며 열렬하게 환송하였다.

<마니산 동굴로 출발하기 전 - 기승전결 남쪽 마을>

반면에 선 반달곰은 마니산 동굴에서 100일 동안 먹을 쑥과 마늘은 전혀 준비하지 않았고, 자신과 같이 동행할 화니 유니콘에게 명령하여 수행원들에게 각종 맛있고 단백질이 풍부한 음식을 준비하여 마니산으로 운반하도록 시켰다.

구라 대부 거북이의 선택을 받는 것은 곰 무리의 미래와 운명을 결정짓는 아주 중대한 일이라는 사실을 모든 곰 무리가 암묵적으로 인식하고 있었지만, 준비성이 매우 부족한 선 반달곰에 대한 곰 무리의 큰 우려와는 반대로 태왁 북극곰만은 자신들의 승리를 장담하고 있었다.

불안감이 감도는 분위기 속에서 돌격대장 아레스 하운드 들개의 호위를 받으며 선 반달곰과 화니 유니콘, 그리고 수행원들은 대와 북극곰, 수아 북극곰 및 곰 무리의 환송을 받으며 마니산 동굴을 향해 출발했다.

〈마니산 동굴 입구〉

마니산 동굴 입구에서 만나 서로 반갑게 인사를 나눈 구릿 백호 무리와 선 반달곰 무리는 처음 만난 구라 대부 거북이에게 동굴 안에서의 경기 규칙을 전해 들었다.

"지금부터 세 가지 패배 규칙을 말씀 드리겠습니다. 첫째, 내일부터 100일 동안 마니산 동굴 안에 생활공간을 배정받은 뒤에는 어떠한 일이 있어도 동굴 밖으로 나오시면 안 됩니다."

"둘째, 직접 가져온 쑥과 마늘, 그리고 동굴 안에 있는 물 이외에 다른 음식을 먹어서는 안 됩니다. 셋째, 상대방 동물과 직접 접촉하여 방해하는 행위를 해서는 안 됩니다."

"에~ 알겠습니다."

구릿 백호와 선 반달곰은 구라 대부 거북이가 알려준 규칙에 모두 동의하였다.

"오늘은 동행한 무리와 즐거운 시간을 보내시기 바랍니다. 내일 아침에 선발된 동물이 직접 마니산 동굴 생활에 사용할 물품과 100일 동안 먹을 음식인 쑥과 마늘만을 가지고 저를 따라 마니산 동굴 안으로 들어오세요. 미안하지만 동행한 동물들은 승패가 결정될 때까지는 동굴 밖에서 기다리시기 바랍니다. 내일 뵙겠습니다."

말을 끝마친 구라 대부 거북이는 어느새 동굴 안으로 사라져 버렸다.

<경기 시작 전날 밤>

구릿 백호는 앞으로 100일 동안 동굴 안에서 쑥과 마늘만을 먹어야 하는 생활을 생각하면 너무 끔찍하다며, 소나타 낙타가 가지고 온 제주산 감귤과 한라봉을 한 상자씩 풀어 맛있게 먹었다.

그리고 100일 동안 동굴 안에서 입을 의류와 먹을 쑥과 마늘, 그리고 각종 요리 재료와 조리 기구를 하나씩 챙기다 보니 혼자서 들고 갈 짐이 엄청나게 많았다.

그런 구릿 백호 무리 옆에서 아무런 짐도 챙기지 않은 선 반달곰은 오로지 자신의 일행이 가져온 각종 맛있는 음식을 쉴새없이 먹고만 있었다.

"우리 부모님이 내가 흙을 가지고 재미있게 놀고만 있을 때 '땅만 판다고 먹을 것이 나오냐?'라며 핀잔을 주신 기억이 있지만…. 설마 선 반달곰은 100일 동안 동굴 안에 있는 땅을 파서 나온 흙만 먹으며 지낼 생각은 아니겠지?"

구릿 백호의 의구심을 옆에서 듣고 있던 소나타 낙타가 너무 걱정하지 말라며 대답했다.

"아휴~! 구릿 백호 님도. 100일 동안 하루 세끼를 쑥과 마늘만 먹으면서 보내는 것도 정말 지긋지긋한데 100일 동안을 하루 세끼 흙만 먹고 지낸다고 생각해 보세요. 얼마나 더 지긋지긋 할까요?"

소나타 낙타의 위로를 듣고서야 선 반달곰의 행동을 유심히 관찰하면서 계속 견제하고 있던 구릿 백호의 얼굴에 기쁨의 미소가 번졌다.

<마니산 동굴 생활 첫날>

다음 날 아침 일찍 구라 대부 거북이가 구릿 백호와 선 반달곰에게 다시 나타나 자신들이 가지고 온 물품과 음식을 챙겨서 자신을 따라 마니산 동굴 안으로 들어오라고 말했다.

구릿 백호는 100일 동안 마니산 동굴 입구에서 자신을 기다릴 소나타 낙타와 코크 늑대, 레아 더치 집토끼와 검은 흑돼지, 그리고 수행원들에게 마지막 인사를 나누고 엄청나게 많은 짐을 "끙끙! 끙끙!" 소리를 지르며 혼

자서 힘들게 짊어지고 마니산 동굴 안으로 들어갔다.

반면에 선 반달곰은 화니 유니콘과 아레스 하운드 들개, 그리고 수행원들에게 마지막 인사를 가볍게 나눈 후에 가벼운 걸음으로 구라 대부 거북이를 따라 마니산 동굴 안으로 들어갔다.

구라 대부 거북이는 구릿 백호와 선 반달곰이 동굴 안에서 기거할 장소를 각각 배정해 주면서, 동굴 안 생활에서 특별한 일이 발생하게 된다면 동굴 입구를 지키고 있는 자신을 찾아오라고 말했다.

시원한 기운이 감도는 동굴 안으로 들어간 구릿 백호는 구라 대부 거북이가 배정해 준 장소에 즉시 여장을 풀어 뚜꺼운 옷으로 갈아입고, 한 구석에 100일 동안 자신이 먹을 쑥과 마늘, 그리고 각종 요리 재료와 조리 기구를 정돈하였다.

"아무것도 준비하지 않고 동굴 안으로 들어온 선 반달곰이 동굴 안에서 물만 먹으면서 살아간다고 가정하면 아무리 길어도 15일 안에는 승부가 나겠지."

구릿 백호는 승리한 자신의 모습을 상상하면서 흐뭇한 미소를 짓고 있었다.

<마니산 동굴 생활 15일째>

동굴 생활을 한 지 어느덧 15일이 지나자 쑥과 마늘을 맛있게 요리해 먹고 있던 구릿 백호는 선 반달곰의 근황이 매우 궁금해졌다.

구릿 백호는 동굴 입구를 지키고 있는 구라 대부 거북이를 찾아가 여유로운 말투로 말했다.

"먹을 것을 아무것도 가지고 오지 않은 선 반달곰의 건강이 아주 나빠졌을지도 모르니 관리자인 구라 대부님이 한 번 만나보아야 하지 않나요?"

"동굴 안에 고여 있는 물만 먹고도 30일 이상 견뎌내는 동물도 있습니다. 그리고 도움이 필요하다면 선 반달곰이 저를 불렀을 거예요. 경쟁자에게 너무 관심을 가지지 마시고 본인의 일에만 집중하시길 바랍니다."

구라 대부 거북이의 핀잔이 섞인 대답을 들은 구릿 백호는 기분이 살짝 상했지만, 다시 자신이 기거하는 장소로 되돌아올 수밖에 없었다.

<마니산 동굴 생활 30일째>

동굴 안으로 들어온 지 30일이 지나도 선 반달곰의 움직임을 전혀 포착하지 못한 구릿 백호는 선 반달곰의 동태를 직접 살펴보고 싶었다.

"반달곰들의 몸이 뚱뚱한 이유는 먹기만 하고 운동을 전혀 하지 않기 때문일 거야. 선 반달곰에게 나와 함께 고리 던지기나 제기 차기, 혹은 동굴 안을 산책하면서 시간을 보내자고 제안해야겠어."

선 반달곰이 배정 받은 장소로 몰래 찾아간 구릿 백호는 동굴로 들어온 지 30일이나 지난 지금까지도 그대로 동굴 바닥에 쓰러져 누워 있는 선 반달곰을 목격하게 되었다.

상대방 동물과 직접 접촉하여 방해하는 행위를 하게 되면 패배한다는 규칙이 떠오른 구릿 백호는 즉시 동굴 입구를 지키고 있는 구라 대부 거북이에게 찾아가 선 반달곰이 바닥에 쓰러져 있다고 알려 주었지만, 선 반달곰을 만나고 되돌아온 구라 대부 거북이는 아무런 문제가 없는 상태라고 알려 주었다.

<마니산 동굴 생활 60일째>

60일째 쑥과 마늘만 먹는 동굴 생활이 지속되자, 구릿 백호는 아무리 맛있게 요리를 하더라도 쑥과 마늘만 먹기가 너무 힘들어 더 이상 견딜 수가 없었다.

그러다가 문득 아무것도 먹을 것이 없는 선 반달곰이 지금까지 어떻게 버티고 있었는지 몹시 궁금해진 구릿 백호는 선 반달곰이 배정된 장소로 다시 찾아갔다.

선 반달곰은 구릿 백호가 30일 전에 처음 본 모습 그대로 동굴 바닥에 쓰러져 누워 있었고, 이 장면을 보고 큰 사고를 당한 것이라고 생각한 구릿 백호는 구라 대부 거북이가 알려준 규칙을 무시하고 곧바로 선 반달곰에게 달려가 쓰러져 있는 몸을 흔들어 깨웠다.

선 반달곰은 구릿 백호가 몸을 흔드는 과정에서 잠시 동안 희미하게 눈을 떴지만 또다시 무척 졸린 표정으로 숨은 작게 내쉬면서 두 눈을 감았다.

"살아 있는 것 같은데 움직임이 전혀 없다니…. 도대체 어떻게 된 일인지 알아봐야겠다."

그날 밤 구릿 백호는 동굴 입구를 지키고 있는 구라 대부 거북이 몰래 동굴 밖으로 빠져나가 코크 늑대를 만나서 작은 숨을 쉬고 있지만 아무런 움직임이 없는 선 반달곰의 상태에 대하여 설명해 주었다.

"구릿 님이 말씀하신 선 반달곰은 현재 겨울잠을 자고 있는 것 같습니다. 곰들은 호랑이들과 다르게 얕은 수면을 취하면서 사전에 음식을 섭취하여 몸속에 저장해둔 지방을 조금씩 소비하면서 지낼 수 있어요. 아차! 말씀을 듣고 보니 선 반달곰은 100일 동안 겨울잠을 자는 작전을 계획한 것 같습니다."

코크 늑대의 설명을 듣고서야 처음부터 경기 규칙이 자신에게 너무 불리했다는 사실을 알게 된 구릿 백호는 즉시 동굴 입구를 지키고 있는 구라 대부 거북이를 찾아가 선 반달곰이 겨울잠만 자고 있는 것은 쑥과 마늘만 먹고 지내라는 규칙에 위반되는 것이라고 항의하였다.

따라서 오늘부터는 겨울잠을 자고 있는 선 반달곰을 깨운 후에 강제적으로 쑥과 마늘을 많이 먹어야 한다고 주장하였다.

구릿 백호와 함께 선 반달곰의 상태를 확인하러 간 구라 대부 거북이는 계속해서 잠을 자고 있는 선 반달곰을 목격하고 곧바로 흔들어서 겨울잠에서 깨웠다.

강제로 겨울잠에서 깨어난 선 반달곰은 구라 대부 거북이로부터 구릿 백호의 항의 내용을 듣고 나서 두 눈을 감고 무릎을 꿇어 기도하는 모양을 취한 후, 자신이 탈락되지 않도록 도와달라고 구라 대부 거북이의 주인인 써니라는 여자의 이름을 조그만 목소리로 계속 외치는 쇼를 하고 있었다.

"소망의 성취는 자신의 노력으로 이루어지는 것이지 기도를 하는 행위로 이루어지는 것이 아니야!"라고 구릿 백호는 선 반달곰을 비웃었다.

하지만 구라 대부 거북이는 구릿 백호에게 자신이 동굴 안에서 쑥과 마늘만 먹고 지내라는 조건을 내세운 진정한 이유는, 우주선 안을 동굴로 생각하고 맛없는 음식만을 먹으면서 지구에서 시리우스 별까지 가는데 걸리는 100일이라는 긴 시간을 보내기 적합한지 점검하기 위한 것일 뿐 100일 동안 아무것도 안 먹고 잠을 자는 방법을 사용하는 작전은 아무런 문제가 없다고 대답했다.

오히려 구라 대부 거북이는 한 번 동굴 밖으로 나간 구릿 백호의 패배를 선언하면서 이제는 진짜로 동굴 밖으로 나가달라고 정중하게 요청하였고, 선 반달곰에게는 40일 동안 더 동굴 안에서 견디게 된다면 써니라는 여자를 만나게 될 것이라고 알려 주었다.

"정당한 노력 없이 자신의 소망을 들어 달라고 기도하는 행위에 권한 있고 힘 있는 자가 응답하는 것은 정당하게 노력을 하고 있는 경쟁자인 다른 동물에게 굉장한 슬픔과 고통을 주는 아주 나쁜 행위예요!"

"한 달 전에 우리 마을에서는 쑥과 마늘을 활용한 요리경연 대회가 성대하게 열렸고, 참가한 동물들의 수많은 부모 동물이 경연 대회장 밖에서 모여 자신의 자녀가 우승하기를 열심히 기원했지만, 사람보다 더 저능한 우리 동물 지도자도 부모의 기원하는 행위에 따른 것이 아니라 참가자들의 실력을 보고 우승자를 선택했어요!"

그러나 구릿 백호의 강력한 항의에도 불구하고 구라 대부 거북이는 작은 사건의 시작이 엄청난 변화를 가져오는 결과로 이어질 수 있다는 나비효과를 전혀 인식하지 못하고 끝내 마니산 동굴 밖으로 구릿 백호를 내쫓아 버렸다.

쫓겨난 호랑이

마니산 동굴에서 구라 대부 거북이에게 내쫓긴 구릿 백호는 자신을 기다리고 있었던 소나타 낙타와 코크 늑대, 그리고 레아 더치 집토끼와 검은 흑돼지 및 수행원들에게 동굴 안에서 자신에게 일어났던 일에 대해 상세하게 설명하면서 처음부터 선 반달곰에게 너무 유리한 아주 불공정한 경쟁이었다고 불평하였다.

"선 반달곰과의 경쟁에서 졌다는 사실이 기승전결 마을에 살고 있는 호랑이 무리에게 전해지게 된다면, 하르방 백호 가족은 권력을 유지하기가 매우 어려울 것입니다. 그리고 우리가 이러한 사실을 숨기려고 노력해도 시간이 지나면 곧 만천하에 드러날 것입니다."

"패배한 사실을 은폐하고 불공정한 경쟁을 하고 있는 곰 무리에게 보복하는 유일한 방법은 전쟁뿐입니다. 선 반달곰이 시리우스 별에서 사람들의 무기를 가져온다고 해도 기승전결 마을에서 곰 무리가 완전히 사라졌다고 가정하면 어떤 일이 발생할까요? 진정한 승자는 우리가 될 수도 있습니다."라고 코크 늑대가 구릿 백호에게 전쟁을 부추겼다.

"산토끼 잡아 왔는데 집토끼를 모두 잃어버린 꼴과 같다는 말이지? 마주친 현실보다도 자신의 감정에 따라 충실히 행동한다면 비록 결과는 나쁠 수도 있지만 후회하는 경우는 드물지."라며 레아 더치 집토끼도 토끼와 관련된 속담을 꺼내서 코크 늑대의 말에 적극 동의하였다.

구릿 백호 일행이 기승전결 마을로 되돌아가기 위해서 마니산을 막 빠져나오려고 할 때, 소나타 낙타가 검은색 차광막이 설치된 한 곳의 밭을 가리키며 말했다.

"써니라는 여자가 마니산에서 사람들의 면역력 향상에 좋다는 인삼이라는 작물을 연구한다는 소문이 있습니다. 구릿 님. 검은색 차광막이 설치된 저 밭에 있는 작물들이 인삼이라는 작물인 것 같은데 모두 갈아엎고 가는 것이 어떻습니까?"

구릿 백호 무리는 검은색 차광막이 설치된 밭으로 모두 달려가 재배 중인 작물들을 하나도 남김없이 모두 땅에서 뽑아 흔적조차 구분할 수 없게 잘게 부수어 선 반달곰에게 패배한 울적한 마음을 해소하고 정신적 스트레스도 모두 날려 버렸다.

방금 전까지만 해도 잘 정돈되어 있었던 인삼 밭은 예전의 형체는 하나도 찾아볼 수 없는 어지럽고 황량한 땅으로 변해 버렸다.

기승전결 북쪽 마을로 되돌아온 구릿 백호에게서 마니산 동굴 안에서 있었던 모든 사건을 자세히 듣고 너무 격분한 하르방 백호는 장남인 달형 황호, 차남인 구릿 백호, 군사인 코크 늑대, 책사인 레아 더치 집토끼, 검은 흑돼지, 소나타 낙타와 함께 백호와 황호 지도자를 모두 한자리에 모아 놓고 다음과 같이 자신의 생각을 말했다.

"짖는 개는 물지 않는다고 말한다. 개가 짖는 이유는, 낯선 동물이 접근하거나 자신의 영역을 침범했을 때 자신이 느끼는 두려움이 있거나 더 이상 다가오지 말라고 경고하기 위해서이다."

"하지만 조용한 개는 낯선 동물이 접근하거나 자신의 영역을 침범했을 때 곧바로 물어버린다. 다시 말하면 조용한 개는 말보다 행동으로 실천한다는 것이다. 말이나 종이 따위의 선언문으로 호랑이 무리와 곰 무리가 협의한 평화 약속은 절대로 지켜질 수가 없다. 평화는 오직 우세한 힘으로 유지될 수 있는 것이다."

"지금 남쪽 마을은 팔을 다쳐 싸울 힘이 없는 태와 북극곰만이 지키고 있다. 유일한 후계자인 선 반달곰도, 군사인 화니 유니콘도 없으며, 심지어는 돌격대장인 아레스 하운드 들개마저도 부재중이다. 지금이 기승전결 남쪽 마을에 거주하고 있는 북극곰과 반달곰 무리를 마을 밖으로 몰아낼 수 있는 절호의 기회라고 나는 생각한다."

"전쟁으로 인해 약간의 희생이 따르겠지만, 항구적 평화라는 더 큰 보답이 우리 백호, 황호 무리에게 선물로 주어질 것이다. 전쟁 준비를 끝마치면 곧바로 기승전결 남쪽 마을로 진격하자!"

하르방 백호의 긴급 동원령에 따라 백호와 황호, 그리고 기승전결 북쪽 마을에 살고 있는 염소, 두더지, 오소리와 햄스터 등 수많은 동물이 자기들만의 무기를 들고 도열하여 남쪽 마을 침략 명령만을 기다렸다.

그 어떤 전쟁 준비도 하지 않은 평화로운 상태에서 갑작스러운 호랑이 무리의 기습 침략을 받게 된 태와 북극곰은 기승전결 남쪽 마을에 살고 있던 동물들을 대상으로 전쟁 동원령을 제대로 한 번 내려 보지도 못한 채 계속 패퇴하고 말았다.

하지만 기승전결 남쪽 마을에 살고 있던 말, 고슴도치, 스컹크, 다람쥐와 고라니 등은 자신들이 싸움에서 패배하여 죽을 수도 있다는 사실을 잘 알고 있으면서도 오직 남쪽 지역 마을을 지켜내야 한다는 신념으로 엄청난 사상자를 만들고 수많은 동물이 포로로 붙잡히는 큰 피해를 입으면서까지 호랑이 무리와 끊임없이 맞서 싸웠다.

기승전결 남쪽 마을 영역 싸움에서 북극곰과 반달곰 무리의 연합 세력이 백호와 황호 연합 세력에게 연속적인 패배를 거듭하자, 일부 반달곰 무리는 곰 무리를 배신하고 선 반달곰의 애인인 수아 북극곰을 사로잡아 호랑이 무리에게 투항하였다.

일부 반달곰 무리의 투항을 지켜본 구릿 백호가 크게 고무되어 하르방 백호에게 말했다.

"아빠~! 지금 싸울 준비도 하지 못하고 퇴각만 반복하는 적들을 쫓아가서 마지막 거점까지 바로 섬멸한다면, 빠른 시일 안에 전쟁을 완전히 끝마칠 수 있습니다. 패배자를 추격하는 걸 허락해 주십시오."

구릿 백호의 말을 잠자코 듣고 있었던 하르방 백호는 자신의 옆에 있는 부하의 활과 화살을 빼앗아 먼 곳을 향해 힘껏 활을 당겨 화살을 발사하면서 말했다.

"힘차게 날아가는 화살도 시간이 지나갈수록 느려질 수밖에는 없다. 계속되는 장거리 추적은 우리의 전열을 흐트릴 뿐만 아니라 힘을 지나치게 많이 소모시킨다. 일단 여기에서 멈춰 전열을 다듬기 위한 휴식을 취한 후 다음 기회에 싸움을 시작하자."라고 하르방 백호는 구릿 백호의 요청을 사실상 거부하였다.

총에 맞아 팔을 다쳐 직접 호랑이 무리와 맞서 싸울 수가 없었던 태왁 북극곰이 하나씩 하나씩 기승전결 남쪽 마을이 호랑이 무리에게 점령되는 광경을 바라보면서 깊은 한숨을 쉬고 있을 때, 화니 유니콘과 아레스 하운드 들개가 태왁 북극곰을 찾아왔다.

"마니산 동굴에서 구릿 백호가 쫓겨났다는 반가운 소식을 태왁 북극곰 님께 전달하기 위해 기승전결 마을에 도착했을 때는 이미 전쟁이 시작된 상태였습니다. 너무 빠른 곰 무리의 퇴각으로 남쪽 지역 여러 장소를 돌아 다니다가 지금에서야 태왁 님을 뵙니다."

아레스 하운드 들개의 말에 태왁 북극곰은 눈물을 흘리면서 말했다.

"나의 아들 선 반달곰이 시리우스 별에 가서 사람들이 사용하는 무기를 얻어온다고 해도 더 이상 지구상에 자신을 도와줄 곰 무리가 존재하지 않 는다면 무슨 소용이 있겠는가?"

"자신의 삶의 터전을 잃어버렸을 때 비로소 전쟁의 의지는 불타오릅니 다. 제가 남은 곰 무리와 우군인 동물들을 데리고 최후의 방어선을 지키고 있을 테니, 돌격대장 아레스 하운드 들개는 부산 지역으로 내려가 과거 동 료들이었던 들개 무리를 설득하여 이곳으로 데리고 와 주시기 바랍니다."

화니 유니콘의 제안을 듣고 아레스 하운드 들개는 과거 동료였던 들개 무리을 만나기 위해 빠른 속도로 부산 지역을 향해 곧바로 출발했다.

"동물들은 자신이 믿고 싶어 하는 사실만 믿으려고 합니다. 부산 지역에 살고 있는 들개 무리가 우리 편이 되어 원주 지방에 있는 기승전결 마을까지 도와주러 온다는 희망만 만들어 주게 된다면, 곰 무리는 결사항전 하여 호랑이 무리의 침략을 막아낼 수 있습니다."

화니 유니콘이 퍼트린 '들개 무리가 기승전결 마을로 곧장 오고 있다.'는 소문은 기승전결 마을 남쪽 지역 최후의 방어선을 지키고 있는 곰 무리뿐만 아니라 침략해 오던 호랑이 무리에게도 순식간에 퍼져 나갔다.

들개 무리가 곰 무리에 참여한다면 전쟁의 승리를 전혀 장담할 수 없다고 판단한 하르방 백호는 태와 북극곰에게 곰 무리가 모두 기승전결 마을을 떠난다면 평화적으로 전쟁을 끝내겠다고 제안했다.

화니 유니콘은 곰 무리가 전쟁으로 인해 피폐해진 마음도 추스르고, 새로운 거주지를 찾는 동안 섭취해야 할 식량을 확보하기 위해서는 적어도 40여 일의 시간이 필요하다고 주장하면서, 하르방 백호에게 곰 무리가 기승전결 마을을 떠날 준비를 마칠 때까지 마음의 여유를 가지고 천천히 기다려달라고 부탁하였다.

하르방 백호는 자신의 본거지인 기승전결 마을 북쪽 지역은 장남인 달형 황호에게 맡기고 차남인 구릿 백호, 군사인 코크 늑대, 책사인 레아 더치 집토끼와 함께 정예 병력을 이끌고 기승전결 마을 남쪽 지역 곰 무리의 마지막 방어선 맞은편에 모여서 40여 일을 대치하며 기다리고 있었다.

"하르방 백호 님~! 하르방 백호 님~! 큰일 났습니다!"

기승전결 마을 남쪽 지역에서 호랑이 무리와 곰 무리 사이에 40여 일간의 대치가 거의 끝나 가고 있을 시점에, 검은 흑돼지가 헐레벌떡 하르방 백호에게 달려와 장남인 달형 황호가 지키고 있는 기승전결 마을 북쪽 지역에 있는 호랑이의 본거지가 들개 무리에게 기습을 당해 매우 위태롭다는 소식을 전해 주었다.

뒤늦게 들개 무리의 합류 시간을 벌기 위한 화니 유니콘의 계략임을 알게 된 하르방 백호는 몹시 분노하여 당장이라도 곰 무리를 소탕하고 싶었지만, 자신이 가장 신뢰하는 장남 달형 황호를 하루 빨리 구해야 한다는 부하들의 간곡한 조언을 받아들여 모든 병력을 이끌고 호랑이의 본거지인 기승전결 마을 북쪽 지역으로 되돌아갔다.

"차마 눈을 뜨고는 볼 수 없는 광경이야… 너무 참혹해."

호랑이 무리는 들개 무리의 무차별적인 습격을 받은 호랑이 본거지의 처참한 광경을 목격하고 크게 경악하였다.

　호랑이들이 살고 있던 근거지는 쓸만한 것이 거의 없을 정도로 훼손되어 있었고, 마을 거리에는 몇 구의 호랑이 사체와 염소, 두더지, 오소리, 햄스터 등 수많은 동물의 사체가 널려 있었다.

"내 아들 달형아! 달형아! 달형아!"

"달형 황호 님을 찾았습니다! 하르방 백호 님! 이곳으로 빨리 오십시오!"

　하르방 백호가 자신의 후계자인 달형 황호를 정신없이 애타게 찾고 있을 때, 탐색 능력을 가진 검은 흑돼지가 멀리서 달형 황호가 쓰러져 있는 장소를 발견했다고 알려 주었다.

　들개 무리와의 싸움으로 큰 부상을 입은 달형 황호는 마지막 힘을 내어 아버지인 하르방 백호에게 말했다.

"자신의 목숨을 잃을까 봐 싸우지 않으려는 부하들을 잘 타일러 격돌한 전투에서 뜻하지 않게 많은 희생자가 발생했지만, 들개 무리도 전력을 크게 상실하여 더 이상 추가적인 공격이 불가능할 것입니다. 이번 싸움의 성과라고 한다면 우리 스스로 쟁취한 항구적 평화라는 소중한 선물입니다."

그리고 차남인 구릿 백호의 손을 꼭 잡으면서 마지막 말을 남기고 천천히 두 눈을 감아 죽음을 맞이하였다.

"나는 호랑이 무리의 소중한 거주지를 지켜냈기 때문에 지금 죽음을 맞이하는 것을 절대 후회하지 않는다. 나 대신 존경받는 훌륭한 후계자가 되어 호랑이 무리를 잘 이끌어 주길 바란다."

다시 이 세상에 태어나라는 의미로 달형 황호의 사체를 태아 자세로 직접 만들고, 달형 황호가 평소에 즐겨 먹었던 원주 지방에서 생산된 발효 초콜릿을 자신의 손으로 함께 땅속에 묻어주면서 하염없이 눈물을 흘리고 있는 하르방 백호를 물끄러미 바라보고 있던 구릿 백호는 마음속으로 생각했다.

'아빠는 항상 나를 무시하고 자신의 후계자인 달형 황호만을 무조건 좋아한 아주 차별적인 동물이었어. 인정하기는 싫어도 호랑이 무리의 후계자는 이제 나뿐이다. 앞으로 나는 아빠에게 무시당해 생긴 반항심을 영웅심으로 승화시켜 지금까지 이 세상에 존재하지 않았던 동물 영웅이 반드시 되고 말거야.'

"내 소중한 후계자를 죽인 곰과 들개 무리를 절대 용서하지 않겠다! 지금 당장 다시 남쪽 지역으로 내려가 적들을 모두 죽여 버리겠다!"

달형 황호의 무덤가를 떠나지 못하는 하르방 백호의 비통한 외침을 숙연하게 듣고 있던 동물들 사이에서 포로로 잡혀있던 수아 북극곰이 앞으로 나오면서 말했다.

"이제 곰 무리를 전처럼 손쉽게 이기는 것은 아주 어려워요. 태왁 북극곰의 아들 선 반달곰이 마니산 동굴에서 기승전결 마을로 되돌아왔기 때문입니다."

수아 북극곰의 놀라운 이야기를 듣게 된 호랑이 무리는 크게 당황하면서도, 한편으로는 선 반달곰도 마니산 동굴에서 100일을 견디지 못하고 탈출했기 때문에 자신들처럼 사람들의 무기를 갖고 있지 않을 것이라는 안도감도 동시에 가지고 있었다.

선 반달곰의 선택

"두 눈을 감고 있으면 비록 상상이지만 외롭고 추운 동굴 생활의 현실에서 벗어나 써니라는 아주 예쁜 여자를 만나 행복한 삶을 꿈꿀 수 있어. 어서 빨리 시간이 지나갈 수 있도록 혼신의 힘을 다해 잠을 청해 보자."

구라 대부 거북이의 도움으로 구릿 백호를 마니산 동굴에서 쫓아내는데 성공한 선 반달곰은 남은 40여 일을 무리 없이 보내기 위해 또다시 잠자리에 들었다.

자신의 애인인 수아 북극곰보다 더 아름답게 생긴 써니의 모습을 상상하면서 긴 수면에 들어간 선 반달곰에게 다급하게 나타난 구라 대부 거북이가 몸을 세차게 흔들어 잠을 깨웠다.

"시리우스 별에서 지구로 파견되어 지난 6년간 활동한 써니 님의 직업은 충남 금산과 강화도 마니산 지역에서 시리우스 별에 살고 있는 사람들에게 지구 적응력 및 면역력 향상에 도움을 주는 작물인 인삼을 직접 재배하며 연구하는 지구 작물 연구원입니다."

"써니 님은 지난 6년 동안 두 장소를 오가며 밤낮없이 인삼 연구를 거듭한 결과 마침내 충남 금산과 강화도 마니산 지역에서 6년 근 인삼을 재배하는데 성공하셨다고 합니다."

"충남 금산 지역에서 6년 근 인삼 샘플을 이미 채취하셨고, 오늘은 강화도 마니산 지역에서 6년 근 인삼 샘플을 채취하러 올 예정입니다."

"선 반달곰을 먼저 만나고 인삼 샘플 채취 작업이 모두 끝나면 곧바로 불새 우주선으로 시리우스 별로 데리고 가실 거예요."

구라 대부 거북이에게서 써니라는 여자가 오고 있다는 반가운 소식을 듣자마자 선 반달곰은 곧바로 마니산 동굴 입구로 달려가 자신을 기다리고 있는 수행원들이 가지고 있던 각종 맛있는 음식들을 또다시 배가 터지도록 쉴새없이 먹었다.

"선 님. 너무 음식을 많이 드시면 무거워진 몸무게 때문에 우주선이 하늘을 날 수 없을지도 몰라요?"

수행원들의 걱정에 선 반달곰은 끊임없이 먹으면서 대답했다.

"100일의 여행 기간 도중에 우주선 안에서 배가 고파 갑자기 깨어나는 상황보다는 훨씬 좋아."

그때였다.

우-우-웅~.

하늘 위에서 커다랗고 둥글게 생긴 물체가 나타나 지상으로 천천히 착륙하고 있었다.

"방금 써니 님이 타고 온 불새 우주선이 마니산 동굴 근처에 착륙했어요. 빨리 이쪽으로 와서 함께 만나요!"

구라 대부 거북이의 다급한 외침을 듣고 선 반달곰이 얼굴을 돌려 바라본 장소에는 불새라는 이름이 붙은 커다란 우주선이 마니산 동굴 뒤편에 착륙해 있었다.

선 반달곰은 자신이 정말 보고 싶었던 아름다운 용모의 써니를 생각하며 땅에 착륙한 우주선을 향해 막 달려나가다가, 우주선 안에서 밖으로 나오는 한 여자의 용모를 보고 너무 깜짝 놀랐다.

"아니, 어떻게 얼굴에 털이 하나도 없지? 이런 모습이라면 무더운 여름에는 얼굴이 온통 땀으로 범벅이 되고 말거야. 내 애인인 수아 북극곰은 짙은 백색의 아름다운 긴 털이 얼굴을 온통 뒤덮은 예쁜 동물이었는데…."

　선 반달곰은 자신의 얼굴에 덮여 있는 긴 털들을 조심스럽게 만지작거리며, 얼굴에 털이 하나도 없는 추한 모습의 써니라는 여자를 보고 몹시 당황하여 다가가지 못하고 제자리에 멈춰 서 있었다.

　우주선에서 완전히 내린 써니라는 여자는 멀리서 선 반달곰을 향해 반갑게 손을 흔들며 고음의 목소리로 자신을 향해 무엇인가를 소리치고 있었다.

　"이런 고음의 듣기 싫은 소리는 뭐지? 내 애인인 수아 북극곰은 '워워웍~!'이라는 중저음의 아름다운 목소리를 가지고 있었는데…."

　선 반달곰은 얼굴에 털이 하나도 없는 추한 모습과 고음의 듣기 싫은 소리까지 들으면서 써니라는 여자와 함께 상당히 많은 시간을 시리우스 별에서 보내야 한다는 암담한 현실에 직면하게 되자 크게 낙담하여 시리우스 별로 가는 것을 포기해야겠다고 생각했다.

　'사람들의 무기는 시리우스 별에만 있는 것은 아닐 거야. 지구 어딘가에 사람들이 숨겨놓은 무기가 반드시 있을 거야. 충분한 시간을 가지고 천천히 사람들이 지구에 숨겨놓은 무기들을 찾아보자.'

'그리고 써니가 사람들의 입장에서는 아름다운 용모를 가졌다고 할 수 있겠지만, 멋진 털을 가진 동물인 나에게는 털이 전혀 없는 추한 여자로 보일 뿐이야. 기승전결 마을로 되돌아가서 나를 기다리고 있는, 예쁜 털을 많이 가진 수아 북극곰에게로 되돌아가야겠다.'

선 반달곰은 써니에게 향하려던 자신의 발걸음을 즉시 되돌려 마니산 동굴 주변 숲 속으로 재빨리 몸을 숨겼고, 어느 정도 시간이 흐른 뒤에 수행원들과 함께 마니산 지역을 벗어나 기승전결 마을로 되돌아갔다.

한편 구라 대부 거북이로부터 자신과 함께 시리우스 별로 떠나게 될 동물은 반달곰이라는 소식을 듣게 된 써니는 땅에 착륙한 우주선에서 내려 마니산 동굴 주변을 유심히 둘러보았다.

'오~ 가슴에 반달 모양이 선명하게 생긴 저 반달곰이 구라 대부 거북이가 알려준 그 동물인가 보구나.'

그때 먼 거리에서 처음 보는 반달곰 한 마리가 자신을 바라보며 멈춰 서 있는 장면을 보고 재빨리 반가운 표시로 크게 손을 흔들면서 큰 소리로 자신에게 가까이 오라고 외쳤지만, 멈춰 서 있던 반달곰은 금세 어디론가 사라져버렸다.

갑자기 눈앞에서 사라져버린 반달곰을 찾기 위해 마니산 동굴 주변을 열심히 돌아다니던 써니는 사라진 반달곰의 흔적을 전혀 발견하지 못하자, 더 이상의 수색 활동을 포기하고 마니산 밭에서 6년 근 인삼 샘플을 채취해서 하루 빨리 시리우스 별로 되돌아갈 것을 결심하였다.

"구라! 도대체 연구용 경작지를 어떻게 관리한 거지? 연구용 인삼 샘플을 다시 구하려면 시리우스 별로 가지 못하고 6년을 다시 이 장소에서 살아야 된단 말이야!"

마니산 인삼 재배지에 도착한 써니는 누군가에 의해서 자신의 인삼 재배지가 완전히 망가져 버린 것을 발견하고 화들짝 놀라면서 급히 구라 대부 거북이를 불렀다.

완전히 망가진 인삼 경작지를 보고 '해악은 천재지변뿐만 아니라 내가 전혀 모르는 다른 동물들에게서도 올 수 있구나.'라며 사태의 심각성을 깨달은 구라 대부 거북이는 지금 써니에게 잡히면 죽음을 면치 못할 것이라는 공포를 느끼고, 마니산 동굴 근처에 있는 숲 속으로 잽싸게 몸을 숨겼다.

제7편

해님 달님

구릿 백호의 변명

마니산 동굴에서 선 반달곰의 귀환 소식과 들개 무리의 지원으로 곰 무리가 살고 있는 기승전결 남쪽 마을을 재침략할 수 없게 된 하르방 백호는 많은 고민 끝에 태와 북극곰과 일시적인 휴전을 체결하였다.

처음에 원주 지방에 속한 기승전결 마을은 동물들이 여러 장소를 마음대로 돌아다니며 단순한 수렵과 채집 활동을 하던 지역이었지만, 제주도에서 백호와 북극곰 무리가 들어온 이후에는 기승전결 마을에 거주할 집을 짓고 감귤과 한라봉 등 여러 과일과 열매를 재배하며 살아가는 정착 지역으로 변모해가고 있었다.

유목 생활과 전혀 다른 정착 생활은 기승전결 마을에 살고 있는 동물들에게 토지에 대한 새로운 개념을 처음으로 심어 주었고, 눈에 보이지 않는 우월한 정령의 힘에 의존하던 사상도 자신들의 눈앞에 실질적이고 강력하게 보이는, 백호와 곰 무리가 만들어낸 통치로 대체되고 있었다.

이러한 과정에서 호랑이 무리의 침략으로 시작된 곰 무리와의 전쟁은 동물들끼리 평화롭게 어울려 살고 있던 기승전결 마을에 엄청난 변화를 일으켰다.

서로 잘 알고 지냈던 수많은 동물의 죽음과 심각한 부상을 발생시킨 전쟁은 남쪽 지역에 살고 있는 동물들과 북쪽 지역에 살고 있는 동물들 사이가 화목보다 증오로 가득 차게 만들었으며, 자유롭게 왕래하던 남쪽 지역과 북쪽 지역 사이에 동물들 스스로 왕래를 제한하는 마음의 경계선을 설정해 버렸다.

특히 마음의 경계선은 전쟁 포로들이 가족들의 품으로 되돌아가지 못하게 하고 남쪽이나 북쪽으로의 통행을 제한하는 실질적인 경계선까지 만들어 버렸기 때문에 자연스럽게 기승전결 마을에는 이산가족이 생겨나게 되었다.

사랑하는 장남을 잃은 하르방 백호와 후계자 선 반달곰의 애인인 수아 북극곰을 빼앗긴 태와 북극곰은 기승전결 마을에 살고 있는 동물들에게 마음의 경계선이 절대 풀어지지 않도록 서로를 비난하는 사상 통제를 더욱 강력하게 추진하고 있었다.

곰과 호랑이 사이의 전쟁이 끝난 지 6개월 정도의 시간이 흐르자, 혹독한 사상 통제에도 불구하고 호랑이 부족민이 살고 있는 기승전결 북쪽 마을에서는 구릿 백호에 관한 이상한 소문들이 조금씩 돌고 있었다.

"구릿 님이 자신이 저지른 행위에 대해 응분의 책임을 저야 하지만, 백호 권력자들은 너무 감당하기 어려운 숨겨진 진실이 다른 호랑이 무리에게 들통날까 봐 침묵을 지키고 있다던데." 라고 어떤 백호가 말했다.

그러자 "구릿 님은 마니산 동굴에서 써니라는 사람을 만나보지 못했고 기승전결 마을로 되돌아온 이유도 션 반달곰과의 경쟁에서 패했기 때문이며, 개인적인 욕심으로 자신의 패배를 은폐하고자 곰 무리에게 보복하기 위해 전쟁을 일으켰다는 소문도 있어."라고 어떤 황호도 마을에 조용히 퍼져 있는 소문들에 대해서 알려주었다.

"구릿 님 때문에 일어난 전쟁이 수많은 호랑이와 동물을 엄청나게 많이 희생시켰음에도 불구하고 승리하기는커녕 아주 심한 고통만 가중시켰어. 특히 하르방 백호에게는 자신이 제일 좋아하는 후계자인 달형 황호를 잃어버리게 만들었기 때문에, 지금 하르방 백호와 구릿 백호 사이가 아주 나쁘다는 소문도 있어."라고 일부 호랑이들이 구릿 백호를 비웃으며 말했다.

하르방 백호 가족이 전체 호랑이 무리의 미래를 대변하지 못한다고 생각한 치악 황호는 하르방 백호 가족에게서 권력을 빼앗기 위해 본격적으로 황호 무리를 규합하기 시작하였다.

이러한 흉흉한 소문을 듣게 된 구릿 백호도 치악 황호의 적대 활동을 면밀히 감시하면서 수많은 정보를 여러 동물들에게 수합하고 있었다.

그러다가 우연히 자신들에게 포로로 잡혀 있었던 수아 북극곰에게서 션 반달곰도 마니산에서 써니라는 여자를 만나지 못하고 몰래 기승전결 마을로 되돌아왔다는 사실을 듣고 이것을 이용하기로 결심하게 되었다.

수아 북극곰에게 받은 정보로 어떤 영감을 얻은 구릿 백호는 작은 거짓말로 자신에게 불리한 소문을 모두 잠식시키겠다고 결심하고, 기승전결 마을 북쪽 지역에 살고 있는 호랑이 부족민을 모두 모아 놓고 자신이 선 반달곰과의 경쟁에서 진 것이 아니라고 선언했다.

"여러분! 저는 기승전결 마을에 퍼져있는 왜곡된 소문들을 정정하고 진실을 밝히고자 오늘 이 자리에 서 있습니다. 저는 분명히 말씀드리지만, 마니산 동굴 근처에서 써니를 만나 사람들이 사용하는 말을 들었고 배웠으며 행동들을 살펴보았습니다."

"저와의 경쟁에서 자신의 영달만을 생각하면서 하루빨리 시리우스 별로 데리고 가달라고 매달리는 선 반달곰과는 다르게, 저 홀로 시리우스 별로 가서 사람들의 애완동물로 살아가는 영광을 누리기보다는 많은 호랑이 부족민이 사람들의 애완동물로 선택되는 방법을 알려주고 싶었고, 진심으로 돕고 싶어 하는 제 마음의 진심어린 외침을 자연스럽게 알게 된 써니는 저에게 깊은 감동을 받았습니다."

"그래서 저를 사람들의 뜻을 전달할 수 있는 단 하나뿐인 선지자로 임명하였고, 제가 여러 차례 정중하게 거절하여도 동물들을 돕고 싶어 하는 사람들의 생각을 온 세상 동물들에게 전달하여 달라고 요청하면서 기승전결 마을로 되돌려 보내주신 것입니다."

"저는 서로 어려울 때 도와주고 잘못된 점을 지적할 수 있는 깊이 있고 소중한 사람들의 동반자인 선지자이기 때문에, 지구에 살고 있는 여러분들의 영혼은 다른 동물이 아닌 제가 내민 손만을 꼭 붙잡아야만 시리우스 별로 갈 수 있으며, 이미 지구에서 죽음을 맞이한 동물의 영혼일지라도 나의 인도에 따라 시리우스 별로 이동하여 사람들의 애완동물로 다시 부활할 수 있습니다."

 "기승전결 마을로 되돌아온 저는 시리우스 별로 떠나려는 동물 영혼들의 구원을 방해하는 사악한 태와 북극곰 무리를 직접 처단하고자 불가피하게 전쟁을 일으켰지만, 저의 의도를 전혀 알지 못한 일부 어리석은 동물들의 방해 때문에 결국 실패하게 되었습니다."

 "더더욱 저를 절망으로 빠뜨린 것은, 마치 제가 선 반달곰과의 경쟁에서 패배한 사실을 은폐하고자 저를 패배하게 만든 곰 무리에게 개인적인 복수심으로 전쟁을 일으켰다는 아주 사악한 헛소문입니다."

 "저는 호랑이 무리조차 아무렇지도 않게 헛소문을 가지고 서로 몰래 소통하고 있다는 사실을 처음 알게 되었을 때 몹시 화가 나서 앞으로 여러분들 앞에서는 도저히 행복한 웃음을 지을 수 없을 것이라고 잠시 생각했습니다만, 써니가 저에게 가르쳐준 단어인 용서로 여러분들의 죄를 사하여 주겠습니다."

"제가 여러분의 죄를 사하여 주는 대신에, 요즘 우리 마을로 북극곰 부족민이 몰래 잠입시킨 간첩들을 잡아주셔야 합니다. 사악한 간첩들은 여러분을 진정으로 돕고 싶어 하는 저를 음해할 목적으로 거짓된 정보를 만들어 지금도 선량한 여러분들에게 몰래 퍼트리고 있습니다."

"저는 거짓된 정보로 동물들의 영혼이 사람들에게 구원받을 기회를 전혀 가지지 못하게 만들뿐만 아니라 동물과 사람 사이의 소통을 방해하는 목적으로 활동하는 간첩들을 반드시 찾아내어 처단하기를 제안합니다. 그리고 우리에게 간첩을 보낸 곰 무리와의 교류도 여러분이 완벽하게 단절해 주기를 부탁합니다."

일장 연설을 끝나자 일부 백호 무리는 구릿 백호의 연설 내용을 굳게 믿었지만, 더 많은 백호와 황호 무리는 구릿 백호의 말을 도저히 믿기 어렵다면서 사람들에 대한 많은 질문들을 쏟아내기 시작했다.

"사람들의 모습은 어떻게 생겼나요? 사람들의 목소리는 고운 가요?"

"구릿 님은 사람들과 직접 어떤 이야기를 나누었나요?"

"사람들은 동물들에게 무엇을 전하고 싶어 했나요?"

자신이 만나보지 못한 사람에 대해 마구 쏟아지는 여러 가지 질문을 받고 몹시 당황한 구릿 백호는 순간적으로 패닉 상태에 빠져 아무런 말도 대답하지 못하고 있었다.

이대로 계속 있다가는 구릿 백호의 거짓말이 만천하에 들통날 것 같은 상황까지 몰리자, 곁에 있던 하르방 백호의 책사인 레아 더치 집토끼가 말했다.

"구릿 님에게 질문한 동물들도 사람을 본 적이 없잖아요. 지금 질문한 동물들에게 호랑이와 비슷하게 사람을 설명해주어도 평생 동안 확인하지 못하고 죽을 거예요. 제가 나중에 사람들의 형상에 관해 자세하게 설명해 드릴게요."

레아 더치 집토끼의 조언에 다시 용기를 얻은 구릿 백호는 써니라는 여자는 짧은 꼬리를 가진 곰과는 달리 우리 호랑이들처럼 긴 꼬리를 가지고 있었으며, 자신과 같은 선지자를 제외한 일반 동물들이 사람을 가까이에서 보게 된다면 그 형상에 너무 놀라 심장마비로 죽을 수도 있다는 아주 충격적인 말로 대충 설명해주었다.

자신들이 사람의 형상과 흡사하게 닮았다는 아주 놀라운 사실을 듣게 된 호랑이 무리는 더욱 크게 동요하였으며, 구릿 백호의 말에 찬·반 의견까지도 크게 갈리게 되었다.

그래서 기승전결 북쪽 마을 동물들을 비롯한 치악 황호 무리는 구릿 백호가 말한 진실을 규명하기 위한 조사단 구성을 자신들의 지배자인 하르방 백호에게 정식으로 요청하게 되었다.

사람의 목소리

레아 더치 집토끼의 조언을 듣고 구릿 백호가 사람의 형상에 대해 설명한 내용으로 인해 기승전결 북쪽 마을에 살고 있는 동물들은 진실과 거짓 두 편으로 나뉘어 서로 비난하는 아주 큰 혼란한 상황이 발생했다.

구릿 백호의 설명으로 더욱 혼돈된 어려운 상황을 해결하고자 하르방 백호는 기승전결 마을 북쪽 지역 지도자들을 소집하여 긴급 대책 토론회를 가졌다.

"승산 없는 전쟁에 참여하여 큰 피해를 입은 호랑이 부족민 중에서, 특히 치악 황호를 중심으로 한 황색 호랑이들이 사람들의 선지자라고 주장한 구릿 백호의 말이 진실인지 거짓인지를 가려달라며 진실 규명 조사단 구성을 요청했다."

"우리가 치악 황호 무리의 진실 규명 조사단 구성 요청을 거부한다면 구릿 백호가 신뢰성을 잃어 후계자로서의 지위가 무너질 수 있고, 진실 규명 조사단 구성 요청을 받아들인다면 자칫 구릿 백호의 거짓말이 만천하에 드러날 수 있는 절체절명의 상황에 직면하게 되었다. 여러분의 고견을 부탁한다."

군사인 코크 늑대가 먼저 말을 꺼냈다.

"저희에게 확실한 승산이 없는 싸움에 어설픈 대응을 한다면 우리의 지배력까지 크게 훼손될 수 있습니다. 현재로서는 무대응이 최고의 전략입니다."

코크 늑대의 의견에 곧바로 책사인 레아 더치 집토끼가 반박하면서 말했다.

"지금 우리는 전쟁의 피해로 고통 받는 동물들의 불만을 잠재우기 위해 사상 통제를 하고 있습니다. '된다', '안 된다'의 명확한 답변 제시 없이 무대응으로 일관한다면 오히려 빠른 시일 내에 레임덕 현상이 반드시 오고 말 것입니다. '된다' 혹은 '안 된다' 둘 중 하나의 답변을 우리가 직접 선택하여 황색 호랑이 무리에게 통보해 주는 것이 더 좋습니다."

기승전결 마을 북쪽 지역 지도자들까지 코크 늑대와 레아 더치 집토끼의 주장에 따라 두 편으로 갈라져 서로 자기의 주장이 옳다며 다투고 있을 때, 갑자기 구릿 백호가 토론장 자리를 박차고 일어나면서 말했다.

"유익한 토론은 우리를 더 가치 있는 존재로 돋보이게 만들지만, 승산이 없는 무익한 토론은 우리의 가치를 더 손상시킬 뿐입니다. 지금까지 우리는 가치가 있는 유익한 토론에 집중한 결과 오늘날 지배자가 되었습니다. 더 이상 우리끼리 서로 다투는 무익한 토론은 중단합시다."

"여기서 토론을 중단하는 것은 코크 늑대가 주장하는 무대응 전략을 선택한 것이나 다름없습니다. 구릿 백호 님, 말씀을 거두어 주십시오."

레아 더치 집토끼는 구릿 백호에게 자신의 머리를 조아리며 부탁드렸다.

"내가 토론을 중단하자고 한 것은 코크 늑대가 주장하는 무대응 전략을 선택한 것이 아니라, 황색 호랑이 무리에게 레아 더치 집토끼가 주장하는 대로 명확한 답변을 주기 위한 것입니다."

"내가 저지른 일을 슬기롭게 마무리할 수 있는 방법이 생각났기 때문에 우리끼리 다투는 토론을 중단하자는 것입니다. 황색 호랑이 무리가 주장하는 진실 규명 조사단 구성 요청을 받아 주시기 바랍니다."

토론회에 모인 동물 지도자들이 구릿 백호의 갑작스러운 돌발 행동을 보고 웅성거리고 있을 때였다.

코크 늑대는 구릿 백호에게 슬기롭게 마무리할 수 있는 방법이 무엇인지 이 자리에서 알려달라고 정중하게 요청했지만, 구릿 백호는 아무런 답변도 하지 않고 토론장을 아예 떠나버렸다.

토론장에 참석한 동물 지도자들의 극렬한 반대에도 불구하고, 하르방 백호는 자신의 후계자가 될 구릿 백호의 요구를 받아들여 황색 호랑이 무리가 요청한 진실 규명 조사단 구성 요청을 수락한다는 결정을 내리고 곧바로 토론회를 해산해 버렸다.

며칠 뒤, 하르방 백호에 의해 열 마리의 진실 규명 조사단 명단이 발표되었다.

구릿 백호를 단장으로 코크 늑대, 레아 더치 집토끼, 소나타 낙타, 검은 흑돼지와 부단장 치악 황호를 포함한 다섯 마리의 황호 무리였다.

다섯 마리의 황호는 자신들이 조사단에 포함된 사실을 크게 기뻐했지만, 진실 조사에 큰 부담감을 가지고 있었던 코크 늑대, 레아 더치 집토끼, 소나타 낙타, 검은 흑돼지는 조사단 활동을 크게 걱정했다.

"구릿 백호 님. 써니를 만나지 못한 사실을 황호 무리에게 들키면 어떡하죠?"

레아 더치 집토끼의 걱정이 담긴 질문에 구릿 백호는 빙그레 웃으며 대답했다.

"써니는 이미 우주선을 타고 시리우스 별로 떠났을 거야. 그리고 써니 이외의 다른 사람을 만나는 것은 하늘의 별 따기처럼 어렵지. 6개월 정도 장거리 여행을 다녀온다는 기분으로 마니산으로 놀러 갔다가 기승전결 마을로 되돌아오자."

"따뜻한 봄바람은 다른 바람과는 달리 계절이 끝나면 사라지는 바람일 뿐이야. 지금은 봄바람처럼 백호와 황호 무리가 서로 주도권을 잡기 위해 격하게 대립하며 진실을 규명하려고 노력하겠지만, 시간이 지나면 자연스럽게 아무 일도 없었던 것처럼 지내게 될 거야."

구릿 백호를 단장으로 치악 황호를 부단장으로 구성된 진실 규명 조사단은 마니산을 향해 출발했다.

"구릿 백호 님. 이 거북이는 구릿 백호 님과 선 반달곰을 시험했던 써니 남매의 애완동물인 그 거북이 아닌가요?"

진실 규명 조사단의 일행인 치악 황호가 써니를 만나기 위해 마니산 동굴 근처 산속 숲을 조사하던 도중, 훼손된 인삼 재배지를 보고 크게 분노한 써니를 피해 숲 속에 숨어 있던 마니산 동굴의 관리 책임자인 구라 대부 거북이를 우연히 발견하자 조사단 단장인 구릿 백호에게 물었다.

"마니산 동굴에서 선 반달곰 편을 들고 나를 쫓아냈던 구라야. 침묵하지 않고 함부로 입을 나불거리다가는 네 목숨이 위태로울 것이야~"

구릿 백호는 재빨리 구라 대부 거북이 옆으로 다가와서 침묵을 강요했다.

"구릿 백호 님이 써니를 만나 사람들이 사용하는 말을 듣고 배워서 소통할 수 있었나요?"

"사람들의 행동 규범도 자세하게 배우고 써니로부터 사람들의 뜻을 전달할 수 있는 단 한 마리의 동물 선지자로 임명되었나요?"

진실 규명 조사단의 일원인 황호 무리가 구라 대부 거북이에게 자신들과 함께 있는 구릿 백호에 대해 여러 가지를 진지하게 물어보았지만, 황호 옆에서 자신을 무섭게 노려보고 있는 구릿 백호를 본 구라 대부 거북이는 긍정도 부정도 하지 못한 채 침묵만을 지키고 있었다.

"좋은 말로 해서는 안 되겠군. 우리에게 적극적으로 협조하지 않겠다면 고통스러운 심문을 할 수밖에 없어."

구라 대부 거북이의 비협조적 태도에 화가 난 황호 무리가 여러 가지 사항을 강제적으로 조사하기 위해 구라 대부 거북이를 결박하여 심문하려고 했다.

"저는 동굴 입구만을 지키고 있었기 때문에, 써니와 구릿 백호 사이에 어떤 일이 일어났는지 정확하게 몰라요. 궁금하시면 근처에 있는 인삼 연구용 재배지에서 일을 하고 있는 써니에게 가서 직접 물어 보세요."

구릿 백호 때문에 사실대로 이야기할 수도, 거짓으로 이야기할 수도 없었던 구라 대부 거북이가 진실 규명 조사단 일행들에게 직접 써니를 만나서 물어보라고 항변하였다.

"써니가 근처에 있다고?"

써니가 마니산 근처에 아직도 남아 있다는 희소식을 듣게 된 황호 무리가 깜짝 놀라서 구라대부 거북이에게 되물었다.

"누가 6년 근 인삼 채취용으로 심어둔 연구용 인삼 밭을 완전히 훼손시켜 버렸어요. 그래서 시리우스 별로 되돌아가지 못하고 자신의 아이들과 함께 마니산 근처에 살면서 혹시나 망가진 인삼밭에 훼손되지 않고 남아있는 6년 근 인삼이 있나 확인하기 위해 매일 밭에 나가서 일하고 있습니다."

구라 대부 거북이에게 써니에 관한 새로운 정보를 들은 황호 무리는 하루 빨리 써니를 만나보기 위해서 구릿 백호에게 내일 아침 일찍 마니산 동굴 근처를 탐색하자고 제안하였다.

반면에 써니가 아직도 마니산에 남아 있다는 불행한 소식을 듣고 너무 놀란 구릿 백호는 한밤중에 자신과 함께 온 코크 늑대, 레아 더치 집토끼, 소나타 낙타와 검은 흑돼지를 자신이 거주하는 막사로 불러서 자신의 거짓말이 들통 나는 순간 조사단에 합류해 있는 황호 무리를 모두 살해하라고 명령하였다.

다음 날 아침부터 구라 대부 거북이를 앞세워 마니산 동굴 근처에서 세밀한 탐색을 시작한 진실규명 조사단 일행은 멀리서 써니라고 추정되는 어떤 여자가 인삼을 캐기 위해 밭에 앉아 있는 모습을 발견하게 되었다.

"저 분이 써니예요."

구라 대부 거북이는 어떤 작물을 캐고 있는 여자가 써니라는 사실을 진실 규명 조사단 일행에게 알려주었고, 사람과의 의사소통을 전혀 할 수 없었던 진실 규명 조사단 일행은 써니 자녀의 애완동물로 함께 생활하여 사람들과 의사소통이 가능한 구라 대부 거북이에게 자신들의 통역을 부탁하였지만, 구릿 백호의 강렬한 눈초리를 계속 받고 있는 구라 대부 거북이는 꼼짝달싹하지 않고 그 자리에 멈춰 서 있었다.

"구라. 사람과 의사소통이 가능한 것은 너뿐만이 아니다. 우리 구릿 백호 님은 써니 님에게 직접 사람들의 말을 듣고 배우신 분이다."

치악 황호는 일전에 구릿 백호가 기승전결 마을 북쪽 지역에 살고 있는 호랑이 부족민을 모두 모아 놓고 연설했던 내용을 떠올리면서, 구릿 백호에게 자신들이 보는 앞에서 어서 빨리 써니에게 다가가 대화를 해보라고 정중하게 요청하였다.

'치악 황호, 저 사악한 동물….'

실제로는 사람들의 말을 할 수도, 들을 수도 없는 구릿 백호였지만 진실 규명 조사단의 불신감이 고조되고 치악 황호가 계속해서 써니와의 대화를 요구하자, 수많은 고민 끝에 어쩔 수 없이 밭에서 무엇인가를 캐서 확인하고 있는 써니라는 여자를 향해 힘없는 발걸음으로 조용히 다가갔다.

'앗! 호랑이가 어떻게 내 눈앞에까지 왔지?'

훼손된 인삼 밭에서 온전한 6년 근 인삼을 계속 찾고 있던 써니는 자신의 눈앞에 갑자기 나타난 엄청나게 덩치 큰 호랑이를 보자, 온몸이 얼음장처럼 굳어 버렸고, 정신은 이미 아무것도 생각할 수 없는 혼미한 상태가 되어 버렸다.

'커다란 호랑이인 나를 보고 뭐라도 느낀 것이 없니? 써니야, 제발 나에게 한 마디 말이라도 해봐라.'

멀리서 지켜보고 있는 황호 무리에게 사람과 대화하는 장면을 연출하려면 사람의 언어를 먼저 들어보고 비슷하게 흉내를 내야만 가능한 것인데, 써니라는 여자는 꿀 먹은 벙어리처럼 입이 굳었는지 아무 말도 하지 않고 두려움에 온 몸을 떨고만 있었다.

잠시 후 정신이 다시 되돌아온 써니는 동물들 세계에서는 싸움을 할 때에 덩치가 작은 동물이 덩치가 큰 동물을 함부로 공격하지 않는다는 사실을 어렴풋이 기억해내고 자신의 덩치를 크게 보일 수 있는 방법이 무엇인지 골똘히 생각하기 시작했다.

그때 써니의 머릿속에 떠오른 기발한 생각이 바로 광주리였다.

써니는 자신의 키가 눈앞에 있는 호랑이 키보다 훨씬 크게 보이게 하려고 밭일을 하면서 배가 고플 때 간식으로 먹을 꿀떡을 모아둔 광주리를 자신의 머리 위로 재빠르게 들어 올렸다.

'나에게 사람 말 좀 걸어 보라니까 이건 무슨 행동이지? 내가 먼저 호랑이 소리를 내어 써니에게 말을 걸어 볼 수도 없고…'

광주리를 머리에 이고 있는 써니의 우스꽝스러운 행동을 보고 잠시 당황하여 어떤 이유인지 묻고 싶은 구릿 백호였지만, 사람의 말을 전혀 할 수 없었기 때문에 어쩔 수 없이 써니의 행동을 마주 서서 계속 지켜만 볼 뿐이었다.

"뭐라고 사람 말로 말 좀 걸어 보세요."

멀리서 사람과의 대화를 재촉하는 황호 무리의 성화에 계속해서 대치만 할 수 없었던 구릿 백호는 고민 끝에 호랑이들은 쓰지 않지만, 과거 사람들의 애완동물이었던 고양이들이 사용하는 언어인 "야옹~. 야옹~."을 아주 작은 목소리로 써니를 향해 외쳤다.
생김새나 몸집을 보아서는 분명 호랑이 같은데 우렁찬 "어흥" 소리가 아닌 아주 작은 "야옹"이라는 목소리를 내는 것을 듣게 되자 구릿 백호를 머리부터 발끝까지 천천히 자세하게 살펴 본 써니는 엉덩이 뒤에 있는 아주 긴 꼬리를 보고서 고양이가 아닌 호랑이임을 확신했다.

'분명 호랑이 같은데 '야옹~ 야옹~' 소리를 내는 것은 애완동물인 고양이들처럼 내가 가지고 있는 꿀떡을 얻어먹고 싶기 때문일 거야!'

호랑이의 진짜 의도를 착각한 써니는 자신의 머리에 이고 있던 광주리에서 꿀떡 몇 개를 꺼내 호랑이에게 주면서 고양이들에게 하는 것처럼 호랑이의 목을 부드럽게 간질어 주었다.

"구릿 백호 님이 써니에게 무엇인가를 말하자 써니가 오랜 여행으로 몹시 배고픈 구릿 백호 님에게 꿀떡도 나누어주고 목도 부드럽게 간질어 주면서 그동안의 노고를 위로하고 있잖아. 사람들과의 대화가 가능하다고 말한 구릿 백호 님을 믿지 못한 내가 너무나 부끄럽다."

진실 규명 조사단 일행으로 온 일부 황호들은 구릿 백호의 말을 믿지 못한 자신들의 행동을 몹시 부끄러워했지만, 치악 황호만은 이러한 상황을 절대로 받아들이고 싶지 않았다.

"너무 맛있는 떡이에요, 구릿 백호 님. 써니에게서 대화를 해서 꿀떡까지 가져오신 구릿 님의 능력은 정말 대단해요."

치악 황호를 제외한 진실 규명 조사단 일행은 써니에게 받은 꿀떡을 나누어주는 구릿 백호 앞에서 아양을 떨며 말했다.

"사람과의 대화 방법이 무엇인지 알려주세요. 구릿 님!"

구릿 백호가 가져온 꿀떡에는 전혀 관심을 보이지 않는 치악 황호가 구릿 백호에게 다그치면서 말했다.

"'야옹'입니다. 사람들 앞에서 '야옹~ 야옹~'만 말하면 모든 대화가 다 통해요."

"큭큭큭. 고양이가 사람의 말을 흉내 낸 것인가. 사람이 고양이 말을 흉내 낸 것인가. 그것이 무척 궁금하다."

구릿 백호가 의기양양하게 알려준 "야옹"이라고 말을 듣고, 사람의 목소리가 마치 고양이 목소리와 너무 흡사하다며 일부 호랑이들은 웃고 넘겼지만, 치악 황호만큼은 사람의 목소리가 정말 "야옹"인지 자신이 직접 두 귀로 확인해보고 싶다며 구릿 백호가 말릴 새도 없이 써니에게로 달려갔다.
치악 황호의 돌발 행동을 보고 황호 무리도 치악 황호를 뒤따라갔다.

사악 황호의 최후

구릿 백호가 자신의 눈앞에서 사라진 틈을 이용하여 꿀떡이 들어 있는 광주리를 머리에 이고 쏜살같이 자신의 아이들이 있는 벙커로 도망가고 있던 써니를 발이 빠른 황호 무리가 뒤쫓아갔다.

황호 무리는 써니가 가는 길을 사방으로 막아서고, 써니 앞에서 계속해서 "아옹~ 야옹~"을 외쳐대고 있었다.

'조금 전에 꿀떡을 받고 되돌아간 백호처럼 자신들도 꿀떡을 얻고 싶은 황호 무리가 내 앞에서 '야옹~ 야옹~'을 신나게 외쳐대고 있구나. 이 근처에 호랑이들이 배우는 고양이 소리 교실이라도 있는 것일까?'

황호 무리도 자신이 가지고 있는 꿀떡을 무척 먹고 싶어서 자신이 도망가고 있는 길을 막아서고 있다고 판단한 써니는 광주리에 있는 꿀떡을 한 주먹 쥐어다 자신의 있는 위치에서 훨씬 먼 곳으로 던져주고 다시 달아나기 시작했다.

배가 고파서 써니가 주는 꿀떡을 얻어 먹으려고 "야옹~. 야옹~." 소리를 지르는 것이 아니라 써니와 대화를 하고 싶어 "야옹~. 야옹~." 소리를 지르던 있었던 황호 무리는 써니가 먼 곳으로 던진 꿀떡들은 아예 쳐다보지도 않고 단체로 계속해서 써니를 뒤쫓아가며 "야옹~. 야옹~." 소리만 질러댔다.

"황호는 백호보다 훨씬 음식을 탐하는 동물이었구나. 그래서 가죽 색깔도 흰색이 아닌 똥 색깔인 것인가?"

황호 무리가 수십 개의 꿀떡으로는 전혀 만족하지 않는다고 판단한 써니는 자신을 뒤쫓아 오는 황호 무리를 향해 많은 양의 꿀떡이 담긴 광주리를 송두리째 힘껏 내던졌고, 뜀뛰기에 거추장스러운 치마도 훌렁 벗어던진 후 혼신의 힘을 다해 달렸다.

아무 짓도 안하고 오직 "야옹~. 야옹~."거리며 써니를 뒤쫓아 간 것뿐인데, 써니가 입던 치마와 먹는 꿀떡까지 함께 얻게 된 황호 무리는 이제 써니를 조금만 더 "야옹~. 야옹~."거리며 쫓아가게 된다면 자신들이 정말 원하는 총이라는 무기도 손쉽게 얻을 수 있다고 확신하여 더욱 신나게 써니를 뒤쫓아 가기 시작했다.

황호 무리가 뒤쫓아 오는 속도가 너무 빨라 곧 붙잡힐 것 같다고 느낀 써니는 자신의 아이들이 거주하는 벙커까지 도망가지 못하고, 벙커 근처에 착륙시킨 자신의 불새 우주선 안으로 들어가 재빨리 몸을 숨겼다.

써니가 벗어던진 치마를 재빠르게 주운 치악 황호는 써니가 갑자기 사라진 우주선 주변을 황호 무리와 함께 샅샅이 탐색하다가, 우주선 근처에서 써니의 자녀인 남매가 거주하고 있는 벙커를 발견하게 되었다.

"아주 조그만 사람도 있네? '야옹~'이라는 큰 사람의 말은 당연히 조그만 사람들에게도 통하겠지?"

치악 황호와 황호 무리가 남매와 대화를 시도하기 위해 벙커 문 앞에서 "야옹~. 야옹~."을 계속해서 시끄럽게 외치자, 남매가 벙커 창문 틈으로 살짝 바깥 상황을 살펴보았다.

어동생인 우순은 벙커 밖에서 '야옹' 소리를 내고 있는 동물들은 사람들이 애완동물로 기르다가 길거리에 버린 덩치 큰 유기 고양이들이라고 주장했지만, 오빠인 한울은 절대로 고양이의 덩치가 저렇게 클 수가 없다며 벙커 문을 꼭 걸어 잠그고 호랑이들과의 대면을 거부했다.

벙커 앞에서 남매들을 향해 '야옹~ 야옹~' 소리를 질러대며 대화를 시도해 보았지만 벙커 안에서 아무런 인기척도 들리지 않자, 성질 급한 치악 황호가 벙커 문 안으로 자신의 손을 쑥 집어넣었다.

벙커 문 안으로 들어온 치악 황호의 커다란 손을 본 한울과 우순은 벙커 문 앞에 있는 무리가 덩치 큰 고양이가 아닌 호랑이 무리였음을 금방 알아차리고, 벙커 밖 상황을 더욱 주의 깊게 관찰했다.

"오빠! 저 호랑이들이 우리 엄마를 잡아 먹었나봐~! 엉엉엉."

여동생 우순이가 자신의 엄마가 입었던 치마를 벙커 근처 바닥에 내던진 치악 황호를 떨리는 손으로 가리키며 한울 오빠에게 말했다.

벙커 밖에서 서성이는 호랑이 무리가 자신의 엄마처럼 또다시 자신과 여동생을 해코지할 것이라고 생각한 한울은 잠시 큰 공포심에 사로잡혔지만, 곧바로 정신을 차리고 엄마의 죽음을 슬퍼하는 우순이를 달래며 곧 침입당할 벙커를 벗어나 호랑이 무리의 포위망을 탈출할 기회를 엿보고 있었다.

사람들과 대화를 하지 못한다는 사실이 들통날까 우려하여 치악 황호와

황호 무리를 급하게 쫓아온 구릿 백호는 자신이 사람들과 대화할 수 있다는 사실이 이미 입증되었으니 이만 기승전결 마을로 되돌아가자고 주장했지만, 치악 황호는 이왕 사람들을 발견한 상황이니 힘이 약해 보이는 아이들을 잡아서 기승전결 마을로 되돌아가자며 실랑이를 벌였다.

"아야~! 아파!"

구릿 백호와 치악 황호 무리 간의 다툼이 일어난 틈을 이용하여 오빠 한울은 자신의 여동생인 우순이의 손을 잡고 벙커를 탈출해서 몰래 달아나기 시작했지만, 그만 우순이가 돌부리에 걸려 넘어지면서 외마디 소리를 질렀다.

돌부리에 걸려 넘어진 우순이의 외마디 비명 소리를 듣고, 치악 황호와 황호 무리가 남매가 있는 장소로 급히 달려오기 시작했다.

빠른 걸음을 가진 황호 무리에게 얼마 못 가서 붙잡힐 것 같자 한울과 우순 남매는 멀리 도망가는 것을 포기하고 자신들의 옆에 서 있던 큰 나무 꼭대기로 기어 올라가기 시작했다.

그러자 남매가 올라가고 있는 큰 나무 주위로 곧바로 치악 황호와 황호 호랑이 무리가 몰려와 껑충껑충 뛰면서 남매를 붙잡으려고 노력하고 있었다.

힘들게 커다란 나무 꼭대기까지 올라갔지만 오래 버틸 수 없는 상황임을 잘 알고 있던 한울과 우순 남매는 공포와 두려운 마음에 온힘을 다해 "사람 살려~! 사람 살려~!"를 외쳤고, 그 처절한 외침은 마니산 숲 속으로 끊임없이 퍼져나가고 있었다.

"한울아~ 우순아~ 엄마가 내려주는 사다리를 꼭 붙잡으렴!"

우우웅~ 어느새 하늘 위에서 써니가 조정하는 불새 우주선이 다시 나타나 나무 꼭대기에 걸터 앉아 있는 남매에게 아주 긴 사다리를 천천히 내려주었고, 남매는 써니가 내려준 사다리를 붙잡고 우주선 안으로 들어갔다.

"엄마~ 저 황호가 제일 나쁜 것 같아요! 우순이와 함께 저 황호에게 죽을 뻔 했다고요!"

오빠 한울은 우주선 안에서 엄마인 써니에게 땅바닥에 내던진 엄마의 치마를 다시 주워 들고 있는 호랑이가 자신들을 가장 많이 위협했다는 알려주었고, 아들 한울의 이야기를 들은 써니는 크게 분노하고 있었다.

"저도 우주선에 태워 주세요! 어서 태워 주세요!"

하늘에 떠 있는 우주선에서 내려온 사다리를 붙잡은 아이들이 우주선 안으로 완전히 사라지는 장면을 목격한 치악 황호는 우주선을 향해 두 손을 크게 흔들고 제자리에서 껑충껑충 뛰면서 자신에게도 사다리를 내려달라는 흉내를 내기 시작했다.

"오! 나의 자녀를 괴롭힌 저 나쁜 황호가 스스로 죽기를 작정했구나."

하늘 위에 떠 있는 우주선을 바라보며 제자리에서 껑충껑충 뛰고 있는 치악 황호의 모습을 보고 흐뭇한 미소를 지은 써니는 곧바로 불새 우주선을 조작해 치악 황호 머리 위까지 사다리를 내려 주었다.

우주선 안으로 들어가 사람들을 곧 만나볼 수 있다는 기대감으로 크게 들떠 있던 치악 황호는 써니가 내려준 사다리를 붙잡고 한울과 우순 남매처럼 하늘 위로 올라가기 시작했다.

지상으로부터 아주 떨어진 하늘 위까지 사다리를 붙잡고 올라간 치악 황호가 땅 위에 남아 있는 진실 규명 조사단 일행을 향해 엄지 척을 하려고 할 때였다.

써니는 불새 우주선에 연결된 사다리를 분리하였고, 갑자기 분리된 사다리로 인해 치악 황호는 "으악!" 하는 외마디 비명소리를 지르면서 하늘에서 떨어져 사망했다.

치악 황호의 갑작스러운 추락사에 크게 놀란 황호 무리를 향해, 구릿 백호는 바로 이것이 자신이 사람들의 선지자임을 나타내는 증표라고 설명했다.

"사람들은 선지자인 저를 믿고 따르는 동물에게는 사람들이 먹는 꿀떡과 입는 옷도 던져주는 호의를 베풀어 주지만, 선지자인 저의 활동을 불신하거나 저와 다투게 되면 치악 황호의 예처럼 작게는 고통을 주고 심하면 죽여 버립니다."

"그러나 지금부터 저를 믿지 못한 자신의 죄를 뉘우치고 저의 지시를 맹목적으로 따른다면, 하늘 위에 떠 있는 우주선도 탈 수 있을 뿐만 아니라 사람들도 만날 수 있습니다."라고 구릿 백호가 치악 황호의 추락사로 큰 충격을 받은 황호 무리에게 말했다.

치악 황호의 죽음을 확인하기 위해 추락사한 장소의 하늘 위에서 몇 차례 빙빙 돌다가 아주 멀리 떠나가는 우주선을 목격한 황호 무리는 우주선에 있는 써니가 구릿 백호의 말이 맞다고 확인해주는 동그라미 표식으로 착각하고 말았다.

황호 무리는 구릿 백호를 선지자로 임명하고 항상 보호하고 계신 써니에게 자신들의 신명을 바치겠다고 맹세하면서 떠나간 우주선을 향해 일제히 엎드려 절을 하였다.

그리고 먼 미래에 우주선을 타고 하늘로 간 사람들과 또 한 번 만나는 것을 기약하며 아주 잠깐 동안이었지만 자신들이 사람들과 '야옹', '야옹'이라는 말로 대화를 했다고 확신했다.

이제부터 자신들도 구릿 백호를 써니의 선지자로 추종하고 보호해야 하는 중요한 임무를 써니로부터 부여받았다는 자부심을 가지게 된 황호 무리는, 마니산을 떠나 기승전결 마을로 즐겁게 되돌아왔다.

제8편

개와 고양이

갈레이 고양이

"구릿 님을 사람들의 선지자가 아니라고 의심한 저희들을 용서해 주십시오. 지금부터는 이 세상에 살고 있는 모든 동물들에게 사람들의 무서움과 사랑하심을 전해주는 동물이 되겠습니다. 저희들의 실천을 꼭 지켜봐 주십시오."

기승전결 마을 북쪽 지역에 살고 있는 모든 동물이 한자리에 모인 진실 규명 조사단의 귀환 연설장에서 황호 무리의 대표가 구릿 백호에게 간단한 인사를 먼저 하고 거침없이 연단에 올라와서 말했다.

"여러분! 저희들은 마니산 근처에서 한 명의 큰 사람과 두 명의 작은 사람을 만나 구릿 백호 님이 알려주신 귀중한 소리로 사람들과 의사소통을 나누었습니다."

"그러나 저는 오늘 사람과의 의사소통을 했다는 것보다 더 중요한 사실을 밝히고자 이 자리에 서 있습니다. 구릿 백호 님은 사람들의 보호를 받고 있는 진실한 선지자입니다. 저희들이 구릿 백호 님의 말씀을 따랐을 때에는 큰 사람(써니)이 자신이 먹어야 할 꿀떡을 저희에게 모두 나누어 주었고, 심지어는 자신이 입고 있었던 단 한 벌의 옷(치마)마저도 저희들에게 던져 주었습니다."

"하지만, 치악 황호가 구릿 백호 님과 심하게 다투자, 써니라는 사람이 치악 황호를 우주선에 있는 사다리를 이용하여 하늘에서 땅으로 추락시켜 죽이는 천벌을 내렸습니다."

"사람들의 천벌을 받아 하늘에서 땅으로 추락한 치악 황호를 목격한 저희가 진실된 마음으로 용서를 구하는 큰 절을 올리자, 우주선에 탄 사람들은 치악 황호 사체 바로 위에서 빙빙 몇 차례를 돌다가 자신들의 분노를 누그러뜨리고 하늘로 사라져 버렸습니다."

황호 무리의 대표가 연설하고 있는 연단 뒤에서 구릿 백호 무리와 함께 나란히 앉아 있던 구라 대부 거북이가 자신의 옆에 앉아 있는 코크 늑대에게 당시 상황을 떠올리면서 작은 목소리로 물어보았다.

"우주선이 하늘 위로 사라진 후에 황호 무리가 일제히 우주선이 사라진 하늘을 향해 큰 절을 한 것이 아닌가요?"

"창조적인 생각은 간혹 놀라운 결과를 가져오지. 당장 그 입을 다물지 않으면 내일의 태양을 다시는 볼 수 없을 거야."라고 코크 늑대가 구라 대부 거북이의 질문에 싸늘하게 답변해 주었다.

진실 규명 조사단의 귀환 연설장에 모여 있는 동물들이 웅성거리며 '구릿 백호 님이 황호 무리에게 사람들과 의사소통을 나눌 수 있도록 알려주신 귀중한 소리가 무엇인가?'를 물어보는 소리가 점차 거세어지자, 황호 무리의 대표는 연단에서 내려와 구릿 백호에게 자신의 자리를 양보했다.

'추상적인 신의 형상은 동물들이 믿으려고 하지 않을 거야. 동물들과 아주 비슷한 신의 형상을 만들어야 믿는다고.'라고 혼잣말로 중얼거린 구릿 백호는 자신의 옆에 앉아 있던 검은 흑돼지를 한 번 흘끔 쳐다보고 곧바로 연단으로 향해 걸어갔다.

"동물 여러분! 저는 오늘 이 자리에 사람들의 새 소식을 전해 주려고 합니다. 만약 여기 모여 있는 동물 여러분이, 사람들이 저에게 알려준 새 소식을 잘 실천한다면 여러분들은 사람들을 만나볼 수 있고 사람들과 대화도 할 수 있으며 살아 있는 동안에 사람들이 살고 있는 시리우스 별에 갈 수도 있고 죽음을 맞이했다 하더라도 그 영혼은 시리우스 별에 가서 사람들과 함께 살 수 있습니다."라고 구릿 백호가 연단에서 진실 규명 조사단 귀환 연설을 듣기 위해 모여 있는 동물들을 향해 자신감 있게 말했다.

"사람들이 선지자인 저에게 알려준 새 소식은 모두 두 가지입니다. 첫째, 눈에 보이지 않는 여러 존재의 힘을 믿는 자연 종교인 다신교에서 어서 빨리 탈피하여 눈에 보이는 체계화된 일신교인 사람들의 문명 종교를 따르라는 것입니다."

"지금까지 우리 동물들은 넓은 바다와 광대한 사막 등 아름다운 자연 풍경 앞에서 넋을 잃고 성스러움을 느꼈으며, 태풍이나 지진 등 자연적 재해 앞에서 엄청난 공포를 느끼며 보이지 않는 자연적 존재에게 의존하려고 노력했지만 지금까지도 아무런 성과를 거두지 못했습니다."

"하지만 사람들은 우주선을 만들어 하얀 하늘보다 높은 지역과 파란 바다보다 넓은 지역을 자유롭게 날아다니고 있었으며, 불특정한 억울한 다수에게 죄를 묻는 자연재해라는 징벌이 아닌 총이라는 무기를 사용하여 죄를 지은 특정 동물에게만 죄를 묻는 공정한 일처리를 하는 신적 존재입니다."

"앞으로 우리 마을에 자연적 다신교 신을 믿는 동물이 있다면 신적 존재인 사람들이 선지자인 저에게 주신 새 소식을 어긴 죄로 기승전결 마을에서 내쫓게 될 것입니다. 왜냐하면 우리 같은 동물들에게는 사람에게 복종할 의무만 있기 때문입니다."

"둘째, 연로한 동물들을 공경하라는 것입니다. 기승전결 마을에 살고 있는 동물들이 정착 생활을 하게 되면서 연로한 동물들은 많은 것을 알고 있는 지성의 집합체가 되었습니다. 이분들에게 우리 후손들의 교육을 맡기도록 합시다."

구릿 백호의 두 번째 새 소식 내용을 듣고 있던 소나타 낙타가 코크 늑대에게 물었다.

"아니, 갑자기 구릿 백호가 왜 연로한 동물들을 공경하라고 하는 거지?"

이번에도 코크 늑대가 어처구니없다는 표정으로 소나타 낙타를 바라보면서 대답했다.

"가족을 장악하는 것이 동물 세계를 완전히 장악하는 지름길이야. 가족 단위로 무리를 구성하여 생활하는 동물 세계에서는…. 아~ 그리고 종교는 부모가 자녀에게 물려주는 세습적 특징이 있어. 대부분의 동물은 부모가 믿는 종교를 다른 종교와 상세하게 비교해보지 않고 무조건 선택하는 경향이 있지. 자세히 살펴보면서 합리적으로 선택하지는 않아."

구릿 백호의 연설은 계속되었다.

"동물 여러분! 사람들이 선지자인 저에게 알려준 새 소식 두 가지를 실천하기 위해서는 고마운 사람의 형상을 담은 동상과 사람들을 찬양하고 절을 올릴 수 있는 신전의 건립, 그리고 살아서 시리우스 별로 가지 못한 동물들의 영혼이 잠시 대기할 공동묘지의 조성이 아주 시급합니다. 이 세 가지가 완성되는 날, 제가 여러분 앞에서 사람들과 의사소통을 할 수 있는 귀중한 소리와 방법을 알려 드리도록 하겠습니다."

구릿 백호의 연설이 끝나자마자 기승전결 마을 북쪽 지역에 살고 있는 모든 동물이 힘을 합쳐 사람의 형상을 담은 동상을 만들고 그 옆에는 사람들을 찬양하고 절을 할 수 있는 신전을 건립했으며 마을 외곽에는 동물들의 공동묘지를 빠른 시일 내에 조성하였다.

호랑이를 닮은 신을 믿는 종교라는 뜻을 가진 신왕교 간판이 걸린 신전 옆에는 사람의 형상을 흉내 낸 '홍이'라는 최고 신(神)의 동상이 세워졌는데 호랑이처럼 아주 긴 꼬리를 가지고 있었다.

사람들과 함께 생활한 경험이 있었던 구라 대부 거북이가 엉덩이에 긴 꼬리를 가지고 있는 신왕교 최고의 신(神) '홍이' 동상 앞에 당당하게 서 있는 구릿 백호에게 사람은 호랑이와 달리 꼬리가 없다고 지적하자 구릿 백호가 크게 화를 내며 말했다.

"모든 종교와 최고 신(神)은 보이지 않는 신(神) 세계로부터 온 것이 아니라 우리 같은 동물들이 발명한 것이다. 꼬리를 가진 사람 신(神)이 꼬리가 없는 사람 신(神)보다 더 위대한 최고의 신(神)이다."

어느새 기승전결 마을 북쪽 지역에 '홍이' 동상과 신왕교 신전, 그리고 공동묘지가 모두 완성되자 마을 광장에서는 수많은 동물이 구릿 백호에게 사람들과 의사소통을 할 수 있는 귀중한 소리와 방법을 듣기 위해 다시 모였다.

신왕교를 창시한 구릿 백호는 진실 규명 조사단의 일원이었던 네 마리의 황호 무리를 신왕교 사제로 임명하고 자신은 교주가 되어 수많은 동물이 모여 있는 마을 광장에 다시 나타났다.

"구릿 백호 님이 말씀하신 사람들과 의사소통을 할 수 있는 귀중한 소리와 방법은 무엇일까? 그리고 구릿 백호 님이 알려 주신 방법을 실천하면 죽어서도 사람들을 만나볼 수 있을까?"

마을 광장에 모인 수많은 동물이 온갖 추측을 쏟아내며 네 마리의 황호 사제들에게 둘러싸여 연단에 등장한 구릿 백호의 입에 집중을 하고 있었다.

"여러분! 사람들과 의사소통을 하고 사람들을 만날 수 있는 방법이 무엇인지 그동안 많이 궁금하셨죠? 지금 이 자리에서 제가 알려 드리겠습니다.

집이나 신전 등 어느 장소에 있을지라도 제가 알려드린 방법으로 시간이 있을 때마다 끊임없이 실천하시기 바랍니다."

드디어 구릿 백호는 수많은 동물 앞에서 사람들과 의사소통하고 만날 수 있는 비밀스러운 방법을 공개하였다.

그 방법은 바로 커다란 호랑이 입에서 "야옹~. 야옹~."이라는 단어를 조용한 목소리로 외치면서 두 무릎을 꿇고 절을 하는 것이었다.

처음에는 심각한 표정으로 구릿 백호의 입에서 나온 "야옹~. 야옹~."이라는 나지막한 소리를 듣고 신전에 모인 대다수의 동물은 마치 호랑이의 큰 입에서 나오는 조그맣고 야릇한 고양이 울음소리와 똑같다고 생각하여 깔깔깔 거리며 폭소를 터뜨렸다.

그러자 구릿 백호와 함께 있던 네 황호 사제들의 표정이 아주 무섭게 변했고, 마을 광장에 모여 있는 수많은 동물을 향해 동시에 외쳤다.

"신의 언어를 무시하고 모독한 동물에게 죽음을!"

우렁찬 네 마리 사제 호랑이의 무시무시한 경고성 외침에 깜짝 놀란 동물들은 숨소리도 내지 못하고 찬물을 얻어맞은 모양으로 아주 조용해졌다.

"구릿 님이 사람의 언어라고 말씀하신 '야옹~ 야옹~'이라는 소리는 우리 동족인 고양이 소리가 확실합니다."

잠시 침묵의 시간이 흐르자, 기승전결 마을에서 동물학을 가르치는 대학자인 갈레이 고양이가 "야옹~. 야옹~." 소리는 사람 소리가 아닌 고양이의 소리라고 주장하였고, 갈레이 고양이의 말에 동족인 대다수의 고양이가 맞장구를 치면서 호응하기 시작하였다.

"신의 언어를 어떻게 하찮은 동물이 해석할 수 있다냐! 저 발칙한 고양이를 어서 종교 재판에 회부시켜 죽여라!"

갈레이 고양이의 말에 분노한 구릿 백호의 명령을 받은 사제 황호들이 곧바로 대학자인 갈레이 고양이를 체포하여 마을 광장 가운데에 세워놓고 신성모독 재판을 빠르게 진행하더니 낭떠러지에 떨어뜨려 죽이는 추락사 형벌을 결정했다.

"스승님! 지금이라도 구릿 백호 님에게 호랑이 입에서 나온 '야옹~ 야옹~'이라는 소리는 고양이에게서 나온 소리가 아닌 사람들의 소리라고 말씀하시고 목숨을 부지하세요."

마을 광장 가운데에서 사제 황호 무리에게 잡혀있는 대학자 갈레이 고양이에게 많은 제자 고양이가 다가와 애처롭게 말했다.

"진실에서 오는 따뜻한 햇살은 나의 목숨을 구해줄 수는 없지만, 내 양심을 따뜻하게 해주고 흔들리는 내 마음도 깨끗하게 청소해준다. 그리고 누구든지 죽음을 피할 수 없다. 단지 빨리 가느냐 늦게 가느냐의 차이만 있을 뿐이다. 나는 깨끗한 마음을 가지고 빨리 가는 길을 택하겠다."

대학자 갈레이 고양이는 제자 고양이들에게 비록 자신은 불의를 저지르는 호랑이 무리에게 죽음을 당하지만, 진실을 선택한 것은 매우 옳은 일이라고 주장하면서 슬퍼하지 말고 기뻐하라는 마지막 유언을 남기고 사제 황호들에 의해 낭떠러지에서 떨어져 죽임을 당했다.

개와 고양이 가족의 만남

　한편 곰 무리의 돌격대장 아레스 하운드 들개는 태와 북극곰을 도와 하르방 백호의 세력과 맞서 싸워준 현무 테리어 들개 일행에게 진심으로 감사함을 전했다.

　그러자 현무 테리어 들개는 자신의 일행이 기승전결 마을 남쪽 지역으로 되돌아오는 도중에 호랑이 무리와의 싸움에 참여하였다가 포로가 되어 기승전결 마을 북쪽 지역으로 잡혀간 아빠가 있는 아기 다람쥐를 우연히 만났다고 말했다.

　아기 다람쥐가 자신에게 말하기를, 기승전결 마을 남쪽 지역의 지배자인 태와 북극곰과 그의 아들 선 반달곰은 호랑이 무리와의 전쟁 도중에 남쪽 지역에 살고 있는 동물들을 배신하고 북쪽 지역의 지배자인 하르방 백호 무리에게 투항하여 남쪽 지역 동물들을 학살했던 동족인 일부 곰 무리와의 각종 이산가족 상봉을 위한 행사들을 수시로 추진하고 있다고 말했다.

　하지만 남쪽 지방 동물들을 지키기 위해 정의롭게 자신을 희생하여 싸우다가 사로잡혀 북쪽 지역으로 끌려간 전쟁 포로들에 관해서는 무서운 호랑이 무리의 심기를 건드려 재침략을 받을까봐 몹시 두려워하며 관심조차 가지려 하지 않고 오히려 철저히 외면만하고 있다고 주장했다. 그리고 이러한 양심 없는 곰 무리가 지배하는 남쪽 지역에서는 더 이상 살고 싶지 않다며 울분을 토했다고 전했다.

"한 가지를 보면 열 가지를 자연스럽게 알게 된다고. 난 배은망덕한 지역에서 살아가느니 차라리 정의롭지 못한 마을에서 사는 것이 더 좋다고 생각해. 아레스 하운드. 너도 나와 함께 북쪽 지역으로 가서 사는 것은 어떠니?"

현무 테리어 들개는 태왁 북극곰의 돌격대장인 아레스 하운드 들개에게 자신과 함께 북쪽 지역으로 가자고 설득하기 시작했다.

"북쪽 지역에서는 구릿 백호가 창시한 신왕교라는 종교가 생겨나서 사람들의 최고 신(神)인 '홍이'의 얼굴도 직접 볼 수 있고, 사람들과 소통할 수 있는 언어와 방법도 알려주는 신전이라는 장소까지 만들었다는 소문이 있어. 더구나 신왕교를 믿는 동물들은 죽음을 맞이하여 영혼이 되더라도 사람들이 살고 있는 시리우스 별로 가게 되는데, 그때 대기할 수 있는 공동묘지라는 장소도 제공해 준대."

현무 테리어 들개는 기승전결 마을 남쪽 지역에 살고 있는 동물들에게도 널리 퍼져 있는 북쪽 지역 소식을 좀 더 상세하게 알려 주었다.

"내가 죽으면 길거리에 버려지지 않고 공동묘지로 갈 수 있다는 너의 말에 사실 솔깃하기는 해. 하지만 자신이 지켜야 할 존재가 누군지도 모르고 만난 적이 한 번도 없었던 남쪽 지역에 사는 동물들을 위해 죽음과 희생으로 생사고락을 함께한 전쟁 영웅들을 버리고 북쪽 지역으로 이주할 수는 없어. 현무 테리어 너도 불의한 호랑이 무리와 맞서 싸워 희생한 들개들을 생각해서라도 나와 함께 남쪽 지역에 남아 있어주길 바란다."

아레스 하운드 들개는 현무 테리어 들개의 제안을 정중하게 거절하면서 오히려 자신과 함께 남쪽 지역에 남아주기를 역으로 제안했다. 그러자 현무 테리어 들개는 전쟁의 고귀한 희생자들을 떠올리지 못한 자신의 생각이 짧았음을 시인하고 자신도 남쪽 지역에 남아 있겠다고 약속하였다.

"톨로야~. 아무도 가지 않는 길을 남보다 먼저 가는 변화라는 말의 또 다른 명칭은 기회야. 두려움을 떨쳐버리고 기회를 잡기 위해 우리는 변화의 땅으로 지금 떠나자."

아레스 하운드 들개와 현무 테리어 들개의 이야기를 옆에서 조용히 듣고 있던 부라퀴 불도그 들개는 자신의 아들인 톨로 불도그 들개의 손을 잡고 조용히 빠져나와 신전과 사제들이 있다는 기승전결 마을 북쪽 지역으로 길을 떠났다.

몰래 잠입에 성공해 기승전결 마을 북쪽 지역을 열심히 구경하고 있던 부라퀴와 톨로 불도그 들개는 남쪽 지역 마을과 크게 다른 북쪽 지역 마을의 놀라운 변화를 보고 깜짝 놀랐다.

동물 거주지가 사방으로 분산된 남쪽 지역 마을과는 다르게 북쪽 지역 마을은 광장 중심에 건립된 신왕교 신전을 중심으로 대부분의 동물 거주지가 몰려 있었다.

"아빠! 저 큰 동상이 신왕교에서 말하는 사람들의 최고 신(神) '홍이'의 형상이래요. 홍이의 이마에는 왕자(王子)가 새겨져 있고 흰색과 검은색의 줄무늬와 긴 꼬리를 가지고 있는 것을 보니 사람들은 정말 호랑이를 닮았네요."

톨로 불도그 들개가 신전 옆에 세워진 커다란 동상을 가리키며 부라퀴 불도그 들개에게 물었다.

"내가 제주도에 살았던 어린 시절에 사람들을 얼핏 본 적이 있어. 물론 이마에 줄이 몇 개 있는 사람도 봤지만, 그 몸에는 털과 줄무늬, 그리고 꼬리가 없었어. 내가 볼 때 아무래도 저 동상은 신왕교 교주인 구릿 백호의 조상님 형상인 것 같다."

톨로 불도그 들개의 질문에 부라퀴 불도그 들개가 자신의 생각을 대답해주었다.

"사람들의 최고 신(神)인 '홍이'님을 위한 예배가 지금 시작됩니다. 경건한 마음으로 지금 빨리 신왕교 신전 안으로 들어오세요."

신전 예배의 시작을 다급하게 알리는 황호 호랑이 사제의 소리를 듣고 수많은 동물이 예배를 보기 위해 신전 안으로 차례차례 들어가기 시작했다.

신왕교 신전으로 들어가는 동물들을 따라 부라퀴와 톨로 불도그 들개도 신전에 들어가 예배당에 설치된 자리에 앉았다.

예배가 시작되자 기승전결 마을 북쪽 지역 최고 지배자인 하르방 백호의 후계자이자 신왕교의 교주인 구릿 백호의 설교가 10분간 이어졌고, 그 뒤 "야옹~. 야옹~."을 외치며 수많은 동물이 사람들의 최고 신(神) '홍이'의 형상을 보면서 절을 하였다.

마지막으로 '홍이'의 업적을 노래로 찬송하는 성가대가 입장하여 "야옹~. 야옹~."으로 구성된 찬양가를 아름답게 부르고 있을 때였다.

갑자기 톨로 강아지가 성가대에서 즐겁게 노래를 부르고 있는 한 동물을 가리키며 아빠인 부라퀴 불도그 들개에게 말했다.

"저기 성가대 가운데에서 노래 부르고 있는 동물은 아가 벵골 고양이 아니에요?"

신전 예배 행사가 끝나자 부라퀴와 톨로 불도그 들개는 아름다운 노래를 불렀던 성가대를 찾아가 오랜만에 해금과 아가 뱅골 고양이와 상봉했고, 해금 뱅골 고양이의 집으로 가서 지난 시절 이야기를 나누면서 그동안의 회포를 풀었다.

해금 뱅골 고양이는 제주도에서 애완동물들의 영웅 꽃청 아랜 진돗개가 점차 독재자로 변해버렸고, 사람들의 흔적을 모두 없앤다면서 자신들이 살고 있던 레아 더치 집토끼의 집을 불태우고 심지어는 사람들과 관계있는 자신들까지도 죽이려고 시도해서 어쩔 수 없이 아가 뱅골 고양이를 데리고 제주도를 떠나 육지인 부산으로 오게 되었다고 말했다.

도착한 부산 지역에서 다시 백호와 북극곰 무리를 추적하는 검은 흑돼지 일행의 소식을 듣고 그들의 발자취를 뒤따라가 보니 어느새 기승전결 마을 북쪽 지역까지 자연스럽게 들어오게 되었다고 말했다.

"엄마~ 내가 신왕교 교주 구릿 백호 님이 주최한 '야옹~' 잘 부르기 대회에서 우승한 것도 톨로에게 말해줘."

아가 뱅골 고양이는 오랜만에 다시 만난 톨로 불도그 들개에게 자신의 노래 실력을 자랑하고 싶어서 안달이 났다.

"알았어. 신왕교에서 사람들과 소통할 수 있는 단어인 '야옹~' 잘 부르기 대회가 성대하게 열렸어요. 그 대회에서 아가 벵골 고양이가 1등을 하고 제가 2등을 수상하여 '홍이'의 업적을 찬송하는 성가대에 선발되었고, 지금까지 활동을 계속하고 있어요."라며 해금 벵골 고양이가 머쓱한 표정을 지으며 말했다.

"기승전결 북쪽 마을로 갑자기 이주하다보니 저희들은 거주할 집과 먹을 양식이 전혀 없어요. 좀 도와주시겠어요?"

"당연하죠. 우리는 레아 더치 집토끼의 집에서 통조림도 함께 훔친 절친한 사이잖아요."

톨로 불도그 들개의 쑥스러워하는 요청에 해금 벵골 고양이가 화통하게 승낙해 주었다.

그로부터 1년이라는 시간이 흘렀다.

신왕교의 교세는 날로 번창하여 어느새 교주인 구릿 백호는 백호 네 마리, 황호 다섯 마리, 그리고 해금 벵골 고양이 한 마리까지 총 열 마리나 되는 사제를 거느리게 되었다.

열 마리의 동물 사제는 매주 한 마리씩 돌아가면서 "야옹~. 야옹~."을 외치며 최고 신(神)인 '홍이'의 형상을 모시고 신전에 모인 동물들이 절을 하는 의식의 진행을 맡아오고 있었다.

그런데 아홉 마리의 백호와 황호 사제들이 중저음의 "야옹~. 야옹~." 소리를 내며 신전 의식을 맡아 진행할 때에는 기승전결 마을 북쪽 지역에 살고 있는 동물들의 신전 의식 참여가 매우 저조했다.

하지만 해금 벵골 고양이가 고음의 "야옹~. 야옹~." 소리를 내며 신전 의식을 맡아 진행할 때에는 기승전결 마을 북쪽 지역에 살고 있는 수많은 동물이 해금 벵골 고양이가 가진 천상의 목소리에서 나오는 아름다운 "야옹~. 야옹~." 소리를 듣기 위해 신전을 방문했다.

"사람들과 의사소통을 할 수 있는 '야옹'이라는 말은 아무리 생각해도 호랑이보다는 고양이에게 더 잘 어울려."

"맞아요. '야옹' 소리는 고양이 사제가 내는 고음일 때 아름답고 정확한 음성으로 들리는데, 호랑이 사제들이 내는 중저음일 때는 부정확하게 들려서 듣기가 매우 거북해요."

신왕교 신전 의식에 참여한 마을 동물들이 호랑이 사제들이 신전 의식을 많이 집전하는 것에 계속된 불평을 제기하자, 점차 신왕교 신전 의식을 담당하는 사제직이 호랑이를 대신해 고양이로 교체 되었다.

신왕교 사제 직분을 맡은 동물의 구성이 백호 한 마리와 황호 세 마리,

그리고 고양이 여섯 마리로 바뀌게 되자, 구릿 백호가 맡고 있는 신왕교 교주 자리마저도 고양이들에게 빼앗기게 될 상황에 처하게 되었다.

특히 목소리가 좋아서 '야옹' 소리를 아름답게 표현하는 해금 벵골 고양이와 춤을 귀엽게 잘 추는 아가 벵골 고양이는 차기 신왕교 교주 자리마저 넘보고 있었다.

기승전결 마을 북쪽 지역의 최고 지배자 자리와 신왕교 교주 자리를 자신의 핏줄이자 아들인 달호 백호에게 물려주려고 생각했던 구릿 백호는 자신의 계획이 신왕교 사제직을 차지하고 있는 고양이들로 인해 차질이 생길 수 있다고 판단했다.

그래서 고양이들을 신왕교 사제직에서 모두 쫓아내기 위해 두 가지 신왕교 사제가 될 수 있는 필수 자격을 급하게 신설하였다.

첫 번째 자격은 최고 신(神) '홍이'처럼 이마에 왕자(王子)가 새겨져 있어야 한다는 것이고, 두 번째 자격은 꼬리가 매우 길어야 한다는 것이다.

구릿 백호의 사제직 필수 자격이 발표된 날, 해금과 아가 벵골 고양이를 포함한 여섯 마리의 고양이가 신왕교 사제직에서 내쫓겼다.

호랑이 무리에게 아주 큰 불만을 품고 집으로 되돌아온 해금 벵골 고양이는 부라퀴 불도그 들개에게 원래 사람들은 호랑이보다 고양이나 개와 훨씬 더 친했다고 주장하면서, 제주도에서 꽃청 아랜 진돗개가 레아 더치 집토끼의 집을 불태울 때, 아가 벵골 고양이와 함께 4층 서재에서 몰래 가져온 두 권의 책을 꺼내서 보여 주었다.

한 권의 제목은 '참다운 종교 생활'이었고, 다른 한 권의 제목은 '애완동물 잘 기르기'였다.

"내가 구릿 백호에게 '참다운 종교 생활'에서 나온 종교 의식 순서와 방법 등을 알려주었기 때문에 신왕교의 교세가 지금처럼 크게 부흥한 거야. 설교 후에 '야옹~'을 외치며 두 손을 모으고 절을 하는 기도 방법, 그리고 성가대 운영 등은 모두 '참다운 종교 생활'에 나오는 내용이었어."

"그리고 '애완동물 잘 기르기'에서는 사람들이 키우던 온갖 종류의 개와 고양이가 있었지만, 호랑이의 모습은 전혀 찾아볼 수가 없었지."

해금 벵골 고양이는 사람들이 호랑이보다 고양이와 개와 훨씬 더 친했다는 여러 가지 금지된 전설 이야기가 암암리에 동물들에게 전해지고 있다고 주장하면서, 자신과 함께 사람들의 역사적 흔적을 같이 찾아보자고 제안하였다.

자신들에게 의식주를 제공해주고 있는 해금 벵골 고양이의 부탁을 차마 거절할 수 없었던 부라퀴 불도그는 어쩔 수 없이 해금 벵골 고양이를 따라 사람들의 역사적 흔적을 찾아 나설 수밖에는 없었다.

사람들의 흔적 찾기

금지된 전설에 의하면 예전에 지구에 살고 있던 사람들은 산과 바다를 매우 좋아했다고 하며, 내륙에서 멀리 있는 바다로 여행 갈 수 없었던 사람들마저도 큰 강과 호수를 대신 구경하면서 대리 만족을 느꼈다고 전해지고 있었다.

금지된 전설을 기초로 호수와 큰 강이 있는 장소인 춘천 지방을 지목한 해금 벵골 고양이는 부라퀴 불도그 들개를 데리고 곧바로 여행 장비를 챙겨서 출발했다.

"남편을 죽인 늙은 하르방 백호에게 복수를 하지, 왜 구릿 백호 밑에서 신왕교 사제를 맡고 있었던 거야?"

춘천 지방으로 가는 코스에서 횡성 지방의 안흥 지역을 지날 때 부라퀴 불도그 들개가 해금 벵골 고양이의 눈치를 슬쩍 살펴보며 물었다.

"후계자 달형 황호를 잃은 원인이 구릿 백호가 제공한 곰 무리와의 전쟁이라고 생각한 하르방 백호와 구릿 백호는 지금도 사이가 아주 나빠. 하르방 백호는 아직까지 한 번도 신왕교 신전을 방문하지 않았어. 그리고 나는 내가 가장 사랑하는 남편을 젊었을 때 잃었어. 늙은 하르방 백호만으로 나의 복수를 끝내고 싶지 않아. 호랑이의 멸족으로 나의 복수를 완성할 거야."

해금 벵골 고양이의 눈에는 살짝 눈물이 고였다.

"저건 뭐지?"

신비한 도깨비 도로를 지나가고 있을 때 숲 속 사이에 개들이 살 수 있을만한 조그만 집이 여러 개 놓여 있었다.
부라퀴 들개가 재빨리 뛰어가서 조그만 집 안을 살펴본 후, 집 밖으로 몇 가지 물건을 손에 들고 나와 해금 벵골 고양이에게 보어주며 말했다.

"해금아~ 사람들의 흔적을 벌써 충분히 찾은 것 같아."

화려한 꽃이 그려져 있는 개 목걸이와 잘생긴 개가 그려져 있는 개 밥그릇 등이 부라퀴 들개의 손에 들려 있는 것을 보고 자신이 소지하고 있던 '애완동물 잘 기르기'라는 책을 펼쳐본 해금 벵골 고양이는 처음에는 깜짝 놀란 표정을 지었지만, 금세 아무것도 아니라는 표정으로 바꾸면서 대답했다.

"하나는 개 목걸이라는 것인데 사람들이 개를 도살할 때 사용하던 도구야. 개의 목에다 걸고 마음대로 끌고 다녔어. 또 하나는 개 밥그릇인데 사람들이 먹다 버린 음식 찌꺼기를 담아 주는 도구였어."

"이런 물건들을 가지고 기승전결 마을로 되돌아간다면 사람들이 개를 천대했다는 사실이 온 세상에 들통 나고 말거야. 어서 숲 속에다 빨리 던져 버려!"

해금 뱅골 고양이는 부라퀴 불도그 들개가 들고 있던 개 목걸이와 개 밥그릇을 즉시 빼앗아 숲 속 옆에 있는 낭떠러지로 내던져 버렸다.

"무슨 짓이야!"

부라퀴 불도그 들개가 해금 뱅골 고양이가 내던진 개 목걸이와 개 밥그릇을 찾기 위해 숲 속 옆에 있는 낭떠러지로 급하게 달려갔지만, 이미 아득히 사라져 버렸다.

"네가 가진 책 좀 보여줘."

화가 난 부라퀴 불도그 들개는 해금 벵골 고양이가 소지하고 있던 '애완동물 잘 기르기'라는 책을 빼앗아 책 속에 있는 그림들을 샅샅이 살펴보았다.

책 속에는 자신이 조그만 집에서 가져왔던 화려한 꽃이 그려져 있는 개 목걸이와 잘생긴 개가 그려져 있는 개 밥그릇과 똑같은 물건을 가지고 즐거워하는 사람들 앞에서 멋지게 포즈를 취하고 있는 행복한 개들의 모습들이 있었을 뿐이었다.

"미안해. 이 책에는 없지만 예전에 제주도에서 레아 더치 집토끼의 4층 서재에 있던 '불법 도축장의 실태'라는 책에서 본 사진들이 갑자기 떠올라 내가 그만 실수를 한 것 같아. 낭떠러지에 떨어진 물건들을 다시 찾기는 어려울 거야."

해금 벵골 고양이는 진정성이 전혀 느껴지지 않는 말투로 자기의 오판을 부라퀴 불도그 들개에게 형식적으로 사과하였다.

"사람들이 애완동물들에게 나누어준 물건을 다시 발견하기 전까지는 '애완동물 잘 기르기'라는 책은 내가 가지고 있을게."

부라퀴 불도그 들개는 해금 벵골 고양이에게 빼앗은 '애완동물 잘 기르기'라는 책을 자신의 호주머니에 넣으면서 마음속으로 크게 기뻐하고 있었다.

자신이 조금 전에 신비한 도깨비 도로 근처에서 발견한 여러 개의 조그만 집 속에는 조금 전에 잃어버렸던 것과 똑같은 다량의 개 목걸이와 개 밥그릇이 가득 쌓여 있었기 때문이었다.

부라퀴 불도그 들개는 기승전결 마을에 사는 동물들에게 '애완동물 잘 기르기' 책 속에 있는, 사람들이 개에게 개 목걸이를 채워주고 개 밥그릇에 맛있는 먹이를 주면서 즐거워하는 모습과 실제 자신이 발견한 개 목걸이와 개 밥그릇을 보여준다면, 사람들이 호랑이보다 개를 훨씬 더 좋아했다는 역사적 사실을 충분히 증명할 수 있다고 생각했기 때문이었다.

'세월이 많이 지났구나. 나도 이제 얼마 살지 못할 정도로 늙었으니 말이지. 하지만 사람들이 쓴 책과 개 목걸이, 그리고 개 밥그릇을 총명한 두뇌를 가진 우리 아들 톨로에게 전해준다면, 구릿 백호가 세운 호랑이를 닮은 신(神)을 믿는 신왕교를 능가하는 개를 위한 새로운 종교를 반드시 창시할 수 있을 거야. 우리 개들의 세상을 한 번 열어보자.'

부라퀴 불도그 들개는 자신의 아들 톨로 불도그 들개가 나중에 자신이 발견한 물건들을 다시 되찾아서 호랑이 무리가 완전히 장악한 기승전결 마을 북쪽 지역이 아닌 종교 불모지인 남쪽 지역에 새로운 종교를 창시하여 신흥 종교의 교주가 되기를 은근히 바랐다.

어느새 해금 뱅골 고양이와 부라퀴 불도그 들개는 원래 목적지인 춘천 지방에 도착하여 여러 개의 호수와 강을 샅샅이 살펴보았지만, 사람들의 흔적을 좀처럼 찾을 수가 없었다.

몸도 지치고 일이 잘 풀리지 않아 화가 난 해금 뱅골 고양이가 흙 속에 반쯤 묻혀 있는 깡통을 발로 힘껏 걷어차려는 순간, 깡통에 '야옹'이라는 수많은 글자가 적혀 있는 것을 우연히 발견하게 되었다.

"얼마나 사람들이 고양이를 좋아했으면 '야옹'이라는 단어를 이렇게 많이 적어 놓았을까?"

사람들이 정성스럽게 만든 깡통에는 '야옹'이가 좋아하는 '야옹'이 간식 '야옹'이표 '야옹 생선포'라는 글자가 적혀 있었다.

깡통에서 이 긴 문장을 본 해금 뱅골 고양이는 사람들과 소통하는 단어는 단순히 '야옹'이라는 하나의 단어가 아니라 "'야옹'이가 좋아하는 '야옹'이 간식 '야옹'이표 '야옹 생선포'"처럼 긴 문장이었음을 깨달았다.

곧바로 해금 뱅골 고양이는 깡통을 발견하게 도와준, 하늘에 있는 사람들에게 감사를 드리며 즉시 자신이 주운 깡통을 손에 들고 다시 기승전결 마을로 발길을 되돌렸다.

진묘교의 탄생

횡성 지방의 안흥 지역 근방에 위치한 주천강에 도착했을 때였다.

며칠 전 내린 장마로 인해 강물의 수위가 올라간 주천강을 바라보며, 수영을 전혀 하지 못하는 해금 벵골 고양이가 수영을 매우 잘 하는 부라퀴 불도그 들개에게 자신을 등에 태워서 주천강을 건너게 해달라고 부탁했다.

해금 벵골 고양이를 자신의 등에 태워 주천강을 건너고 있던 부라퀴 불도그 들개는 해금 벵골 고양이가 손에 들고 있는 깡통을 물속에 떨어뜨려 영원히 찾지 못하게 하려고, 일부러 자신의 몸을 조금씩 휘청거리면서 헤엄을 치고 있었다.

휘청거리고 있는 부라퀴 불도그 등에서 떨어져 장마로 크게 불어난 주천강 속에 빠지고 싶지 않았던 해금 벵골 고양이는 깡통을 자신의 입에 물고 양손을 이용하여 부라퀴 불도그 들개의 등 위에서 균형을 잡고 있었다.

해금 벵골 고양이가 깡통을 자신의 입에 물고 부라퀴 불도그 들개의 등에 업혀 주천강 강물 깊이가 가장 깊은 장소를 건너가고 있을 때였다.

'드디어 절호의 기회가 왔구나!'

갑자기 부라퀴 불도그 들개가 해금 벵골 고양이에게 말을 걸었다.

"깡통을 입에 물고 있니?"
"깡통을 입에 물고 있냐고."

"꿀 먹은 벙어리냐?"
"제발 대답 좀 해 봐!"

해금 벵골 고양이가 입에 물고 있는 깡통을 강물 속으로 떨어뜨리게 하려고 계속 귀찮게 물어보는 부라퀴 불도그 들개의 성화에 끝내 참지 못한 해금 벵골 고양이가 어쩔 수 없이 대답했다.

"시끄러~! 깡통은 입에 물고 있다고!"

해금 벵골 고양이가 부라퀴 불도그 들개의 끊임없는 질문에 대답을 하기 위해 입을 연 순간 깡통은 깊은 강물 속으로 사라져 버렸고, 부라퀴 불도그 들개의 입에는 살짝 미소가 감돌았다.
무사히 강물을 건넌 부라퀴 불도그 들개는 자신이 보물을 숨겨놓은 장소를 하루빨리 아들인 톨로 불도그 들개에게 알려주기로 결심하고, 어렵게 발견한 깡통을 주천강 강물 속에 떨어뜨린 탓에 망연자실하게 강물만을

바라보고 있는 해금 뱅골 고양이를 홀로 남겨둔 채 기승전결 마을 북쪽 지역으로 혼자서 되돌아왔다.

호랑이 무리가 구성한 진실 규명 조사단에 붙잡혀서 어쩔 수 없이 마니산에서 원주 지방까지 오게 된 구라 대부 거북이는 횡성 지방에서 영월 지방까지 흐르는 주천강 일대에서 자신의 취미생활인 수영을 하며 짧은 휴식을 즐기고 있었다.

구라는 아무런 소득 없이 기승전결 마을로 되돌아갈 수가 없었던 해금 뱅골 고양이가 하루 종일 주천강 강가에 홀로 앉아 슬피 울고 있는 모습을 발견하고, 해금 뱅골 고양이에게 다가가 깡통을 잃어버리게 된 억울한 사연을 듣게 되었다.

"마침 내가 아는 블루너 용왕님이 소형 잠수정을 타고 주천강 일대를 유람하고 있어. 나와 함께 그분을 만나서 강바닥에 잃어버린 깡통을 찾아달라고 부탁해 보자."

구라 대부 거북이의 도움으로 해금 벵골 고양이는 블루너 용왕을 소개받았고, 블루너 용왕은 자신이 운전하고 있던 소형 잠수정을 이용하여 주천강 강바닥을 샅샅이 뒤져서, 해금 벵골 고양이가 잃어버린 깡통을 찾아 주었다.

구라 대부 거북이는 애완동물 시절 사람들에게 배운 지식을 총 동원하여 해금 벵골 고양이가 알고 있는 '야옹'이라는 글자 이외에 "'야옹'이가 좋아하는 '야옹'이 간식 '야옹'이표 '야옹 생선포'"라는 전체 글자를 읽고 쓰는 법을 아주 자세하게 가르쳐 주었다.

해금 벵골 고양이는 강바닥에 잃어버린 깡통을 찾아준 블루너 용왕과 사람들이 깡통에 새겨놓은 글자에 대해 자세하게 알려준 구라 대부 거북이에게 감사 인사를 하고 헤어졌다.

'기승전결 마을 북쪽 지역에 신왕교와 비슷한 종교를 세운다면 지배자인 구릿 백호와 호랑이 무리가 곧바로 나를 죽이려 할 거야. 기승전결 마을 남쪽 지역으로 가서 태왁 북극곰을 설득해 참된 고양이가 믿는 진묘교를 창시하자.'

호랑이 무리가 지배하고 있는 기승전결 마을 북쪽 지역에서 자신의 딸인 아가 벵골 고양이를 데리고 곰 무리가 지배하는 기승전결 마을 남쪽 지역으로 이주한 해금 벵골 고양이는 곧바로 남쪽 지역의 지배자인 태와 북극곰과 선 반달곰을 만나 다음과 같이 주장했다.

　"태와 북극곰 님! 동물들은 물질적 안정이 이루어지면 정신적 안정을 추구합니다. 정신적 안정을 추구하기 위한 방법으로는 종교만한 것이 없습니다. 더구나 종교는 집단의 강력한 결속력까지 가져다줄 수 있습니다."

　"신왕교를 창시한 구릿 백호가 지배하고 있는 북쪽 지역을 보십시오. 기승전결 마을에 살고 있는 많은 동물이 신왕교 사상에 의지하기 위해 남쪽 지역에서 북쪽 지역으로 계속해서 이주를 하고 있습니다. 저의 딸 아가 벵골 고양이가 만든, 참된 고양이가 믿는 종교인 진묘교의 창시를 허락하여 남쪽 지역에 사는 동물들의 숫자가 감소하는 것을 막으십시오."

　종교를 믿게 된 남쪽 지역 동물들의 대량 이주를 크게 걱정하고 있던 태와 북극곰은 동물들의 지배에 전혀 관여하지 않는다는 조건을 달아 해금 벵골 고양이가 제안한 진묘교 창시와 포교 활동을 허락하여 주었다.
　해금 벵골 고양이는 우선 기승전결 남쪽 마을에 살고 있는 고양이 무리를 모아 자신이 발견한 깡통에 새겨진 "'야옹'이가 좋아하는 '야옹'이 간식

'야옹'이표 '야옹 생선포'"라는 전체 글자에 대해서 자세하게 설명하면서, 사람들이 사랑한 동물은 호랑이가 아니라 바로 고양이라는 새로운 소식을 전해주었다.

해금 뱅골 고양이의 새 소식은 순식간에 기승전결 마을 전체로 퍼져 나갔고, 감동 받은 수많은 고양이 무리가 진묘교를 추종하는 세력이 되었다.

해금 뱅골 고양이의 친딸인 아가 뱅골 고양이를 교주로 창시한 진묘교는 구릿 백호가 창시한 신왕교를 본 따서 신전과 공동묘지, 그리고 진묘교의 최고 신(神)인 '냥이'의 동상을 건립하였다.

해금 뱅골 고양이는 자신이 소유한 책에 있는 사진에도 사람들의 얼굴만 있고 전체적인 모습이 없었기 때문에 '냥이'의 동상을 만들 때 신왕교에서 내세운 '홍이'의 모습을 그대로 흉내 냈다.

진묘교 최고 신(神) '냥이'는 이마에 왕자(王子)가 있고 흰색과 검은색의 줄무늬와 긴 꼬리를 가지고 있어 호랑이를 닮은 신왕교 최고 신(神) '홍이'와는 구별되었는데, 이마의 왕자(王子)나 흰색과 검은색 줄무늬도 없고 짧은 꼬리를 가지고 있어 고양이를 매우 닮았다.

자신이 소유한 '참다운 종교 생활'이란 책을 잘 활용할 줄 알았던 해금 뱅골 고양이는 사람들이 얼마나 고양이를 사랑했으면 깡통에 새겨진 글자의 대부분에 고양이의 목소리인 '야옹~'을 넣었겠냐고 주장하면서, 구릿 백호가 주장하는 '야옹~ 야옹~' 소리만 내는 것으로는 에너지가 부족해 동물들의 영혼이 사람들이 살고 있는 시리우스 별까지 갈 수 없다고 주장하였다.

대신에 해금 뱅골 고양이가 만든 길게 쓰인 기도문을 외우면 풍족한 에너지의 힘으로 동물들이 현재 살고 있는 지구에서도 바라는 소망을 이룰 수 있고, 죽음을 맞이해 영혼이 되어서는 사람들이 거주하는 시리우스 별로 가서 사람들의 애완동물이 되어 영원히 즐겁게 살 수 있다고 주장했다.

해금 뱅골 고양이가 제시한 기도문은 다음과 같았다.

'야옹'이가 좋아하는

'야옹'이 간식

'야옹'이표

'야옹' 생선포

진묘교에 다니는 고양이들은 더 이상 '야옹~ 야옹~' 소리만을 내지 않았고, 신전 행사 시에는 고양이를 무척 사랑하고 애정이 듬뿍 담긴 사람들의 글을 자신들의 기도문으로 만들어 사용하게 되었다.

처음에는 고양이 무리만 다니던 진묘교였지만, '야옹~ 야옹~'이라는 단순한 소리만 가르치던 신왕교보다 "'야옹'이가 좋아하는 '야옹'이 간식 '야옹'이표 '야옹' 생선포"로 길게 이어지는 기도문을 가르친 덕분에 교세가 금세 확장되어 신왕교와 맞서는 아주 큰 세력이 되었다.

기승전결 마을 북쪽 지역은 호랑이 무리가 권력과 종교를 모두 손에 쥔 신정일치 지역이 되었고, 기승전결 마을 남쪽 지역은 곰 무리가 권력을 취

하고 고양이 무리가 종교로 지배하는 신정분리 지역이 되어 사상적으로도
극렬하게 대립하였다.

천견교의 탄생

한편 주천강 지역에서 해금 뱅골 고양이를 홀로 남겨두고 급하게 아들 톨로 불도그 들개가 있는 기승전결 마을 북쪽 지역으로 되돌아온 부라퀴 불도그 들개는 자신의 아들 톨로 불도그 들개와 주변에 살고 있는 개들을 대상으로 해금 뱅골 고양이에게서 빼앗은 '애완동물 잘 기르기'라는 책 속에 있는 개 목걸이와 개 밥그릇을 보여주면서, 사람들이 호랑이보다 개를 더 좋아한 흔적을 자신이 직접 발견했다고 알려주었다.

이 소문은 금방 이웃 개들의 입소문을 통해 사방으로 퍼져 나갔고, 신왕교 교주 구릿 백호의 귀에까지 전달되었다.

종교적인 위협을 느낀 구릿 백호는 곧바로 신왕교 사제들인 호랑이들을 보내 '애완동물 잘 기르기'라는 책을 빼앗고, 부라퀴와 톨로 불도그 들개를 붙잡아 다른 동물들과 더 이상 접촉할 수 없도록 지하감옥에 가두었다.

그로부터 1년 뒤, 톨로와 함께 지하감옥에 갇혀 있던 부라퀴 불도그 들개에게 신왕교 호랑이 사제들이 찾아와 말했다.

"지금 기승전결 마을 남쪽 지역에 아가 뱅골 고양이가 교주인 진묘교가 크게 흥성하여 우리 신왕교 교세를 능가하고 있습니다. 진묘교 고양이 사제들은 사람들의 언어인 '야옹' 소리를 우리 호랑이 사제들보다 더 아름답게 표현하고 있으며, 특히 '야옹'이라는 한 단어만 가르치는 신왕교의 가르침보다 '야옹'이 더 많이 들어있는 긴 문장을 가르쳐 준다고 합니다."

"심지어 기승전결 마을 북쪽 지역에서도 호랑이 무리를 제외하면 신왕교를 믿고 있던 여러 종의 동물들까지 점차 진묘교를 믿기 시작했다는 소문이 들려오고 있습니다."

"지금 지하감옥에서 부라퀴 당신과 톨로를 풀어줄 것이니 어서 빨리 기승전결 지방 남쪽 지역으로 내려가서 당신들이 주장한, 하늘에 사는 신이 선택한 개를 믿는 천견교를 창시하여 진묘교의 교세 확장을 견제해 주시기 바랍니다."

가까스로 지하감옥에서 풀려나 기승전결 마을 북쪽 지역에서 자신이 살던 집으로 되돌아온 부라퀴 불도그 들개는 해금과 아가 뱅골 고양이의 벼락출세 소식을 주변 동물들로부터 듣고 가슴속에 화병이 생겨서 자리에 눕게 되었다.

"톨로야~. 나는 화병으로 인해 얼마 살지 못할 것 같구나. 횡성 지방의 안홍 지역에 있는 신비한 도깨비 도로 근처를 살펴보면 과거 개의 조상들이 살았던 조그만 집이 여러 개 숨겨져 있고, 집들 속에는 개를 사랑하는 사람들이 선물한 개 목걸이와 개 밥그릇 등이 엄청나게 많이 쌓여 있단다."

"많은 동물이 볼 수 있도록 개 목걸이와 개 밥그릇 등을 전시하여 사람들은 호랑이나 고양이보다 개를 훨씬 사랑했다는 증거로 삼아 새로운 종교를 창시하고, 호랑이를 닮은 신을 믿는 종교인 신왕교와 참된 고양이가 믿는 종교인 진묘교를 없애주기 바란다."

부라퀴 불도그 들개는 마지막 힘을 다해 개 목걸이와 개 밥그릇 등이 숨겨져 있는 장소를 약도로 자세히 그려 알려주면서, 마음에 맺힌 한을 간직한 채 조용히 두 눈을 감고 죽음을 맞이하였다.

톨로 불도그 들개는 아빠인 부라퀴 불도그 들개의 유언대로 신비한 도깨비 도로 근처에서 개 목걸이와 개 밥그릇을 대량으로 찾았으며, 기승전결 마을 외곽지역에서 터를 잡아 하늘에 사는 신이 선택한 개를 믿는다는 천견교를 창시하고 최고 신(神)을 '멍이'로 정한 후에 스스로 천견교의 교주가 되었다.

천견교는 하늘에 사는 신이 선택한 개를 믿는다는 의미처럼, 지구를 떠난 사람들을 믿고 따르는 것이 아니라 세상에 존재하는 모든 동물을 구원해 줄 수 있는 정당성을 사람에게서 부여받은 '멍이'라는 개를 믿고 따르는 종교였다.

비록 기승전결 마을 외곽 지역에 터를 잡았지만, 사람들이 사랑했다는 증거물인 개 목걸이와 개 밥그릇을 언제든지 직접 눈으로 볼 수 있었고, 자신들과 같은 동물이 사람을 대신하여 신(神)이 되었다는 사실에 수많은 동물의 호응을 받았다.

그때부터였다.

짧은 시간 동안 호랑이, 고양이, 개가 만든 종교를 목격한 다른 동물들은 과거에 살았던 사람들의 역사적 흔적과 자신의 혈족과의 관계를 새롭게 조명하면서 관계있는 물건들을 발굴하여 자신들만의 소규모 종교를 만들기 시작했고, 기승전결 마을은 각종 동물이 창시한 종교와 신전들로 가득 찬 마을이 되어 버렸다.

"아니~ 이번에는 염소와 두더지 이외에도 오소리와 햄스터가 종교를 창시했다고?"

"남쪽 지역에서는 말과 고슴도치에 이어 다람쥐와 고라니도 종교를 창시한다고 선언했다지 뭐예요."

우후죽순처럼 생겨나는 다양한 종교를 보고 심적 위협을 느낀 기성 종교 세력인 신왕교, 진묘교와 천견교 사제들은 한자리에 모여 호랑이, 고양이, 개 무리를 제외한 다른 동물들이 세운 종교는 모두 사이비라고 주장했고, 정치적인 힘과 종교적인 지배력을 활용하여 갖은 방법으로 타 종교를 탄압하기 시작했다.

소규모 종교를 운영하던 다른 동물 무리는 호랑이, 고양이, 개 무리도 우리와 별반 다르지 않다고 맞섰지만, 강력한 힘에 의해 곧바로 진압당하고 기승전결 마을의 외딴 장소로 조용히 숨어들어갔다.

신왕교, 진묘교와 천견교의 사제들은 각기 자신들의 종교 행사에 참석한 동물들에게 최고 신(神) '홍이', '냥이', '멍이'의 도움으로 사이비 종교로부터 온 세상 모든 동물을 안전하게 구해냈다고 자랑하였고, 기승전결 마을에 살고 있는 모든 동물은 다시 예전처럼 신왕교, 진묘교, 천견교 등 3대 종교만을 정통 정교로 믿고 살아가야만 하는 처지가 되어버렸다.

종교 탄생 과정을 처음부터 지켜보았던 검은 흑돼지가 레아 더치 집토끼와 코크 늑대에게 물어보았다.

"도대체 어느 종교가 사이비야?"

레아 더치 집토끼는 사람들과의 관계가 명확한 호랑이, 고양이, 개가 창시한 종교가 전통이며, 사람들과의 관계가 명확하지 않고 3대 종교를 표절해 창시한 다른 동물들의 종교는 사이비라며 상대적 기준으로 판단해야 한다고 대답했다.

하지만 코크 늑대는 실제로 사람들과 직접 소통하고 있지 않는 점에서 모두 다 사이비 종교라며, 절대적 기준으로 판단해야 한다고 자신의 주장을 말했다.

검은 흑돼지는 이렇게 생각했다.

호랑이, 고양이, 개보다 비록 숫자는 적지만, 과거 지구에 살던 사람들이 다른 동물들도 애완용으로 키웠던 역사적 흔적을 기준으로 본다면 모두 전통 종교라고 할 수 있다.

때문에 사이비 종교는 어느 동물이 만든 종교인가로 판단하는 형태적 기준이 아니라, 사람들이 가졌던 생각을 다른 동물들에게 정확하게 알려주고 있는가에 따른 사상과 행동 양식으로 구별해야 한다고 생각했다.

하지만 나중에 검은 흑돼지는 자신의 메모에 지금의 생각을 완전히 수정했다.

자신과 자신이 내세운 주장만을 믿으라고 강요하거나, 자신이 속한 종교의 사상만 옳다고 하거나 재물을 요구하는 어떠한 종교도 모두 사이비 종교이며, 위의 세 가지가 없는 종교는 모두 전통이라고….

제9편

호랑이와 곶감

다시 찾아간 마니산

구릿 백호가 교주인 신왕교는 기승전결 마을 3대 종교 중에서 유일하게 점차 세력을 잃어가고 있는 종교였다.

신왕교 호랑이 사제들이 주장하는 사람들의 소리인 '야옹'은 진묘교의 고양이 사제들이 더 아름다운 목소리로 표현했고, 천건교에서 전시한 유물들은 사람들이 호랑이보다 개를 더 좋아한다는 명백한 증거로 그들의 교리를 확인시켜 주었기 때문이었다.

"구릿 님~ 호랑이와 고양이, 개의 엉덩이에는 꼬리가 있는 반면 사람들의 엉덩이에는 꼬리가 없지 않습니까? 지금이라도 신전 옆에 있는 최고 신(神) '홍이'의 꼬리를 부러뜨려 없애버리고, 원래 사람들은 엉덩이에 꼬리가 없다고 주장하면서 진묘교의 '냥이' 동상과 천건교의 '멍이' 동상이 거짓 형상임을 알려주어 사상적 타격을 가하는 것이 어떻습니까?"

구라 대부 거북이가 예전에 구릿 백호에게 사람들은 꼬리가 없다고 알려주었다가 크게 혼났던 기억을 떠올리며 조심스럽게 자신의 생각을 말했다.

"오~! 맞아. 사람들은 엉덩이에 꼬리가 없었지. 진묘교와 천견교 사제들이 신왕교 최고 신(神) '홍이'의 형상을 흉내 내어 '냥이'와 '멍이' 동상을 만들었기 때문에, 그들이 믿는 종교의 최고 신(神)은 모두 우리처럼 꼬리를 가지게 된 것이었지."

구라 대부 거북이의 제안을 며칠 동안 골똘히 생각하던 구릿 백호는 한밤중에 신왕교 호랑이 사제들을 불러 아무도 모르게 '홍이' 형상에서 꼬리를 슬쩍 부러뜨려 없애버리라고 명령했다.

다음 날 새벽 신왕교 신전을 방문한 일부 동물들이 꼬리가 몸에서 떨어져 버린 '홍이'의 동상을 보고 깜짝 놀라서 호랑이 사제들에게 쫓아와 말했다.

"큰일 났습니다. 누군가 '홍이' 동상에서 꼬리를 부러뜨린 것 같습니다. 혹시 진묘교나 천견교를 믿는 동물들의 소행이 아닐까요?"

이때 호랑이 사제들과 함께 모습을 드러낸 구릿 백호가 대답했다.

"왜 이렇게 호들갑이냐! 원래 '홍이'님은 꼬리가 없는 분이시다. 내가 내일 마을 광장에서 중대 발표를 할 예정이니 오늘은 조용히 물러가 있거라!"

다음 날 기승전결 마을 북쪽 지역 마을 광장에 수많은 동물이 모여서 구릿 백호의 중대 발표를 기다리고 있었다.

　광장에 설치된 연단에 오른 구릿 백호는 심각한 표정으로 중대 발표를 시작했다.

　"사람은 원래 엉덩이에 꼬리가 없었습니다. 그러나 나는 일부러 '홍이'님의 엉덩이에 꼬리를 붙였습니다. 그러나 이제 '홍이'님이 자기 스스로 꼬리를 떨어뜨려 없애버리고 사람의 본모습을 보여주는 형상이 되었습니다."

　"그러나 지금 진묘교의 '냥이'와 천견교의 '멍이'의 형상을 보십시오. 엉덩이에 꼬리가 있는 엉터리 형상을 가진 종교를 더 이상 믿지 마시고 진실한 종교인 신왕교만 믿으십시오."

　그때, 갑자기 수많은 동물 중에서 구릿 백호에게 억울하게 죽임을 당했던 대학자 갈레이 고양이의 수제자로 동물학을 배우고 있던 꽃청이라는 렉돌 고양이가 손을 번쩍 들고 구릿 백호에게 질문을 던졌다.

　"전 동물학자 꽃청라고 합니다. 사람은 동물입니까? 아닙니까?"

　"사람도 동물이다."

구릿 백호는 동물학자 갈레이와의 악연을 떠올리며 퉁명스럽게 대답했다.

"오늘 여기 광장에 모인 수많은 동물의 엉덩이를 살펴보십시오. 동물이라면 누구나 엉덩이에 꼬리를 가지고 있습니다. 구릿 백호 님은 사람이 동물이라고 하셨는데, 그렇다면 엉덩이에 꼬리가 있는 것은 당연한 것 아닐까요?"

동물학자 꽃청 렉돌 고양이는 구릿 백호의 발표에 문제가 있음을 지적했다.

"제주도 동물 지킴이 최고 관직명과 동일한 꽃청이라고 말했느냐! 꽃청 아랜 진돗개가 제주도에서 우리 백호 무리를 내쫓아버린 것처럼 너도 기승전결 마을에서 나의 권위를 아주 무시하는구나!"

"네가 나처럼 사람을 만나보고 주장하는 것이냐! 발칙한 동물 같으니! 갈레이를 낭떠러지에서 추락사 시킬 때 제자들도 함께 처리했어야 하는데!"

온몸을 부들부들 떨면서 구릿 백호는 호랑이 사제들에게 명령하여 고양이 무리 속에 있는 꽃청 렉돌 고양이를 당장 자신 앞으로 잡아오라고 말했다.

"옳은 말을 한 동물을 무조건 잡아 죽이는 행위가 신왕교의 가르침인가요?"

마을 광장에 모인 수많은 동물은 구릿 백호가 하얀 정기를 받은 백정(白精) 혈통이 아니라 무조건 화를 내고 동물들을 도살하는 백정(白丁) 혈통이라며 쑥덕쑥덕 거리고 있었다.

그리고 일부 동물들이 기승전결 마을에서 덕망 높은 꽃청 렉돌 고양이를 호랑이 사제들로부터 보호하기 위해 주변을 몇 겹으로 둘러싸고 있었다.

그러자 구릿 백호의 아들 달호 백호가 광장에 모인 수많은 동물을 향해 말했다.

"만약 우리 아버지 구릿 백호 님이 강화도 마니산을 다시 방문하여 사람인 써니 혹은 써니의 자녀를 기승전결 마을로 데리고 와서 여기 있는 동물들에게 사람은 엉덩이에 꼬리가 없는 것을 확인시켜준다면 저 엉터리 동물학자 꽃청 렉돌 고양이를 호랑이 사제들에게 즉시 넘겨라."

꽃청 렉돌 고양이를 보호하고 있던 동물들이 달호 백호의 갑작스러운 제안에 어쩔 줄 몰라 하고 있을 때, 꽃청 렉돌 고양이가 당당하게 앞으로 나와서 달호 백호의 제안을 승낙했다.

"동물학자로서 평생 동안 보기 힘든 사람이라는 동물을 보고 죽는다면 여한이 없다. 달호 너의 제안을 흔쾌히 받아들인다."

일주일 후, 강화도 마니산에서 써니 또는 자녀인 한울과 우순 남매를 사로잡아 기승전결 마을로 데려오기 위한 제2차 진실 규명 조사단이 구성되었다. 구릿 백호를 단장으로 코크 늑대, 레아 더치 집토끼, 검은 흑돼지, 구라 대부 거북이 그리고 소나타 낙타 여섯 마리였다.

검은 흑돼지가 구릿 백호에게 물었다.

"우리가 사람들이 살던 장소로 알고 있는 곳은 어린 남매가 살고 있던 마니산 근처의 벙커뿐입니다. 저번에 우리 때문에 무척 곤란한 상황을 경험했던 써니 가족이 아직도 벙커에서 살고 있을까요? 우리와 다시 만날 수 있는 기적이 정말 일어날 수 있을까요?"

구릿 백호가 검은 흑돼지에게 대답했다.

"땅 위를 걸어 다니고 있는 우리는 물속에서 헤엄치며 살고 있는 물고기의 삶을 기적이라고 생각하지만, 물속에서 헤엄치며 살고 있는 물고기는 땅 위를 걸어 다니고 있는 우리를 보고 기적을 일으키는 존재라고 생각할 걸."

"모두가 자신에게 익숙한 지형에 살면서 익숙하지 않은 지형에 살고 있는 다른 동물들을 보고 기적적인 삶을 살고 있다고 하겠지. 써니도 분명 멀리 가지 않고 자신들에게 익숙한 장소에서 아직 살고 있을 거야. 항상 기적을 만나는 것은 매우 드물어…"

구릿 백호와 검은 흑돼지가 진지한 대화를 나누는 동안 소나타 낙타는 다른 동물들의 만류에도 불구하고 다음과 같이 말하면서 모든 일행의 짐을 혼자서 짊어지고 있었다.

"아무런 대가 없이 다른 동물들이 짊어질 무거운 짐을 내가 혼자서 짊어질 수 있는 이유는 샘솟는 기운 때문이야. 기운이 샘솟는 이유는 남에게 더 많은 것을 베풀수록 더 많은 것을 얻게 된다는 사실을 과거의 경험들로부터 이미 깨달았기 때문이지."

악마의 출현

제2차 진실 규명 조사단은 냄새를 맡아서 과거의 여행 흔적을 추적할 수 있는 검은 흑돼지를 선두로 마니산 근처 지역으로 다시 여행을 시작했다.

조사단은 과거의 흔적들을 되새기며 한울과 우순 남매가 살고 있던 벙커를 찾으려고 여러 장소를 탐색하다가, 마침내 한밤중에도 불이 환하게 켜져 있는 벙커를 발견하였다.

"이 목소리는 한울이고… 이 목소리는 우순이예요…. 이 목소리는 써니고요…."

벙커 안에서 흘러나오는 여자와 아이들의 목소리를 들은 구라 대부 거북이 자신을 애완동물로 키워준 엄마 써니와 남매 한울과 우순임을 확인시켜 주었다.

"지금은 한밤중이라 모두가 동시에 이동한다면 여러 동물의 발자국 소리 때문에 써니 가족들에게 들키기 쉽다. 세 명 모두 다 포로로 붙잡으면 좋겠지만, 최소한 한 명만이라도 붙잡아서 기승전결 마을로 되돌아가자. 나와 통역사인 구라 대부 거북이만 이동할 테니 너희는 모두 여기에서 잠시 대기하고 있어라."

구릿 백호는 최대한 발자국 소리와 숨소리를 죽인 채 불빛이 흘러나오는 벙커 근처로 다가가 구라 대부 거북이의 통역으로 써니와 자녀들의 대화를 몰래 엿들었다.

"너희 자꾸만 엄마 말 듣지 않고 울면서 보채기만 하면 저번에 벙커로 왔던 호랑이 무리에게 다시 보내 버린다."

구릿 백호는 써니가 계속해서 무엇인가를 달라고 울면서 보채고 있는 아이들을 향해서 자신의 말을 듣지 않으면 호랑이 무리에게 포로로 준다는 소식을 구라 대부 거북이에게서 듣고 무척 기뻐했다.

"우리는 벙커 밖에서 그냥 기다리고만 있으면 되는 거야? 남자아이는 내가 데리고 갈 테니 여자아이는 구라 대부 거북이가 데리고 가라."

"엄마 써니가 남매에게 계속해서 보채면서 울면 우리 호랑이에게 보낸다고 협박하고 있지만, 남매는 엄마의 말을 전혀 신경 쓰지 않고 자꾸만 뭔

가를 엄마에게 달라고 하고 있어요.”

구라 대부 거북이가 벙커 안에서 벌어지고 있는 상황을 실시간으로 통역하면서 구릿 백호에게 계속해서 대화 내용을 알려주었다.

“구릿 님! 큰일 났습니다. 곶감이라는 녀석이 지금 온다고 써니가 방금 말했습니다. 얼마나 무서운 녀석인지 호랑이라는 말에도 끔쩍하지 않던 아이들이 곶감이 온다는 써니의 말을 듣자마자 모두 동시에 울음을 멈췄습니다. 어떡하죠?"

다급하게 엄마 써니의 말을 통역하고 있던 구라 대부 거북이가 갑자기 울음을 그치고 아주 조용해진 아이들을 보고 크게 긴장하면서 말했다.

구라 대부 거북이로부터 곶감이라는 아주 무서운 녀석이 온다는 급박한 소식을 들은 구릿 백호도 온몸에 있는 털들이 긴장감으로 곤두서 버렸다.

한편, 과거 써니와 남매가 호랑이 무리의 습격을 받고 목숨이 위태로운 상황까지 되었다는 소식을 듣고 크게 분노한 시리우스 별 최대 권력기관인 방주 위원회에서는 써니와 남매를 동물들의 습격으로부터 보호하고 각종 편의를 지원해주기 위해 사냥꾼, 나무꾼과 요리사 등 세 명의 부대원을 파견시켜 주었다.

이들 세 명의 부대원의 이름은 맏형 사냥꾼 별부, 둘째 나무꾼 별자, 막내 요리사 별영이었으며, 써니와 남매가 함께 살고 있는 벙커를 중심으로 순찰하면서 써니와 남매의 보호와 생활지원 업무를 충실하게 수행하고 있었다.

따라서 한밤중에 구릿 백호를 단장으로 써니 가족이 살고 있는 벙커로 온 제2차 진실 규명 조사단 일행의 위치와 움직이고 있는 동선을 세 명의 부대원들은 이미 완벽하게 파악하고 있었으며, 근처에서 몰래 숨어 조사단 일행을 계속 감시하고 있는 중이었다.

"어라? 호랑이 주제에 벙커 안에 있는 사람들의 모습을 훔쳐보다니. 써니 가족이 위험하니 지금 사살해야겠다."

부대원들 중 맏형인 별부 사냥꾼이 총을 꺼내 구릿 백호를 조준하려고 하자, 옆에서 함께 있던 별영 요리사가 별부 사냥꾼이 쥐고 있던 총구를 붙잡고 아래로 내리면서 말했다.

"총알 맛을 보면 호랑이 고기가 상합니다. 상한 고기로는 맛있는 요리를 만들 수가 없어요. 제가 가진 칼로 호랑이 목을 직접 따서 고기가 상하지 않게 하겠습니다. 내일 아침은 예쁜 써니 가족과 아주 특별하고 맛있는 호랑이 고기 요리를 함께 먹어요."

자신이 직접 호랑이에게 다가가 고기가 상하지 않도록 목을 따서 죽이겠다고 호언장담한 별영 요리사는 자신이 소지한 총을 둘째 별자 나무꾼에게 맡기고 긴 칼만 소지한 채 구릿 백호가 있는 벙커 쪽으로 살금살금 걸어갔다.

"곶감이 왔다."

벙커 안에 있는 써니가 남매에게 곶감을 전해주면서 하는 말을 구라 대부 거북이는 동시에 통역하여 주었고, 무서운 곶감이 왔다는 구라 대부 거북이의 말을 듣고 초긴장 상태에 빠진 구릿 백호의 등에 호랑이의 목을 따기 위해 별영 요리사가 올라탔다.

그 순간 구릿 백호는 자신의 등에 업힌 존재가 바로 써니가 말한 무서운 곶감이라는 존재라고 착각하고, 한시라도 빨리 자신의 등에서 떨쳐내기 위해 엄청난 속도로 기승전결 마을 방향 쪽으로 내달렸다.

등에 올라탄 별영 요리사도 무엇인가에 엄청 놀라서 갑자기 쏜살같이 내달리는 구릿 백호의 불규칙한 움직임에 순간적으로 자신이 들고 있던 긴 칼을 땅바닥에 떨어뜨려 놓쳐버렸다.

그리고 엄청 빨리 내달리는 구릿 백호의 등에서 떨어지게 된다면 목숨까지도 위태롭다고 생각한 별영 요리사는 호랑이 등에 바짝 붙어 호랑이의 가슴을 꼭 붙잡으며 "으악~! 으악~!" 비명만 외치고 있었다.

깜깜한 한밤중에 발생한 돌발 상황에 써니와 가족 보호 부대원인 별부 사냥꾼, 별자 나무꾼은 너무 놀라 어쩔 줄을 몰라 당황하여 제자리에 멈춰 서 있었고, 마찬가지로 몹시 당황한 제2차 진실 규명 조사단 일행도 구릿 백호가 쏜살같이 뛰어간 곳을 향해 함께 뛰어나갔지만, 두려움에 떨면서 달려가고 있는 구릿 백호의 발걸음을 도저히 쫓아갈 수 없었다.

"'으악~ 으악~' 소리를 내는 곶감이라는 녀석은 나의 가슴까지도 아프게 하는 아주 무서운 존재구나."

혼비백산하여 정신없이 내달리던 구릿 백호는 별영 요리사가 호랑이 등에서 떨어지지 않기 위해 구릿 백호의 가슴을 두 손으로 꽉 붙잡은 탓에 자신의 가슴이 무척 아프다는 사실을 전혀 인식하지 못하고 있었다.

곶감이라는 녀석에게 붙잡혀서 죽지 않겠다는 공포심이 심장을 더 심하게 쿵쾅쿵쾅 뛰게 만들었지만, 살기위해 꾹 참고 계속해서 달렸다.

한밤중부터 동이 트기 시작하는 새벽녘까지 끊임없이 빠른 속도로 내달리던 구릿 백호가 너무 지쳐 잠시 뛰는 것을 멈추고 걷기 시작했을 때였다.

갑자기 등에 타고 있던 곶감이라는 녀석이 재빨리 구릿 백호의 등에서 내리더니 숲 속으로 흔적도 없이 사라져버렸다.

'생리 현상이 나를 도왔구나. 기회가 왔을 때 다시 붙잡히지 말고 도망가야겠다.'

숨 가쁘게 쉬지 않고 내달리는 동안 마려운 소변을 계속해서 참았기 때문에 오줌보가 터질 것 같았던 구릿 백호는 곶감이라는 무서운 녀석도 그동안 참았던 소변을 보기 위해 자신의 등에서 내려 숲 속으로 사라졌다고 생각했다.

한시라도 빨리 곶감이라는 무서운 녀석으로부터 탈출하고 싶었던 구릿 백호는 길바닥에 오줌을 싸면서 기승전결 마을을 향해 쉬지 않고 뛰어 도망가기 시작했다.

"구릿 님. 몰골은 이게 뭐예요? 그리고 진실규명 조사단 일행은 모두 어디에 있나요?"

자신의 소변으로 더럽혀진 몸과 공포에 젖은 표정 등 끔찍한 몰골을 하고 기승전결 마을 북쪽 지역 입구에 혈혈단신으로 도착한 구릿 백호는 곧바로 땅바닥에 주저앉아 정신을 잃고 쓰러졌고, 수많은 부하들이 몰려와 응급조치를 하였다.

다음 날 아침 자신의 집에서 깨어난 구릿 백호에게 하르방 백호와 부하들이 찾아와서 제2차 진실 규명 조사단 일행에게 어떤 일이 일어났는지 물어보았다.

"마니산 근처에는 우리 호랑이보다 훨씬 무서운 녀석이 살고 있었습니다. 그 녀석은 동물을 만지기만 해도 몸에 멍이 들게 만들 수 있는 아주 무서운 능력을 가진 놈입니다."

구릿 백호는 다섯 개의 손가락이 선명하게 찍혀 무척 아파 보이는 자신의 두 가슴을 하르방 백호와 자신의 부하들에게 보여 주었다.

"그 무서운 녀석은 저를 죽이려고 제 몸에 업혀 있었고, 그 녀석이 잠시 참았던 소변을 보기 위해 숲 속으로 들어간 틈을 이용하여 제가 간신히 도망친 것입니다. 그리고 마니산에서만 살고 있던 녀석이 저를 쫓아 기승전결 마을로 들어올 수도 있다는 사실이 엄청 걱정됩니다."

구릿 백호의 마니산에서 살고 있던 무서운 존재가 기승전결 마을로 들어올 수도 있다는 말을 듣고 하르방 백호의 부하들은 크게 동요하기 시작했다.

"그 무서운 존재의 이름이 무엇이라고 하더냐?"

하르방 백호의 돌발 질문에 잠시 당황한 구릿 백호는 곶감이라는 이름이 머릿속에 떠오르지 않아 대답을 할 수가 없었다.

"악~ 아마도…"

하지만 다그치는 하르방 백호의 호통소리에 구릿 백호는 자신의 등에 타고 있던 무서운 존재가 "악~! 악~!"을 계속해서 외쳤다는 사실을 머릿속에 떠올리고 나지막하게 말했다.

"'악~마~'라고?"

구릿 백호가 "악~!" 다음에 내뱉은 조그만 "아마도." 중 '마' 자만을 크게 들은 하르방 백호가 되물었고, 구릿 백호는 아무런 생각 없이 그냥 '악마'가 맞다고 대답해 주었다.

하르방 백호의 부하들에 의해 구릿 백호가 마니산 근처에 악마라는 무서운 존재가 출현했으며, 그 악마가 기승전결 마을에 올 수 있다는 소문은 마을 전체로 급속도로 퍼져나가기 시작했다.

기승전결 마을에 살고 있는 동물들은 힘이 세고 건장한 구릿 백호의 가슴에 피멍을 만들어버린 악마라는 존재의 무서운 능력을 듣고 공포에 사로잡혀 있었다.

"위기는 곧 기회다. 악마가 기승전결 마을로 온다는 것은 확신할 수 없지만, 악마로 인해 신왕교가 부흥될 수 있다고 생각한다. 구릿 백호를 악마를 물리친 영웅으로… 기승전결 마을로 오고 있는 악마를 물리칠 수 있는 영웅으로 조작하여 침체되어 가는 신왕교를 다시 부흥시켜 봐라."

기승전결 마을 북쪽 지역을 지배하는 하르방 백호가 처음으로 신왕교 신전을 찾아와 구릿 백호와 호랑이 사제들을 불러 신왕교 부흥에 악마의 존재를 활용하라고 조언해 주었다.

신왕교 사제들은 교주 구릿 백호를 자신의 등에 탄 악마를 물리친 위대한 영웅이자 조만간 기승전결 마을을 덮칠, 진짜 모습을 알 수 없는 악마를 물리칠 수 있는 영웅으로 묘사하기 시작했다.

그리고 악마의 출현을 처음 알린 종교는 신왕교뿐이며, 악마를 물리칠 수 있는 방법과 악마를 물리칠 준비를 하고 있는 종교도 신왕교뿐이라고 주장하면서, 곧 기승전결 마을로 들어올 악마로부터 죽임을 당하지 않고 보호 받으려면 신왕교를 믿으라는 선전도 함께 병행했다.

신왕교의 선전은 기승전결 마을에 급속도로 퍼져 나갔고, 기승전결 마을에 살고 있는 동물들은 무서운 악마로부터 보호 받기 위해서 신왕교 신전으로 모여들기 시작했다.

기승전결 마을 종교의 중심축은 참된 고양이가 믿는 종교인 진묘교에서 다시 예전처럼 호랑이를 닮은 신을 믿는 종교인 신왕교로 옮겨가기 시작했다.

뒤늦게 제2차 진실 규명 조사단 일행이 기승전결 마을로 되돌아와 보니, 악마의 출현과 구릿 백호의 영웅 이야기로 신왕교는 다시 크게 부흥하고 있었고, 온갖 검증되지 않은 소문들로 아수라장이 되어 있었다.

써니의 자녀인 남매의 애완동물이었던 구라 대부 거북이가 구릿 백호 가슴에 남겨진 다섯 개의 손가락 흔적은 악마가 아닌 사람의 손자국 같다고 정확하게 알려주자 신왕교 사제들이 몰려와 거짓을 퍼트리는 위선자를 당장 죽이라며 강력한 처벌을 요청했지만, 교세 확장에 신이 난 구릿 백호는 구라 대부 거북이를 너그럽게 용서하여 주었다.

구라 대부 거북이의 억울한 심정을 이해하고 있던 검은 흑돼지가 마음속으로 다음과 같이 생각했다.

'신왕교에서 주장하고 있는 악마는 존재하지 않는다. 다만 구릿 백호가 자신의 등에 탄 사람을 악마라고 착각해 그렇게 믿고 있을 뿐…'

제10편

토끼의 재판

한편, 타고 있던 호랑이 등에서 간신히 탈출하여 숲 속으로 몸을 숨겼던 별영 요리사도 탈출 과정에서 소중한 나침반을 분실하여 강화도 마니산으로 되돌아가지 못하고 한 달 동안을 숲 속에서 헤매고 다녔다.

별영 요리사가 입은 옷은 점차 남루해졌고, 얼굴과 몸을 씻지 못해 노숙자와 같은 몰골이 되었으며, 부실한 음식 섭취로 힘없는 상태가 되어 한자리에 주저앉아 있었다.

기승전결 마을 외곽 숲 속에서 자신이 먹을 열매를 열심히 찾고 있던 수피아 사슴의 눈에 힘없이 한자리에서 주저앉아 있는 별영 요리사가 띄었다.

수피아 사슴은 별영 요리사가 기승전결 마을에 살고 있는 동물들과는 완전히 구별되는 아주 괴상하게 생긴 동물이라고 생각하고 있었을 뿐, 자신들이 신(神)으로 섬기고 있는 사람이라고는 전혀 생각하지 못했다.

"이렇게 괴상하게 생긴 동물을 기승전결 마을로 데리고 가서 철장에 가두어 구경용으로 전시한다면 꽤나 많은 음식을 벌겠는 걸?"

기승전결 마을로 데리고 가겠다고 결심한 수피아 사슴은 힘이 없어 주저앉아 있는 별영 요리사를 붙잡아 천천히 끌고 가려고 시도하였고, 며칠째 아무것도 못 먹어 힘이 없는 별영 요리사는 힘이 약한 사슴에게 어딘지 모르는 장소로 조금씩 끌려가고 있는 현재 상황을 한탄하고 있었다.

수피아 사슴에게 끌려가는 별영 요리사가 할 수 있는 유일한 방법은 주변 나뭇가지를 주어다가 자신이 끌려가고 있는 방향 표시와 자신을 구해 달라고 땅바닥에 구조 요청하는 내용을 글로 남기는 것뿐이었다.

기승전결 마을 북쪽 지역에 들어온 수피아 사슴은 곧바로 별영 요리사를 철장 안에 가두고, 철장 앞을 지나가는 동물들에게 자신이 기승전결 외곽 숲 속에서 괴상하게 생긴 동물을 잡아왔다고 자랑질을 하기 시작했다.

자신에게 열매나 음식을 지불하고 입장권을 구매한다면 철장 안에 갇혀 있는 괴상하게 생긴 동물을 직접 볼 수 있다는 적극적인 홍보 덕분에 수많은 동물이 앞을 다투어 입장권을 구매하여 철장 안에 갇힌 별영 요리사를 구경하였지만, 구릿 백호 등 사람들을 직접 만났던 진실규명 조사단 일행을 제외하고는 아무도 별영 요리사가 사람이라고 생각하지 못했다.

"철장 안에 갇혀 있는 존재가 우리가 신(神)으로 섬기고 있는 사람이라는 사실이 들통 나면 어떻게 하지?"

"사람들과 '야옹'이라는 단어로 소통한다는 거짓말과 사람의 최고 신(神)인 '홍이'가 사람이 아닌 호랑이를 닮았다는 사실이 모조리 들통 난다면 다시금 부흥하고 있는 신왕교를 비롯한 모든 종교가 무너지고 말 거야."

신왕교 교주 구릿 백호는 철장 안에 갇혀 있는 사람을 구경하고 나서, 자신들이 꾸며낸 거짓말이 들통 나서 진실이 세상에 드러날까 봐 몹시 걱정하고 있었다.

"자신의 힘으로 탈출할 수 있도록 철장에 갇혀 있는 사람의 체력도 보강해주고, 우리의 거짓말들이 들통 나지 않도록 단도리를 잘하고 오겠습니다."

신왕교 사제들의 강력한 처벌 요청을 거부하고 자신을 너그럽게 용서해준 구릿 백호에게 감사한 마음을 가지고 있었던 구라 대부 거북이가 적극적으로 자신의 역할을 수행하기 시작했다.

"너의 이름이 별영이고 직업은 요리사라고? 정말 부러운데."

"와우~! 너와 나는 인연이 굉장히 깊은데? 너는 써니와 자녀들을 보호하고 지원하기 위해서 마니산으로 왔고, 나는 써니와 자녀들의 애완동물로 마니산으로 왔으니까!"

수피아 사슴이 만들어 놓은 철장 근처로 몰래 잠입해 들어온 구라 대부 거북이는 별영 요리사와 수많은 대화를 나누면서 강력한 동지애를 느꼈다.

"당분간 내가 주는 음식들을 먹으면서 혼자 힘으로 탈출할 수 있도록 체력을 보강하고 있어. 네가 철장 안에서 아무 말도 하지 않고 침묵으로 일관해준다면, 빠른 시일 내에 구릿 백호 님이 너를 철장에서 꺼내 원래 거주지였던 마니산으로 되돌려보내 주실 거야."

구라 대부 거북이의 은밀한 부탁을 흔쾌히 받아들인 별영 요리사는 철장 안에 갇혀 있는 며칠 동안 자신을 구경하며 온갖 야유와 놀림, 그리고 비난을 쏟아내는 동물들에게 아무런 반응도 하지 않고 꿀 먹은 벙어리처럼 잠자코 앉아만 있었다.

"나는 실패를 두려워하지 않는다. 다만 두려움을 감추고 있었을 뿐이다. 우리의 거짓말이 세상에 드러날까 봐 조마조마 했던 두려움을 오늘 깨끗하게 지워버리자. 수피아 사슴이 만든 철장에서 별영 요리사를 풀어준 뒤, 기승전결 마을 외곽 숲 속에서 살해하여 우리의 거짓말이 세상에 드러나는 일이 절대 없도록 완벽히 막아보자!"

구릿 백호는 사제 호랑이들에게 별영 요리사를 살해하여 모든 증거를 인멸할 것을 명령했다.

"모든 종교 교주와 최고 사제들은 자신을 따르는 신도들에게 선행을 베풀라는 말을 수없이 반복하지만, 정작 자신들은 왜 실천하지 않나요? 진짜 신(神)이 어떤 존재인지 알고 있기 때문인가요? 아니면 당신들은 마음속으로 신(神)을 믿지 않기 때문인가요?"

구릿 백호의 명령에 레아 더치 집토끼가 크게 반발하였지만 아무런 소용이 없었다.

며칠 뒤, 구릿 백호가 보낸 코크 늑대와 호랑이 병사들은 수피아 사슴이 별영 요리사를 철장 안에 가두고 장사하고 있는 장소를 방문하여 수피아 사슴을 붙잡아 불법적인 장사를 했다며 무자비한 검열을 시작했다.

수피아 사슴이 무거운 분위기에서 코크 늑대 일행에게 혹독한 검열을 받고 있는 동안, 구라 대부 거북이는 철장 안에 갇혀 있는 별영 요리사를 철장 밖으로 몰래 꺼내주면서 말했다.

"이쪽 방향으로 계속해서 뛰어가면 기승전결 마을 외곽의 숲으로 가는 입구가 나와요. 거기에서 잠시 기다리고 있으면 호랑이들이 찾아와 마니산까지 안전하게 안내하여 줄 거예요."

별영 요리사는 철장에서 풀려나자마자 뒤도 돌아보지 않고 숲 입구 쪽으로 뛰어서 도망을 갔고, 코크 늑대는 구라 대부 거북이와 덩치 큰 사제 호랑이 한 마리를 별영 요리사가 뛰어간 숲 방향으로 보내면서 아무도 모르게 죽이라고 명령하였다.

"어차피 별영 요리사는 숲 입구에 숨어서 우리를 기다리고 있을 거예요. 뛰지 말고 천천히 좀 걸어서 갑시다."

구라 대부 거북이의 요청에 덩치 큰 사제 호랑이가 빙그레 웃으면서 고개를 끄덕였다.

며칠 전, 철장을 사이에 두고 별영 요리사와 많은 대화를 나누었던 구라 대부 거북이는 구릿 백호에 의해 별영 요리사가 살해되는 것을 막아보기로 결심했고, 기승전결 마을 외곽에 있는 숲 입구로 가는 길 위에 하나의 커다란 구덩이를 미리 파 놓았다.

덩치 큰 사제 호랑이와 함께 숲 입구를 향해 천천히 걸어가고 있던 구라 대부 거북이는 자신이 파 놓은 커다란 구덩이에 거의 다가갔을 때 덩치 큰 사제 호랑이의 발목을 슬쩍 걸어 넘어지게 하였다.

구라 대부 거북이의 발목에 걸려 넘어진 덩치 큰 사제 호랑이는 며칠 전에 구라 대부 거북이가 파 놓은 커다란 구덩이에 빠지고 말았지만, 구라 대부 거북이는 덩치 큰 사제 호랑이에게 구덩이가 너무 깊어 자신은 전혀 도움이 될 수 없다며 발을 동동 구르는 척만 하고 있었다.

구덩이 속에서 자신을 꺼내 달라고 "어흥~! 어흥~!"거리는 덩치 큰 사제 호랑이 소리를 숲 입구에 숨어서 기다리고 있던 별영 요리사가 듣고, 커다란 구덩이에 빠진 덩치 큰 사제 호랑이를 구출하고자 재빨리 달려왔다.

'안 돼! 제발 여기로 오지 말고 마니산으로 그냥 돌아가!'

구덩이에 빠진 덩치 큰 사제 호랑이가 엿들을까 봐 자신의 마음속으로 외칠 수밖에 없었던 구라 대부 거북이는 덩치 큰 사제 호랑이를 커다란 구덩이에서 구출하기 위해 빠르게 달려오고 있는 별영 요리사를 향해 험상궂은 표정을 짓거나 손짓으로 되돌아가라는 소극적인 표현 밖에는 할 수가 없었다.

하지만 구라 대부 거북이의 소극적인 표현을 이해하지 못한 별영 요리사는 즉시 주변에 있던 큰 통나무를 이용하여 덩치 큰 사제 호랑이를 구덩이에서 꺼내주었다. 그런데 덩치 큰 사제 호랑이는 별영 요리사를 지금 당장 죽이겠다며 날카로운 이빨을 드러냈다.

은혜를 원수로 갚는 덩치 큰 사제 호랑이의 황당한 행동에 직면한 별영 요리사는 구라 대부 거북이로부터 자신이 처한 억울한 사연에 대한 자세한 이야기를 듣고서야 모든 상황을 이해할 수 있게 되었다.

"이대로 죽는다면 너무 억울한 것 같아. 정당한 재판이라도 받을 수 있게 해줘."

별영 요리사는 덩치 큰 사제 호랑이에게 떨리는 말투로 부탁했다.

"좋아. 정당한 재판을 받게 해줄게. 대신 재판관은 내가 정할 거야."

덩치 큰 사제 호랑이는 별영 요리사의 부탁을 듣고 낄낄거리며 대답했다. 그때 마침 일행 앞을 지나가던 소를 덩치 큰 사제 호랑이가 불러서 말했다.

"어이~ 소 양반. 오늘 일일 재판관이 되어야겠어. 만약 오심을 한다면 저 녀석 대신에 네가 제사상에 올라가게 될 거야."

날카로운 발톱을 꺼내 팔짱을 끼고 말하는 덩치 큰 사제 호랑이의 모습을 본 소는 두려움에 떨면서 어쩔 수 없이 첫 번째 일일 재판관이 되었다.

"나는 사슴과 멧돼지 등은 잡아먹은 적이 있지만 소고기는 지금까지 한 번도 먹은 적이 없어. 너의 올바른 판결을 기대하마."

정의로운 판결을 기대하며 소에 대한 호의를 표현하던 별영 요리사에게 덩치 큰 호랑이의 살해 협박을 받은 소는 다음과 같이 요리사의 패소 판결을 내렸다.

"사람들은 소를 애완동물처럼 키우지 않고 잡아먹기만 했다고 우리 조상님이 알려준 일화가 있어. 소를 잡아먹는 사람들이라면 호랑이에게도 잡혀 먹어야 해."

"앗! 잠깐만! 재판은 삼심제로 하는 거야."

어떻게든 별영 요리사의 목숨을 살리고 싶었던 구라 대부 거북이가 삼심제로 재판을 진행하는 것이 정당하다고 주장했다.

"삼심제로 진행해도 아무런 문제가 없지만, 재판 진행은 빨리빨리 하자. 다음 재판관은 바로 우리 옆에 서 있는 소나무에서 살고 있는 까치!"

커다란 주먹으로 까치가 둥지를 틀고 있는 소나무를 내리치는 덩치 큰 사제 호랑이를 보고, 자신의 둥지가 무너질까 봐 둥지 안에 있던 까치는 노심초사하고 있었다.

"나는 집에서 전기보일러를 사용하고 있어요. 나무를 땔감으로 사용한 적은 한 번도 없기 때문에 지금까지 까치의 둥지를 훼손한 적이 없어요. 재판관님의 올바른 판결을 기대할게요."

별영 요리사는 다소 자신감이 떨어지는 말투로 까치 재판관이 올바른 판결을 내리기를 기대했지만, 덩치 큰 사제 호랑이로부터 둥지 파괴 협박을 받고 있던 까치는 다음과 같이 요리사의 패소 판결을 내렸다.

"우리 가족이 거주할 둥지를 만들 때 꼭 필요한 소나무를 사람들은 따뜻하게 보내기 위한 땔감 재료로 사용하고 있어. 따라서 호랑이도 배가 고프면 언제든지 사람들을 잡아먹어도 돼."

이런 식의 진행이라면 마지막 남은 재판도 질 수밖에 없다고 판단한 별영 요리사는 큰 절망감에 빠졌고, 덩치 큰 사제 호랑이는 빨리 마지막 재판관을 선정하여 재판을 끝내기 위해 계속 주변을 두리번거리고 있었다.

"책사님! 웬일로 여기까지 오셨습니까?"

덩치 큰 사제 호랑이가 자신들이 있는 곳으로 다가오고 있는 레아 더치 집토끼를 발견하고 공손하게 인사를 올리면서 말했다.
과거 제주도에서 사람들의 애완동물이었던 레아 더치 집토끼가 사람들의 은혜에 보답하는 방법은 위험에 빠진 별영 요리사를 구해주는 것이라고 생각해 부리나케 여기까지 뛰어온 것이었다.
덩치 큰 사제 호랑이는 레아 더치 집토끼에게 지금까지의 자초지종을 이야기해주면서 자신이 마지막 재판관을 선정 중에 있다고 알려주었다.

"그럼 내가 너희의 마지막 재판관이 되어 주겠다. 같은 편인 우리가 공정한 재판을 했다고 인정받기 위해서는 처음부터 차근차근 현장 답사를 진행하면서 자세하게 살펴보아야 한다. 모두 덩치 큰 사제 호랑이가 처음 빠졌던 커다란 구덩이 근처로 모여라!"

레아 더치 집토끼의 명령에 별엉 요리사와 구라 대부 거북이는 아주 무거운 발걸음으로, 신이 난 덩치 큰 사제 호랑이는 가벼운 발걸음으로 각각 커다란 구덩이 앞으로 모였다.

"여기쯤에서 제가 구라 대부 거북이의 발에 걸려 커다란 구덩이 안으로 들어갔어요. 그 다음에 별영 요리사가 저를 큰 통나무를 이용하여 커다란 구덩이에서 꺼내 주었지요."

덩치 큰 사제 호랑이는 재빠르게 커다란 구덩이 안으로 폴짝 뛰어 들어가면서 레아 더치 집토끼에게 말했다.

"재판이 빨리 진행될 수 있도록 큰 통나무를 이용해 나를 구해줘야지! 가만히 있으면 어떡하니!"

이번에는 덩치 큰 사제 호랑이가 별영 요리사를 노려보면서 빠른 재판 진행을 독촉하자, 레아 더치 집토끼는 깔깔깔 웃으면서 공정한 재판은 이미 끝났다고 선언하였다.

그리고 별영 요리사에게 자신이 가지고 있던 나침반과 약간의 음식을 쥐어주면서 곧장 마니산으로 되돌아가라고 말했다.

또한 구라 대부 거북이에게는 다른 동물들에게 호의를 베풀면 자신도 행복해지고 위험에 직면할 때는 필요한 도움도 받을 수 있다는 아리송한 이야기를 하면서, 하르방 백호의 책사직을 버리고 구릿 백호에게 다시는 되돌아가지 않을 테니 자기 대신 안부 좀 전해달라며 별영 요리사가 덩치 큰 사제 호랑이를 구출했던 큰 통나무를 가지고 숲 속으로 사라져 버렸다.

구라 대부 거북이는 토끼의 배신에 크게 당황했지만, 덩치 큰 사제 호랑이를 구출할 수 있는 큰 통나무가 없는 한 할 수 있는 일은 아무것도 없었다.

잠시 후, 코크 늑대, 호랑이 병사들과 함께 별영 요리사의 시체를 보기 위해 숲 속으로 달려온 구릿 백호는 구라 대부 거북이에게서 레아 더치 집토끼의 배신 소식을 듣고 크게 분노하였고, 호랑이 병사들에게 총동원령을 내려 별영 요리사와 레아 더치 집토끼를 당장 자신에게 붙잡아오라고 명령하였다.

제11편

금도끼 은도끼

마니산으로 다시 되돌아가고 있던 별영 요리사는 자신이 예전에 숲 속에서 수피아 사슴에게 끌려가던 도중에 주변에 떨어진 나뭇가지를 이용하여 끌려가고 있는 방향을 표시하고 자신을 구해달라고 구조 요청한 글을 발견하고 추적해 오던 맏형인 별부 사냥꾼과 둘째 형인 별자 나무꾼을 극적으로 만나게 되었다.

"형님들! 이 근처에 동물들이 살고 있는 마을이 있는데, 제가 그곳에 살고 있는 동물들에게 큰 고초를 당했습니다. 레아 더치 집토끼의 도움이 없었다면 벌써 덩치 큰 호랑이에게 잡혀 먹힐 뻔 했어요."

형님들을 만나자마자 서러움에 복받쳐 엉~엉~ 울음을 터뜨린 막내인 별영 요리사는 기승전결 마을에 살고 있는 나쁜 동물들의 이야기와 배은망덕하고 덩치가 큰 호랑이로 인해 재판을 받아 죽을 뻔한 사연을 아주 구체적으로 이야기해 주었다.

"아~ 열 받는구나! 한낱 미물인 동물이 재판관이 되어 사람에 대한 재판까지 하였다고? 사람들이 마음대로 부려 먹던 소와 애완용으로 키울 수 있는 까치 주제에 너에게 사형 판결을 내렸다고?"

둘째 형인 별자 나무꾼이 너무 놀라 별영 요리사에게 되물었다.

"안 되겠다. 지금 당장 사람을 무서워할 줄 모르는 멍청한 동물들에게 본때를 보여주자. 너에게 사형 판결을 내린 재판관들과 배은망덕한 호랑이는 사살하고, 너에게 고초를 준 동물 마을은 완전히 파괴해야겠다. 별영아! 어서 앞장서라."

첫째 형인 다혈질의 별부 사냥꾼은 총과 수백 발의 탄약을 손으로 꽉 움켜쥐며 막내인 별영 요리사에게 어서 빨리 자신에게 길 안내를 하라고 다그쳤다.

"형님. 소처럼 움직이는 동물은 벌써 다른 장소로 이동했을 거예요. 하지만 소나무에 둥지를 틀고 있는 까치는 지금도 그 자리에 있을 확률이 높으니 까치부터 먼저 죽여 버립시다."

둘째 별부 나무꾼의 제안을 듣고 삼형제는 재빠른 걸음으로 별영 요리사가 까치에게 억울한 재판을 받았다는 소나무 아래로 가서 까치가 살고 있는 둥지를 유심히 살펴보았다.

"탕~!"

커다란 총소리와 함께 소나무 위에 있던 둥지는 순식간에 박살이 났고,

놀란 까치는 후다닥 소리와 함께 숲 속 어딘가로 날아가 사라져 버렸다.

"지금 어리석은 까치를 아쉽게 놓쳤지만, 나중에 숲 속에 있는 소나무에 되돌아와서 둥지를 틀 수 있으니 다시는 둥지를 틀지 못하도록 내가 가진 쇠도끼를 이용하여 인근의 소나무를 모두 베어줄게."

둘째 형 별자 나무꾼이 팔을 걷어붙이고 힘차게 까치가 둥지를 틀었던 소나무를 향해 쇠도끼를 내리치려고 하자, 별영 요리사가 별자 나무꾼의 팔을 붙잡고 제지하면서 말했다.

"형님들. 진정한 우정은 역경에 부딪치기 전에는 전혀 모른다고 했습니다. 제가 겪은 고초를 마치 형님들이 겪은 고초처럼 분노해주시고 복수를 도와주셔서 감사합니다. 그러나 까치가 둥지를 틀고 살았던 이 소나무만큼은 제가 직접 도끼로 베어버리고 싶습니다. 허락해주실 거죠?"

둘째 형인 별자 나무꾼에게서 쇠도끼를 건네받은 별영 요리사는 자신의 머리 위로 쇠도끼를 힘껏 들어 올린 후, 소나무를 강하게 내리찍었다.

"쩍!"

한 번 내리쩍은 쇠도끼 날에 순식간에 날아가 버린 두꺼운 소나무 껍질을 보고 더욱 신이 난 별영 요리사는 더 크게 팔을 들어 쇠도끼로 소나무를 또다시 내리쩍으려고 하다가, 그만 실수로 소나무 근처에 있는 강물 속에 쇠도끼를 빠뜨리고 말았다.

"풍덩~."

강물 속으로 사라져 버린 자신의 도끼를 멍하니 바라보는 별자 나무꾼을 보고 머쓱해진 별영 요리사는 자신은 맏형인 별부 사냥꾼과 함께 자신을 재판한 소와 자신을 붙잡아 괴롭혔던 수피아 사슴을 혼내주고 올 테니, 별자 나무꾼 형님은 잠시 이 장소에서 기다리고 있으라고 말하고는 조용히 떠났다.

두 형제가 자리를 떠나고 소나무 옆에서 홀로 앉아 자신의 쇠도끼가 빠진 강물을 멍하니 바라보고 있던 별자 나무꾼의 눈앞에 놀라운 광경이 펼쳐졌다.

갑자기 강물 속에서 소형 잠수함 한 대가 나타나더니, 곧바로 커다란 복어 문장이 새겨진 옷을 입은 카리스마 넘치는 사람이 잠수함에서 내려서 별자 나무꾼 앞으로 다가왔다.

"내 이름은 블루너라고 한다. 방주 위원회의 명령을 받고 지구에 있는 강과 바다를 모두 조사할 수 있는 권한을 가진 용왕이라는 직책을 가지고 있어. 너는 누구니?"

블루너 용왕의 질문에 별자 나무꾼은 자신도 방주 위원회의 명령을 받고 지구에서 작물을 연구하는 써니라는 연구원을 돕기 위해 파견된 부대원의 일원이라고 소개하면서 정중하게 인사를 올렸다.

"네가 강물에 빠트린 쇠도끼가 내 잠수정의 안테나에 부딪쳐 고장이 났다. 당장 안테나를 고쳐주거나 수리비를 내지 않으면 너를 결코 용서하지 않겠다."

침침한 눈을 양손으로 비비며 큰 목소리로 호통을 치는 블루너 용왕의 모습에 별자 나무꾼이 블루너 용왕의 양쪽 눈을 살피면서 물어보았다.

"블루너 용왕님. 시력이 많이 안 좋으세요?"

별자 나무꾼은 근처 숲 속에 시력 개선 및 망막 보호에 탁월한 효능이 있는 들쭉나무들이 많다고 주장하면서, 강물에 빠진 자신의 쇠도끼를 찾아서 되돌려준다면 들쭉나무를 많이 베어 블루너 용왕에게 바치겠다고 말했다.

"빠른 시간에 많은 들쭉나무를 베려면 쇠도끼 하나로는 부족하겠지?"

별자 나무꾼의 갑작스러운 제안에 크게 감동한 블루너 용왕은 자신이
시리우스 별에서 해군 제독으로 있을 때 큰 공을 세워 방주 위원회 위원장
상으로 받았던 금도끼와 은도끼가 자신의 잠수정 안에 있다고 말했다.

그리고 잠수정 안에 있는 금도끼와 은도끼를 별자 나무꾼에게 잠시 빌
려줄 테니 들쭉나무를 베는데 사용하고, 사용 후에는 다시 자신에게 반드
시 돌려달라고 말했다.

블루너 용왕에게서 자신의 쇠도끼와 함께 엄청 값비싼 금도끼와 은도끼

까지 함께 받은 별자 나무꾼은 블루너 용왕 앞에서 어서 빨리 들쭉나무를 많이 베어와 블루너 용왕님의 시력을 하루빨리 개선해 드리겠다며 아양을 떨었다.

"지구에 살았던 나의 선조가 바다를 주름잡았던 해양왕 장보고 님이라네. 그래서 우리 가문의 문장이 장(長:길다)복어(물고기)라네. 이 문장을 가지고 있으면 지구에 남아 있는 어떤 사람도 당신을 도울 뿐만 아니라 대적할 생각을 하지 못할 거야."

블루너 용왕은 이 장소에 일주일 정도 기다리고 있겠다고 말하고, 장복어 문장을 별자 나무꾼의 손에 꼭 쥐어주었다.

하지만 블루너 용왕에게서 값비싼 금도끼와 은도끼를 받게 되자 욕심이 생긴 별자 나무꾼은 들쭉나무를 베지 않고 빨리 마니산으로 되돌아가서 써니 소유의 불새 우주선을 타고 시리우스 별로 되돌아가겠다고 결심하였다.

시리우스 별에서 금도끼와 은도끼를 팔아 큰 부자가 되겠다는 원대한 희망을 품으면서…

제12편

선녀와
나무꾼

한편 별자 나무꾼과 헤어져 기승전결 외곽 숲에서 소 재판관과 수피아 사슴을 찾아다니고 있던 별부 사냥꾼과 별영 요리사는 기승전결 마을 북쪽 지역에서 코크 늑대와 호랑이 병사들에 의해 장사하던 곳을 심하게 검열 받고 인근 숲으로 쫓겨난 수피아 사슴과 우연하게 마주치게 되었다.

"어? 내가 철장 안에 가두었던 녀석이 왜 저곳에 있지?"

수피아 사슴이 먼 곳에서 별영 요리사를 보고 다시 붙잡기 위해 다가가고 있을 때였다.

"탕~!"
"아악~!"

숲에서 천둥 같은 총소리가 한 번 울려 퍼지더니 아름다운 수피아 사슴의 한쪽 뿔을 박살났고, 박살난 뿔로 인해 엄청난 고통을 느낀 수피아 사슴은 재빨리 몸을 반대 방향으로 돌려 달아나기 시작했다.

"탕~!"

수피아 사슴의 엉덩이를 쓰치고 지나간 또 한 발의 총알이 옆에 서 있던 염소 머리를 정통으로 맞추자, 염소는 그 자리에서 즉사했다.

엄청나게 무서운 사냥꾼의 총알 맛을 난생 처음으로 경험한 수피아 사슴은 오로지 앞만 바라보며 36계 줄행랑을 치다가 도끼 세 자루를 들고 마니산으로 되돌아가고 있던 별자 나무꾼과 부딪치게 되었다.

박살나 있는 한쪽 뿔과 엉덩이에 피가 흐르고 있는 수피아 사슴을 본 별자 나무꾼은 사냥꾼이 가지고 다니는 총에 의해 생긴 상처라는 사실을 금세 눈치채고 나무 사이에 숨겨 주었다.

"어~? 강가에 있어야 할 동생이 왜 여기에 있는 거야? 혹시 이 근처에서 사슴 한 마리 보지 못했어?"

곧이어 수피아 사슴을 쫓아온 별부 사냥꾼과 별영 요리사가 별자 나무꾼을 보자 몹시 놀라면서 물었다.

"사슴은 제가 기다리고 있던 강가 방향으로 도망갔습니다. 빨리 쫓아가신다면 붙잡으실 수 있을 거예요. 아~ 그리고 별부 형님! 강가에 정박해 있는 잠수정에는 블루너 용왕님이란 분이 계실 거예요. 저 대신 금도끼와 은도끼를 선물로 주셔서 정말 감사하다는 안부 좀 전해 주세요."

별자 나무꾼은 귀여운 사슴도 구하고, 별부 사냥꾼과 별영 요리사도 동시에 제거해 자신만이 금도끼와 은도끼를 독차지하려는 사악한 생각을 가지고 말했다.

'나의 목숨을 구해준 고마운 분이 외롭지 않게 비슷한 용모를 가진 동물을 소개해 주어야겠다.'

별자 나무꾼이 별부 사냥꾼과 별영 요리사로부터 자신의 목숨을 구해주는 과정을 몰래 숨어서 지켜보고 있던 수피아 사슴은 자신이 어렸을 때 마니산 근처 연못에서 가끔 목욕하던, 나뭇꾼과 비슷한 용모를 가진 동물을 본 기억이 떠올랐다.

그래서 자신의 목숨을 구해준 고마운 나무꾼에게 어릴 적 자신이 연못에서 본 동물을 소개해 주기로 마음먹고 남은 하나의 뿔로 나무꾼의 등을 떠밀면서 마니산 방향으로 안내했다. 마침 별자 나무꾼도 마니산으로 갈 계획이었기 때문에 모른척하며 수피아 사슴을 뒤따라갔다.

한편, 수피아 사슴을 붙잡기 위해 잠수정이 정박해 있는 강가에 도착한 별부 사냥꾼과 별영 요리사는 아무리 주위를 두리번거리며 찾아보아도 사슴의 흔적을 발견할 수가 없었다.

"너희는 또 뭐냐?"

강가에 정박해 있는 잠수정 앞에 서 있던 블루너 용왕이 주위를 두리번 거리며 무엇인가를 찾고 있었던 별부 사냥꾼과 별영 요리사에게 물었다.

"오. 당신이 제 동생 별자 나무꾼에게 금도끼와 은도끼를 선물로 주신 블루너 용왕님이시군요. 동생이 정말 감사하다는 안부를 전해 달라고 합 니다."

별부 사냥꾼의 말에 별자 나무꾼의 배신을 곧바로 알아채고 몹시 화가 난 블루너 용왕은 잠수정 근처에 있었던 자신의 부하들에게 저 두 녀석을 냉큼 잡아오라고 명령하였다.

"형님! 잠수정은 바다나 강물 속에 있을 때만 힘을 발휘할 수 있습니다. 항구에 정박한 잠수함은 레이더도 제역할을 하지 못하는 고철 덩어리에 요. 형님의 총 다루는 실력이라면 잠수정 수병들과 총싸움을 하여도 우리 가 손쉽게 이길 거예요."

수피아 사슴보다 잠수정을 더 차지하고 싶었던 별영 요리사는 총싸움을 잘하는 별부 사냥꾼에게 용기를 북돋으며 싸움을 부추겼다.

"탕~! 탕~! 탕~! 탕~!"

별부 사냥꾼은 곧바로 '엎드려 쏴' 자세를 취한 후 블루너 용왕이 지휘하는 잠수정 수병들을 향해 계속해서 총을 쏘기 시작했다. 사냥꾼의 총을 맞은 몇몇 수병들은 그 자리에서 쓰러졌지만, 블루너 용왕과 대부분의 수병들은 잠수정 안으로 재빨리 몸을 숨겼다.

강가에서 울려 퍼지는 천둥 같은 총소리를 듣게 된 기승전결 마을에 살고 있는 동물들은 구릿 백호가 말한 그 악마가 드디어 기승전결 마을로 다가오고 있음을 직감하고, 악마를 물리칠 수 있는 유일한 종교인 신왕교 신전으로 떼를 지어 몰려오고 있었다.

강가에서 천둥같이 울려 퍼지는 총소리는 과거 제주도에서 아랜 진돗개가 지휘하는 사냥개 무리와의 싸움에서 도움을 주었던 총소리임을 금방 알아챈 기승전결 마을 북쪽 지역에 살고 있는 백호 무리와 남쪽 지역에 살고 있는 북극곰 무리는 다시 한 번 공포에 휩싸였다.

"드디어 사냥꾼이 제주도에서 이곳 원주 지방 기승전결 마을에까지 오게 되었구나. 우리가 처음에는 경상도 지방에서 올라왔으니 이제 짐을 챙겨 전라도 지방으로 도망가자."

악마와의 싸움을 전혀 준비하지 못한 기승전결 마을 남쪽 지역에 살고 있는 동물들은 태와 북극곰의 지휘 아래 전라도 지방으로 이동할 준비를 급박하게 진행하였다.

"일단 악마에 대한 준비가 부족했던 저희의 불찰입니다. 나중에 악마가 기승전결 마을을 떠나면, 그때 마을로 되돌아와 천건교와 진묘교를 다시 재건합시다. 지금은 태와 북극곰 무리를 뒤쫓아 전라도 지방으로 이동합시다."

천건교와 진묘교 교주와 사제들은 그들의 신전과 '냥이'와 '멍이' 등 최고 신(神)의 동상들이 쉽게 파손되지 않도록 다양한 방법으로 조치한 후, 신도들과 함께 태와 북극곰 무리를 따라 전라도 지방으로 이동하기 시작했다.

"악마가 무서워서 태와 북극곰을 중심으로 천건교와 진묘교 사제들과 신도들이 모두 기승전결 마을을 떠나 전라도 지방으로 이동했다는 소문이 들려오고 있어."

"하지만 우리에게는 악마를 물리칠 수 있는 신왕교의 교주 구릿 백호 님이 계시잖아. 그분의 말씀에 귀 기울이고 따르면서 기다려보자."

신왕교 신전에 모인 동물들은 구릿 백호가 자신들을 위해 무엇인가를 해줄 수 있을 것이라고 굳게 믿으면서, 신전 안과 밖에서 기다리고 있었다.

"사람들이 총을 들고 기승전결 마을로 들어온다면 우리는 속수무책으로

다 죽을 거야. 그렇다고 지금 와서 악마들을 물리칠 수 있다고 호언장담했던 우리가 곰 무리처럼 기승전결 마을을 버리고 도망간다면 얼마 도망가지도 못하고 다른 동물들에게 붙잡혀서 죽게 되겠지."

구릿 백호는 신왕교 사제들과 함께 난처한 현재 상황에 대해 고민하고 있었다.

그때, 마침 강가에서 물놀이를 하다가 돌아온 소나타 낙타가 말했다.

"지금 강가에서는 사람들과 사람들이 격렬하게 싸우고 있어. 그 사람들이 기승전결 마을로 들어올 것 같지는 않은데…."

소나타 낙타의 반가운 소식에 큰 힘을 얻은 구릿 백호는 곧바로 신왕교 사제들과 함께 신전에 있는 연단에 올라가 다음과 같이 설교했다.

"여러분! 최고 신(神) '홍이' 님을 부르는 소리가 '야옹~ 야옹~'이었다면 악마를 물리치는 소리는 '어홍~! 어홍~!'입니다. 여러분이 '어홍~! 어홍~!'을 외치면서 최고 신(神) '홍이' 님께 기도를 드린다면 악마는 '홍이' 님에 의해 기승전결 마을 안으로는 한 발자국도 들이지 못하고 곧바로 내쫓길 것입니다."

　신왕교 신전에 모여 공포심에 떨고 있던 수많은 동물이 구릿 백호 교주의 연설을 듣고 큰 용기를 내어 '어흥~! 어흥~!'을 외치면서 큰 소리로 기도를 하기 시작했다.

　한편, 별부 사냥꾼의 총에 의해 몇몇 사상자를 낸 블루너 용왕은 크게 격분하여 자신의 부하들에게 명령했다.

　"저런 사악한 놈들은 생포할 가치도 없다. 잠수정에 있는 폭탄을 저 녀석들에게 사용해라."

폭탄이 장착된 포신이 잠수정에서 꺼내지는 장면을 본 별부 사냥꾼과 별영 요리사는 혼비백산하여 자리에서 벌떡 일어나 숲 속으로 정신없이 도망치기 시작했고, 곧이어 잠수정에서 발사된 수십 발의 폭탄이 숲 속으로 날아가 폭발하기 시작했다.

"쾅~! 쾅~! 쾅~!"

신왕교 신전 안에서 '어흥~! 어흥~!'을 외치며 기도하고 있던 동물들에게 "탕~!"이라는 총소리와는 도저히 비교가 되지 않는, 벼락 소리보다도 더 큰 "쾅~! 쾅~! 쾅~!" 소리가 울려 퍼졌고, 곧이어 동물들의 커다란 비명소리와 울부짖음 소리도 생생하게 들려왔다.

"여러분! 최고 신(神) '홍이' 님이 드디어 악마를 물리치고 악령에게 사로잡힌 숲 속 동물들을 처단하기 위해서 지금 천벌을 내리고 있는 중입니다. 그러나 기승전결 마을 안에 있는 신왕교 신전만큼은 '홍이' 님의 보호로 안전합니다. 계속 '홍이' 님께 악마를 물리쳐 달라고 기도하시기 바랍니다."

신왕교 교주 구릿 백호의 말에 신전 안에 모인 수많은 동물은 '홍이' 님을 위해 더 큰 목소리로 '어흥~! 어흥~!'을 외치며 기도를 하기 시작했다.

10여 분이 지나고, 외곽 숲 속에서 들려오던 "쾅~!"거리는 크고 날카로운 굉음이 완전히 멈췄고, 숲 속 동물들의 비명 소리와 울부짖음만이 간혹 들려오고 있었다.

자신들의 간절한 기도로 신왕교 최고 신(神) '홍이' 님께서 악마를 완전히 물리쳤기 때문에 숲 속에서 더 이상 폭탄 소리가 들리지 않는다고 생각한 동물들은 두 손을 하늘 높이 들어 "'홍이' 님 만세!"를 수십 차례 부르기 시작했다.

기승전결 마을 외곽 숲이 완전히 고요해지자 신왕교 신전에 모였던 동물들은 즉시 교주 구릿 백호를 선두로 신왕교 사제들과 함께 최고 신(神) '홍이' 님이 천벌을 내린 악마들의 시체들을 구경하기 위해서 수십 발의 폭탄이 떨어진 기승전결 마을 인근 숲으로 들어갔다.

잠수정에서 쏘아 올린 수십 발의 폭탄이 떨어진 조그만 숲 안에서 수백 마리의 동물들이 비참한 모습으로 떼죽음을 당했으며, 다리와 팔이 잘려 나간 극소수의 동물만 생존하여 고통으로 몸부림치고 있었다.

기승전결 마을에 살고 있는 동물들은 숲 속 여기저기에 흩어져 있는 사체들을 보면서 악마가 깃든 동물들이라고 침을 뱉으며 욕을 했고, 악마의 부활을 막는다면서 부상을 입은 채 살아남은 동물들을 즉시 숨통을 끊어 죽여 버렸다.

"와우~! 이렇게 많은 악마 추종자들이 기승전결 마을 외곽 숲에서 살고 있었는데 전혀 모르고 있었다니. 그동안 우리가 얼마나 위험에 노출되어 있었던 거야?"

어떤 동물이 죽어 있는 동물 사체를 발로 걷어차며 말하고 있을 때, 그 옆에 있던 다른 동물이 걷어차인 동물의 사체를 자신의 품에 안고 울면서 말했다.

"얘는 절대로 악마가 아니에요. 숲 속에 살고 있던 제 조카란 말이에요~! 흑흑흑."

하지만 기승전결 마을에서 숲 속 상황을 구경 온 대부분 동물은 죽은 사체를 끌어안고 울고 있는 동물도 악마가 깃든 미친 동물이라고 불렀다.

그날 밤, 신왕교 신전에서는 악마를 물리쳐준 최고 신(神) '홍이' 님께 감사하는 신전 행사가 성대하게 진행되었다.

그리고 신전 행사가 끝난 후 기승전결 마을의 동물들은 악마가 침입했을 때 자신들을 외면하고 도망간 진묘교와 천건교 신전을 모두 불태웠으며, 최고 신(神) '냥이'와 '멍이'의 동상도 두 동강이 내서 길거리에 버렸다.

드디어 호랑이를 닮은 신을 믿는 신왕교는 기승전결 마을 최초의 통일 종교로 우뚝 서게 되었다.

한편, 한밤중에 마니산 근처 연못에 도착한 별자 나무꾼은 수피아 사슴의 말처럼 연못에서 아름다운 여인이 주변에 예쁜 날개 모양이 부착된 옷을 벗어 놓고 우주선 모양의 키도 가지런하게 놓은 채 목욕을 하고 있는 모습을 발견하였다.

수피아 사슴은 재빨리 아름다운 여인이 벗어 놓은 예쁜 날개 모양이 부착된 옷과 우주선 모양의 키를 입에 물고 별자 나무꾼에게 되돌아와 건네주었다.

"아니? 너는 나를 보호하기 위해 파견된 하급 부대원이 아니냐! 여기에서 나에게 무슨 짓을 하고 있었던 것이냐!"

연못에서 목욕을 끝내고 자신이 입었던 옷과 우주선 키를 찾고 있던 써니는 눈앞에 우두커니 서 있는 별자 나무꾼을 보고 화가 머리 끝까지 나서 큰 소리로 호통을 쳤다.

그제야 별자 나무꾼은 수피아 사슴이 알려준 하늘에서 내려온 선녀가 자신들이 보호해야 하는 대성인 써니 연구원임을 알아차리고 몹시 당황하였다.

"죄송합니다. 써니 님. 저는 연못에서 목욕하는 사람이 써니 님인 줄 정말 몰랐습니다."

화가 난 써니가 급하게 사죄하고 용서를 구하는 별자 나무꾼의 멱살을 막 잡으려고 할 때, 별자 나무꾼의 윗옷 안에 꽂혀 있었던 무엇인가를 보고 깜짝 놀라면서 말했다.

"이 문장은 시리우스 별 10대 가문 중 하나인 장복어 가문의 문장인데…. 차기 방주 위원회 위원장 후보인 블루너 님이 몇 년 전에 지구에 몰래 잠입했다는 소문이 있던데 바로 당신인가요?"

별자 나무꾼은 써니 질문에 대한 답변 대신 신변 보호 부대원으로 아름다운 써니를 지켜보면서 자신도 모르게 사모하는 마음이 생겼다고 주장하면서 써니에게 정식으로 청혼을 하였고, 써니도 별자 나무꾼이 장복어 가문 출신이라면 한울과 우순이의 미래를 위해서 흔쾌히 청혼을 받아들이겠다고 대답했다.

써니는 자신의 인삼 연구가 끝나는 대로 시리우스 별로 되돌아가서 결혼식을 올리자고 제안하면서, 정식 부부가 되기 전까지는 자신의 벙커에서 자녀들과 함께 살자고 별자 나무꾼에게 말했다.

제13편

호랑이 형님

구릿 백호는 기승전결 마을에서 진묘교와 천견교 신전을 모두 불태운 다음 날 호랑이 무리의 지도자들과 신왕교 고위 사제들을 한자리에 모아 놓고 말했다.

"어제 기승전결 마을 외곽 숲을 샅샅이 뒤져 봤지만, 동물들의 사체 이외에 사람의 시체는 전혀 발견되지 않았다. 만약 싸움에서 살아남은 사람들이 우연히 기승전결 마을로 들어오게 된다면 아주 혼란한 상태가 될 것이며 지금 우리의 지위마저도 또다시 위태로워질 수 있다."

"지금 즉시 대규모 악마 퇴치 탐사단을 구성하여 마을 외곽 숲과 마니산 근처를 철저히 탐색하고, 우리가 만들어 놓은 왜곡된 진실이 세상에 영원히 드러나지 않도록 지구에 남아 있는 모든 사람을 없애 버리자."

구릿 백호가 대규모로 조직한 악마 퇴치 탐사단은 코크 늑대, 소나타 낙타, 검은 흑돼지와 구라 대부 거북이를 비롯하여 호랑이 무리와 신왕교 사제 및 신도 동물 등 수백 마리가 참가하였다.

구릿 백호는 대규모 악마 퇴치 탐사단의 출정식에서 기승전결 마을에 살고 있는 동물들을 모아 놓고 다음과 같이 말했다.

"우리가 모시고 있는 신(神)은 사람이다. 그러나 우리를 해치는 악마도 사람의 모습으로 둔갑하여 지금 마을 외곽 숲이나 마니산 근처를 마음대로 활보하고 있다. 악마 퇴치 탐사단의 역할은 사람의 모습으로 둔갑한 악마들을 이 세상에서 모두 색출하여 처단하는 것이다. 만약 악마 퇴치 탐사단이 마을을 잠시 떠난 뒤 마을로 들어오는 사람이 있다면 모두 악마로 생각하고 죽여 버려라."

대규모 악마 퇴치 탐사단은 냄새 추적자인 검은 흑돼지를 선두로 사람들의 흔적을 찾아 마을 외곽 숲과 근처 강가를 시작으로 상세한 탐색을 시작하였고, 어느새 써니 가족이 살고 있는 마니산 근처까지 접근하다가 우연히 별자 나무꾼을 만나게 되었다.

별자 나무꾼은 써니의 자녀들과 함께 살고 있는 벙커에서 1㎞ 떨어진 지점에서 자신이 베어낸 나무를 가지고 시리우스 별에서 판매할 기념품을 제작하고 있었다.

"오호~ 저기 사람이 있다. 드디어 한 명의 악마를 잡았구나!"

악마 퇴치 탐사단 맨 앞에서 지휘하고 있었던 구릿 백호가 나무꾼을 붙잡으러 성큼성큼 다가가고 있을 때였다.

대규모 악마 퇴치 탐사단 동물들이 자신과 아주 가까운 거리에 있다는 사실을 너무 늦게 알아버린 별자 나무꾼은 동물들에게서 탈출할 생각을 완전히 포기하고 한 가지 꾀를 내었다.

별자 나무꾼은 자신에게 다가오고 있는 구릿 백호를 향해 넙죽 엎드려 절을 하면서 눈에서 흘러나오는 눈물을 자신의 두 손으로 하염없이 훔치고 있었다.

"사람도 우리 동물들처럼 죽기는 싫은 모양이구나. 자신의 목숨을 구걸하기 위해 울고 있다니. 그래도 목숨만은 살려줄 수 없다고 전해주어라!"

구릿 백호는 자신과 함께 온 구라 대부 거북이에게 자신이 직접 별자 나무꾼을 죽일 것이라는 말을 전하라고 명령했다.

"뭐? 저 나무꾼이 나의 친동생이라고! 그리고 나는 호랑이가 아닌 사람이며 나의 진짜 어머니는 시리우스 별에서 아직도 살아 계신다고? 자세한 자초지종을 나무꾼에게 물어보아라!"

구라 대부 거북이를 통해서 듣게 된 별자 나무꾼의 이야기는 구릿 백호에게는 충격 그 자체였다.

별자 나무꾼의 주장에 의하면 원래 구릿 백호는 시리우스 별에서 사람의 자식으로 태어났다고 한다.

동물들 중에서도 호랑이를 너무 좋아했던 구릿 백호 아버지는 매일 호랑이 가죽을 뒤집어쓰고 시리우스 별에서 살았으며, 장남으로 태어난 구릿 백호에게도 100일이 지난 후부터 자신이 좋아하는 호랑이 가죽을 입혀 주었다고 말했다.

구릿 백호 탄생 첫돌을 축하하기 위한 가족 행사로 시리우스 별에서 지구로 우주여행을 오게 된 부모님은 아주 작은 실수로 구릿 백호를 제주도에서 잃어버렸다고 말했다.

나중에 시리우스 별로 되돌아간 아버지는 장남인 구릿 백호를 잃어버린 충격으로 인하여 마음의 병을 얻어 곧바로 사망하게 되었지만, 어머니는 아직도 구릿 백호를 그리워하면서 시리우스 별에서 살아 계신다고 알려 주었다.

아기였을 때 부모님이 아주 두껍게 입혀 주었던 호랑이 가죽의 두께가 구릿 백호의 성장 때문에 점차 얇아지고는 있지만, 이러한 사실을 전혀 모르는 구릿 백호는 아무런 생각 없이 자신에게 익숙한 호랑이 가죽을 계속 입고 있다고 설명해 주었다.

"나무꾼의 말이 정말 사실이네. 내 호랑이 가죽 두께는 얇은 반면, 내 옆에 있는 신왕교 고위 사제의 호랑이 가죽 두께는 매우 두꺼워…."

구릿 백호는 운동으로 다져진 자신의 근육질 몸과 가죽을 자신의 옆에 서 있는 비만 몸을 가지고 있는 고위 사제 몸 가죽을 함께 만져보면서 말했다.

"그렇다면 신왕교 최고 신(神) '홍이' 님이 혹시 나의 진짜 아버지인가? 나는 어릴 적에 보았던 아버지의 모습을 어렴풋이 떠올려 그 형상을 만들었던 것이고…."

구릿 백호가 깊은 고민에 잠겨 혼자만의 생각을 말하는 것을 옆에서 듣고 어리둥절한 신왕교 사제들이 웅성웅성 거리고 있었다.

"너희가 모시고 있는 '홍이' 님의 아들이자 나의 친동생이 너희 눈앞에 엎드려 있는데 인사를 드리지 않고 뭐 하는 것이냐!"

구릿 백호의 아주 큰 호통소리에 수백 마리의 대규모 악마 퇴치 탐사단 일행은 대부분 무릎을 꿇고 나무꾼에게 큰 절을 올렸다.
하지만 구릿 백호 옆에서 나무꾼을 노려보고 있던 뚱뚱한 몸집을 가진 신왕교 고위 사제가 즉각 반발했다.

"구릿 님! 구릿 님이 만약 사람이라고 가정하면 구릿 님의 자녀 달호 백호 님이 호랑이로 태어난 것은 어떻게 설명하실 겁니까? 당장 사실을 왜곡하고 구릿 님의 친동생이라고 주장하는 저 녀석을 잡아 죽이십시오!"

신왕교 고위 사제의 반발을 구라 대부 거북이에게 통역으로 전해들은 별자 나무꾼은 구릿 백호인 사람과 진짜 호랑이가 결혼하여 자식을 낳으면 사람으로 탄생할 수도, 호랑이로 탄생할 수도 있다고 답변해주었다.

"쯧쯧쯧~. 신왕교 사제들이 어떻게 자신들이 모시고 있는 최고 신(神) '홍이' 님의 친아들도 못 알아보느냐!"

친형을 친형이라 부르지 못하게 만드는 호랑이들 때문에 자신의 마음이 매우 아프다고 말하면서 더욱 큰 소리로 슬피 울고 있는 처량한 나무꾼을 지켜본 구릿 백호는 그만 화가 폭발하여 옆에 서 있던 뚱뚱한 신왕교 고위 사제의 얼굴을 자신의 큰 주먹으로 마구 때려 주었고, 구릿 백호의 무자비한 폭력을 목격한 신왕교 사제들은 공포에 떨며 머리를 숙이고 모두가 땅바닥에 엎드려 숨죽어 있었다.

자신이 만들어 낸 꾀에 넘어간 어리석은 구릿 백호의 우스꽝스러운 행동이 너무 재미있어진 별자 나무꾼은 시리우스 별에 있는 구릿 백호 어머니에 관해서 추가로 꾸며낸 이야기를 전해 주었다.

"어머니는 남들보다 육중한 형님을 낳으실 때, 남들보다 더 많이 모유를 먹이실 때 너무 많이 고생하셨습니다. 특히 형님이 모유를 더 먹겠다고 징징대며 울기 시작하면, 어머니는 남의 집에서 모유를 얻어 오기 위해 손과 발이 다 닳도록 수많은 집들을 돌아다니면서 부탁을 하셨는데… 지금 더 커진 형님의 육중한 몸을 보시게 된다면 엄청 기뻐하실 거에요."

눈물을 훔치며 어머니가 자신을 위해 고생했던 옛날이야기를 진솔하게 들려주는 별자 나무꾼의 등을 토닥토닥 두드려주며 구릿 백호가 말했다.

"너의 말이 모두 맞는 것 같구나. 어린 시절 나는 호랑이들보다 몸집이 훨씬 컸어. 하르방 백호도 나보다는 나의 형인 달형 황호를 훨씬 더 좋아했고… 다른 호랑이들이 제자리에서 깡충깡충 뛰고 놀 때에도 나 홀로 사람들처럼 제자리에서 껑충껑충 뛰면서 놀았지. 그리고 다른 호랑이들이 '어흥~! 어흥~!' 할 때 미세한 차이지만 나는 '어어흥~! 어어흥~!'하며 소리를 내곤 했어. 동생 말처럼 나는 사람이었음이 확실하다."

그리고 잠시 동안 침묵이 흘렀다.
구릿 백호의 말을 옆에서 잠자코 듣고 있었던 검은 흑돼지는 다음과 같이 생각했다.

'지배자인 하르방 백호의 자녀였기 때문에 남들보다 잘 먹어서 육중한 몸이 된 것 같은데… 그리고 장남을 차남보다 더 좋아하는 것은 동물 세계에서는 당연한 일이고. 깡충깡충 뛰는 것과 껑충껑충 뛰는 것의 차이점

은 뭐지? 더구나 '어홍~! 어홍~!'과 '어어홍~! 어어홍~!'은 도대체 어떤 차이가 있는 거야?'

"형님! 이제 어릴 적부터 입고 있던 호랑이 가죽을 지금 당장 벗어 던지세요. 그리고 저와 불새 우주선을 타고 시리우스 별에서 형님을 애타게 기다리고 계시는 어머니에게로 함께 돌아가요."

구릿 백호가 자신의 거짓말에 점점 더 빠져들자 더욱 신이 난 별자 나무꾼은 구릿 백호에게 당장 빨리 호랑이 가죽을 벗어던지라는 말까지 내뱉었지만, 구릿 백호가 너무 무서웠던 악마 퇴치 탐사단 일행의 어느 누구도 별자 나무꾼의 말을 더 이상 제지하지 못했다.

별자 나무꾼의 독촉을 듣고, 구릿 백호는 자신이 입고 있는 호랑이 가죽을 벗어보려고 여러 차례 다양한 시도를 하였지만, 엄청난 고통만 생길 뿐 호랑이 가죽은 벗겨지지 않았다.

어릴 적부터 너무 오랫동안 호랑이 가죽을 입고 있어서 자신의 원래 몸에 착 달라붙어 더 이상 떨어지지 않는다고 생각한 구릿 백호는 별자 나무꾼에게 현재로서는 호랑이 가죽을 도저히 벗겨낼 수 없기 때문에, 시리우스 별에 계시는 어머니를 다시는 만날 수 없을 것 같다며 매우 슬퍼하였다.

그리고 자신이 내일부터 한 달 동안 매일 맛있는 고기와 비싼 동물 가죽을 별자 나무꾼에게 가져다줄 테니, 고기는 잘 말려서 육포로 저장하고 가

죽은 잘 보관하였다가 수시로 왕복하는 우주선 편으로 시리우스 별에 계시는 어머니에게 잘 전달해 달라고 부탁한 뒤 수백 마리의 악마 퇴치 탐사단을 이끌고 사라져 버렸다.

구릿 백호는 나무꾼이 머물던 인근 숲 속에서 악마 퇴치 탐사단 일행을 소집한 후 다음과 같이 명령했다.

"내가 정말 사람이라면 같은 사람의 탈을 쓴 악마도 해칠 수가 없다. 나는 지금 악마 퇴치 탐사단을 해체할 것이다. 그리고 지금부터 신왕교 사제들과 신도들은 기승전결 마을로 잠입하여 신(神)의 아들인 나를 자신의 아들로 속인 하르방 백호 일족을 모두 체포하여 감옥에 구금시켜 버려라."

"그리고 호랑이 무리와 나머지 일원들은 내일부터 나와 함께 이 숲 속에서 매일 동물들을 사냥하여 나무꾼에게 맛있는 동물 고기와 비싼 가죽을 전달하도록 하자."

구릿 백호의 명령을 전달받은 신왕교 사제들과 신도들은 즉시 마니산을 떠나 기승전결 마을로 되돌아갔고, 호랑이 무리와 코크 늑대 일행은 구릿 백호의 철저한 감시 하에 숲 속에서 동물 사냥에 총동원되었다.

다음 날 아침부터 매일매일 구릿 백호로부터 맛있는 동물 고기와 비싼 가죽을 얻게 된 별자 나무꾼은 시리우스 별에 계신 어머니가 형님 선물을 받게 된다면 무척 기뻐하실 것이라고 눈물을 흘리는 척 연기를 하면서 기념품을 제작하고 있던 마당에 하나둘씩 계속해서 쌓아 놓았다.

그리고 저녁이 되어 벙커로 돌아가서는 써니에게 구릿 백호를 속인 과정을 자세하게 설명해 주면서 매우 흐뭇해하고 있었다.

하지만 써니는 과거에 자신들의 목숨을 위협했던 호랑이 무리가 다시 출몰했다는 사실을 알아차리고, 마니산에서 더 이상 인삼 연구를 지속하는 것은 상당히 위험하다고 판단하여 별자 나무꾼에게 구릿 백호가 주는 동물 고기와 가죽을 모두 포기하고 지금 당장 자녀들과 함께 불새 우주선을 타고 시리우스 별로 가자고 제안하였다.

그러나 별자 나무꾼은 구릿 백호가 한 달 동안 제공하는 비싼 동물 고기와 가죽을 모아 시리우스 별에서 식육점과 박제 전시장을 개장하고 싶다며 써니의 제안을 거절하였다.

그로부터 며칠 뒤, 써니 가족이 거주하는 벙커로 되돌아온 별자 나무꾼은 써니가 자신이 블루너 용왕에게 받은 장복어 가문의 문장을 훔쳐서 한울과 우순 남매와 함께 불새 우주선을 타고 시리우스 별로 이미 떠났다는 사실을 알고 그 자리에서 털썩 주저앉고 말았다.

써니 가족이 떠나서 삶의 의욕을 완전히 상실한 별자 나무꾼은 더 이상 나무를 베어 기념품도 만들지 않았고, 구릿 백호가 제공한 맛있는 동물 고기와 비싼 가죽도 방치한 채 하늘로 떠나간 우주선을 향해 매일 자신도 함께 데리고 가 달라며 목청껏 외치고 있었다.

제14편

꼬리로 낚시하는 호랑이

별자 나무꾼이 나무를 베어 제작한 기념품을 전시한 마당에는 구릿 백호가 가져다준 맛있는 고기와 비싼 가죽이 날마다 높이 쌓이고 있었지만, 써니 가족과 헤어진 충격으로 크게 상심한 별자 나무꾼은 전혀 관리하지 않고 그대로 방치하고 있었다.

"우리가 힘들게 잡은 고기와 가죽을 이렇게 방치하다니… 내 선물을 시리우스 별로 떠나는 우주선 편으로 고마운 어머니께 빨리 보내라!"

구릿 백호는 나무꾼에게 하루빨리 자신의 어머니에게 선물을 보내라고 계속해서 독촉하고 있었지만, 시리우스 별로 갈 수 있는 우주선이 전혀 없는 별자 나무꾼은 굉장한 스트레스를 받아 피가 마르고 있었다.

그때 마침 마지막 재판관으로 참여하여 별영 요리사의 목숨을 구해주고 호랑이 무리의 보복을 피해 마니산 근처까지 도망쳐 나온 레아 더치 집토끼가 우연히 홀로 남아 근심하고 있는 별자 나무꾼을 만났다.

별자 나무꾼은 레아 더치 집토끼에게 자신의 마당 앞에 날마다 높이 쌓이고 있는 고기와 가죽을 보여주면서, 지금까지 자신에게 일어난 일들을 자세하게 설명하고 해결책을 물어보았다.

별자 나무꾼과 레아 더치 집토끼가 심각한 대화를 나누고 있을 때였다.

어머니에게 빨리 고기와 가죽을 보내지 않는 별자 나무꾼의 수상한 행동을 의심하여 혼자 별자 나무꾼이 있는 장소로 되돌아온 구릿 백호는 별자 나무꾼과 대화를 나누고 있는 레아 더치 집토끼를 발견하고 몹시 흥분해서 달려왔다.

"레아! 원수는 외나무다리에서 만난다고 하더니… 너도 여기에 쌓여 있는 고기와 가죽이 되겠구나! 하하하~!"

갑자기 나타난 구릿 백호에게 붙잡힌 레아 더치 집토끼는 공포심에 사로잡혀 두 귀와 두 눈이 새빨갛게 변하고 있었다.

"형님! 레아를 놓아 주세요. 레아 더치 집토끼는 시리우스 별에 살고 있는 형님의 어머니가 애완동물로 기르던 토끼의 후손입니다."

레아 더치 집토끼가 벌벌 떨면서 나무꾼의 말을 재빨리 통역해 주자, 어머니가 기르던 애완동물의 후손이라는 말을 들은 구릿 백호의 분노가 금방 사그라들었다.

구릿 백호에게서 풀려난 레아 더치 집토끼는, 어머니는 원래 육류를 무척 싫어하시고 물고기를 매우 좋아했지만 구릿 백호의 정성어린 성의 때문에 지금까지 이러한 사실을 올바르게 알려주지 못했다고 말했다.

그래서 별자 나무꾼이 자신의 집 앞 마당에 고기와 가죽을 계속 쌓아 놓을 수밖에 없었다면서, 만약 구릿 백호가 자신을 믿고 따라온다면 어머니가 좋아하시는 물고기를 직접 잡는 방법을 알려 주겠다고 말했다.

"레아야, 고맙다. 내가 너의 도움으로 어머니가 좋아하시는 물고기를 많이 잡게 된다면 네가 과거에 벌인 일들을 모두 용서해 주마."

별자 나무꾼과 구릿 백호를 추운 날씨로 인해 꽁꽁 얼어버린 강가로 데리고 온 레아 더치 집토끼는 얼음 위에 조그만 구멍을 뚫고 강물 속에서 물고기들이 헤엄치고 있는지 살펴보았다.

"구릿 백호 님. 강물 속에 헤엄치고 있는 물고기들이 아주 많네요. 직접 확인해보시고 구릿 백호 님의 꼬리를 아주 깊게 강물 속에 넣어 주세요. 물속이 깊을수록 어머님이 좋아하시는 큰 물고기가 헤엄쳐 다녀요. 엄청난 고통을 느끼시더라도 최소한 삼일 이상은 물속에 꼬리를 담그고 계셔야만 합니다. 저희는 강 건너에서 삼일 동안 기다리고 있을게요."

묘한 웃음을 지으며 레아 더치 집토끼와 별자 나무꾼은 구릿 백호가 꽁꽁 얼어버린 강물에 꼬리를 담근 반대편 장소로 천천히 이동하였다.

"구릿 님, 구릿 님. 이번에는 여기에서 또 무슨 일을 하고 계신 거예요?"

갑자기 사라진 구릿 백호를 백방으로 찾아다니고 있던 호랑이 무리와 코크 늑대 일행이 꽁꽁 얼어버린 강물에 자신의 꼬리를 담그고 자연스럽 게 앉아 있는 구릿 백호를 찾아와서 물었다.

"시리우스 별에 살고 계신 어머니를 위해 지금 내 꼬리를 이용하여 물고 기를 잡고 있다. 삼일만 차가운 강물 속에 꼬리를 담그고 있으면 어머님이 좋아하시는 큰 물고기를 잡을 수 있단다. 너희도 나를 쳐다보고만 있지 말 고 어서 빨리 얼음에 구멍을 내서 너희의 꼬리를 담가라!"

구릿 백호의 대답에 덜컥 겁이 난 호랑이 무리와 코크 늑대 일행은 삼일 뒤에 다시 찾아오겠다고 말하고는 단체로 줄행랑을 쳤다.

삼일 동안 굶어서 힘이 하나도 없는 구릿 백호 앞에 레아 더치 집토끼와 별자 나무꾼이 다시 찾아와 꼬리 상태가 어떠한지 물어보았고, 구릿 백호는 자신의 꼬리에서 엄청난 통증이 있으며, 몸을 전혀 움직일 수 없을 정도로 꼬리가 아주 단단해졌다고 대답했다.

"구릿아~! 맛없는 호랑이 꼬리를 좋아하는 물고기도 있다냐! 누나의 충고인데 환상과 환영에 너무 사로잡혀 살지 마라."

"형님은 무슨 형님? 호랑이가 어떻게 사람의 자녀가 될 수 있냐! 동생의 조언인데, 너의 진짜 아버지인 하르방 백호에게 우리 집 앞마당에 쌓여 있는 고기와 가죽이나 가져다주어라!"

구릿 백호의 꼬리가 완전히 얼어버린 것을 두 눈으로 확인한 레아 더치 집토끼와 별자 나무꾼은 구릿 백호의 왕자(王子)가 새겨진 이마를 번갈아가며 손가락으로 툭툭 치면서 비웃었다.

지금까지 레아 더치 집토끼와 별자 나무꾼에게 깜빡 속은 것을 비로소 깨닫게 된 구릿 백호가 양손으로 레아 더치 집토끼와 나무꾼을 붙잡으려고 시도했지만, 강물에 꽁꽁 얼어붙은 꼬리 때문에 꼼짝달싹 못하고 발만 동동 구르고 있었다.

"구릿 님~ 물고기는 많이 잡으셨어요?"

이번에는 먼 곳으로부터 호랑이 무리와 코크 늑대 일행이 잡은 물고기를 보관할 수 있는 커다란 통발을 들고 해맑게 웃으면서 구릿 백호에게 다가오고 있었다.

자신들에게 다가오고 있는 호랑이 무리와 코크 늑대 일행을 보고 혼비백산한 레아 더치 집토끼와 별자 나무꾼은 재빨리 도망을 갔다.

하지만 이러한 상황을 전혀 알지 못하고 구릿 백호 옆으로 다가온 호랑이 무리와 코크 늑대 일행은 구릿 백호가 잡은 물고기를 자신들이 들고 온 통발에 담으려고 열심히 찾고 있었다.

"구릿 백호 님! 잡은 물고기는 어디에 있어요? 저희들이 통발에 담을게요."

소나타 낙타가 즐거운 표정으로 들고 있던 통발을 빼앗아 강바닥에 내던진 구릿 백호가 붉으락푸르락한 표정으로 말했다.

"방금 도망간 레아 더치 집토끼와 별자 나무꾼을 빨리 쫓아가서 나에게 잡아와라! 그리고 어서 빨리 내 꼬리도 강물에서 빼내라!"

　호랑이 무리가 구릿 백호의 꼬리를 꽁꽁 얼어버린 강물에서 빼내려고 여러 차례 시도했지만 계속해서 실패하자, 구릿 백호는 호랑이 무리에게 자신의 꼬리를 자르라고 말했다.

　"으악~! 으악~!"

　호랑이 꼬리가 없어진 구릿 백호는 고통을 이겨내면서, 호랑이 무리와 코크 늑대 일행을 이끌고 방금 도망간 별자 나무꾼과 레아 더치 집토끼를 맹추적하기 시작했다.
　별자 나무꾼과 레아 더치 집토끼는 맞은편 강가에서 죽기 살기로 달려오는 구릿 백호 무리와 마주 서게 되는 최악의 상황을 맞이하게 되었다.

　"레아, 그리고 별자 나무꾼의 고기로 삼일 동안 굶었던 내 배 좀 채워볼까?"

　구릿 백호가 지금까지 숨겨왔던 크고 날카로운 발톱을 레아 더치 집토끼와 별자 나무꾼를 향해 보여주고 있을 때, 강가에 있는 얼음이 크게 갈라지면서 한 척의 잠수정이 나타났다.

"저놈은 일전에 내가 빌려준 금도끼와 은도끼를 가지고 도망갔던 별자 나무꾼이 아니냐! 어서 빨리 사로잡아서 금도끼와 은도끼, 그리고 내가 준 장복어 문장을 되찾아와야겠다."

　잠수정에서 모습을 드러낸 블루너 용왕은 대치하고 있는 호랑이 무리를 향해 '탕~! 탕~!' 총알을 발사하였고, 과거 이미 무서운 총알 맛을 알고 있던 호랑이 무리, 코크 늑대 일행과 레아 더치 집토끼는 발걸음이 제일 느린 구라 대부 거북이와 나무꾼을 제외하고 혼비백산하여 주변 지역으로 금세 사라져 버렸다.

　블루너 용왕은 당초 목표로 삼았던 별자 나무꾼과 발걸음이 느린 구라 대부 거북이를 사로잡아 잠수정 안에 설치된 감옥에 가두었다.

제15편

토끼와 거북이

"나는 조만간 블루너 용왕에게 끌려가서 고문을 받고 죽을지도 몰라. 시력이 나쁜 블루너 용왕에게 시력 개선 및 망막 보호에 탁월한 효능을 가진 들쭉나무들을 많이 베어다 주겠다고 제안해서 금도끼와 은도끼, 그리고 장복어 문장을 받았는데 그것들을 가지고 도망갔거든."

잠수정 안에 설치된 감옥 안에서 별자 나무꾼은 구라 대부 거북이에게 자신의 근심을 털어놓았다.

"블루너 용왕에게 모두 다 돌려주고 진심으로 사과하면 되잖아요?"

그 말을 들은 구라 대부 거북이가 아무렇지도 않게 대답했다.

"지금 당장이라도 금도끼와 은도끼는 돌려줄 수 있지만, 장복어 문장은 써니가 내 허락 없이 시리우스 별로 가지고 갔기 때문에 돌려줄 방법이 없어."

별자 나무꾼은 머리를 떨구며 나지막하게 말했다.
그때였다.
파란색 옷을 입은 수병들이 감옥 문을 열고 별자 나무꾼을 데려가려고 하자, 구라 대부 거북이는 수병들에게 별자 나무꾼이 가는 장소로 자신도 함께 데리고 가 달라고 요청하였다.

집무실 안으로 구라 대부 거북이와 함께 포박되어 들어간 별자 나무꾼에게 블루너 용왕이 호통 치며 말했다.

"어떻게 용왕을 속일 생각을 할 수 있느냐? 더구나 너의 형제들은 아무 죄 없는 내 수병들에게 총질을 해서 사상자까지 발생시키고…! 내가 빌려 준 금도끼와 은도끼, 그리고 장복어 문장을 당장 나에게 돌려주고 합당한 처벌을 받아라!"

블루너 용왕의 호통소리에 기가 완전히 죽은 별자 나무꾼은 당장 금도끼와 은도끼를 숨겨놓은 장소로 자신이 직접 안내할 테니, 자신의 목숨만은 살려 달라고 애걸복걸하였다.

"이놈! 내가 너에게 또다시 속을 줄 아느냐! 금도끼와 은도끼, 그리고 장복어 문장이 있는 장소만 나에게 말해 주어라. 내 부하 수병들이 직접 찾아올 것이다."

블루너 용왕은 더 크게 호통을 치면서 별자 나무꾼을 다그치고 있었다.

이때, 포박당한 나무꾼 옆에 끌려와 있던 구라 대부 거북이가 블루너 용왕에게 별자 나무꾼의 목숨을 살려 주신다면, 용왕님의 시력을 고쳐줄 수 있다고 말했다.

"너도 나무꾼처럼 들쭉나무를 말하는 것이냐!"

블루너 용왕이 구라 대부 거북이를 노려보면서 말했다.
구라 대부 거북이는 덩치 큰 호랑이를 커다란 구덩이에서 구출하지 못하
도록 통나무를 가져가고, 하르방 책사 직책도 버리고, 다시는 구릿 백호에
게 되돌아가지 않겠다는 말까지 자신에게 전달해달라고 부탁한 레아 더치
집토끼 때문에 구릿 백호에게 큰 고초를 겪은 과거 일을 상기하면서 블루
너 용왕에게 대답했다.

"아닙니다. 시력 개선과 망막 보호에는 들쭉나무보다 토끼의 간이 훨씬
좋습니다. 제가 블루너 용왕님께 토끼를 데리고 온다면 별자 나무꾼을 용
서하여 주시고 저를 시리우스 별로 데리고 가 주시기 바랍니다."

계속해서 침침해지고 있는 시력을 크게 걱정하고 있었던 블루너 용왕은
지푸라기라도 잡는 심정으로 구라 대부 거북이의 말을 믿어보기로 결심하
였다.

"이번이 내가 너희에게 베풀 수 있는 마지막 기회다. 구라 대부 거북이와

별자 나무꾼은 빨리 육지로 가서 나를 위해 토끼 한 마리를 잡아 오너라. 그 후에 금도끼와 은도끼, 그리고 장복어 문장을 반납해도 좋다."

구라 대부 거북이의 재치로 간신히 풀려난 별자 나무꾼은 잠수정에서 내리자마자 곧바로 레아 더치 집토끼를 찾을 목적으로 강가 옆에 있는 숲 속으로 들어갔다.

"레아야, 레아야, 어디 숨어 있니?"

애타게 찾고 있는 별자 나무꾼의 목소리를 듣고 수풀이 많은 장소에서 몸을 숨기고 있던 레아 더치 집토끼가 깡충 뛰어서 별자 나무꾼과 구라 대부 거북이 앞에 나타났다.

"앗! 구라도 있잖아!"

별자 나무꾼과 함께 있는 구라 대부 거북이를 보고 자신이 과거에 저지른 일을 떠올리며 레아 더치 집토끼가 멈칫거렸다.

"레아야~ 구라 대부 거북이가 블루너 용왕님에게 네가 그리워하는 집주인이 살고 있는 시리우스 별로 데리고 가 달라고 부탁했어. 용왕님이 흔쾌히 제안을 받아 주셨지. 우리와 함께 블루너 용왕님에게로 가자."

자신이 그리워하는 집주인들이 살고 있는 시리우스 별로 갈 수 있다는 별자 나무꾼의 말에 솔깃해진 레아 더치 집토끼는 숲 속에서 나와 곧바로 블루너 용왕을 만나기 위해 잠수정 안으로 들어갔다.

잠수정 안에 있는 집무실에서 토끼를 데리고 온 구라 대부 거북이와 별자 나무꾼을 맞이한 블루너 용왕은 크게 기뻐하면서 말했다.

"우선 이것부터 먼저 마셔 보거라. 혈액 순환과 혈액 청소를 도와주는 작약과 천궁이 들어 있는 수제 꽃차다. 간에 남아 있는 독소를 일부라도 제거하여 싱싱한 상태로 유지해야 한다."

블루너 용왕은 자신이 마시고 있는 동일한 수제 꽃차를 예쁜 찻잔에 담아 레아 더치 집토끼에서 먼저 건넸다.

블루너 용왕에게 건네받은 수제 꽃차를 맛있게 마신 레아 더치 집토끼의 두 손을 꼭 잡고 블루너 용왕이 또다시 말했다.

"구라 대부 거북이와 나무꾼이여, 나와의 약속을 지켜주어 정말 고맙다. 과거에 너희가 지은 모든 죄를 용서해 주마. 그리고 레아 더치 집토끼라고 했지. 나를 위해 자신의 몸을 희생하여 주어 고맙다."

【수제 꽃차/화이통 협동조합 양승우 대표 제공】

"희생이요? 저는 블루너 용왕님이 제가 그리워하는 집주인들이 살고 있는 시리우스 별로 데리고 가 주신다고 해서 찾아온 것이에요."

레아 더치 집토끼가 블루너 용왕의 말에 발끈해서 대답했다.

"시리우스 별에 가고 싶다고? 비록 간이 없는 사체겠지만 시리우스 별에 묻힐 수 있도록 도와주마."

별자 나무꾼과 구라 대부 거북이가 잠수정으로 자신을 데리고 온 이유가 토끼의 간 때문이라는 사실을 블루너 용왕에게서 듣게 된 레아 더치 집토끼는 여기에서 당장 죽을 수 있다는 두려움과 별자 나무꾼과 구라 대부 거북이에게 당한 배신감에 치를 떨고 있었다.

레아 더치 집토끼의 분노를 알지 못하는 블루너 용왕은 마치 사형수들에게 마지막 자선을 베푸는 것처럼, 지금 제일 먹고 싶은 것이 무엇이냐고 레아 더치 집토끼에게 재차 물었다.

그 순간 문득 레아 더치 집토끼는 제주도 쏘블리 마을을 침입한 백호 무리를 물리칠 방법을 모색하기 위해 자신이 살던 집 4층 서재에 소장되어 있었던 책 중 '불법 포획'이라는 책의 내용이 머릿속에 떠올랐다.

'불법 포획'이라는 책에는 독성이 강한 뱀을 몸 안에 상처 난 사람이 손질을 제대로 하지 않고 먹으면, 뱀의 강한 독성이 몸에 퍼져 죽을 수도 있다는 내용이 포함되어 있었다.

"블루너 용왕님! 토끼 간은 시력을 개선하는 식품이 아니라 정력에 좋은 식품입니다. 물론 정력이 좋아지면 시력도 개선됩니다. 하지만 사람들이 기록한 옛 문헌에 따르면 정력에 좋은 식품으로 토끼 간보다 뱀을 꼽습니다. 저에게 기회를 주신다면 정력에 좋은 강한 독을 가진 뱀을 잡아다 용왕님께 바치겠습니다. 옛 문헌을 빨리 검색해 보시지요."

"뭐라고? 토끼 간보다 뱀이 더 정력에 좋다고?"

블루너 용왕은 즉시 와이파이를 작동시킨 노트북을 꺼내서 옛 문헌을 검색하기 시작했다.

"어라~? 정력에 좋은 토끼 간과 관련된 내용은 전래동화에서만 나오고, 뱀과 관련된 내용은 엄청 많이 검색되는구나."

레아 더치 집토끼의 말을 듣고 옛 문헌을 검색해 본 블루너 용왕은 정력과 뱀은 많이 검색되었지만 정력과 토끼 간은 거의 검색되지 않는다는 사실을 확인하고 레아 더치 집토끼에게 간곡하게 부탁했다.

"레아야. 너의 말이 맞구나. 내가 구라 대부 거북이도 함께 보내줄 테니 나를 위해 독성이 강한 맛있는 뱀을 구하다 줄 수 있겠느냐?"

그때 블루너 용왕의 외동딸인 가온이가 극구 만류하면서 말했다.

"아버지. 지금 토끼의 간을 먼저 맛있게 드시고, 나중에 뱀도 구해서 맛 있게 드세요."

가온이의 제안을 구라 대부 거북이도 적극적으로 지지하였지만, 레아 더치 집토끼는 아무리 몸에 좋은 음식이라도 많이 먹게 되면 오히려 몸을 망칠 수 있다고 주장하면서 블루너 용왕의 신중한 선택을 요구하였다.

블루너 용왕은 자신의 건강을 위해 토끼와 뱀 두 마리를 모두 잡아먹는 것은 과잉 섭취라고 답변하면서, 자신의 건강을 챙기려고 노력하는 레아 더치 집토끼는 살려주고 싶다고 말했다.

잠수정에서 빠져나와 다시 육지로 되돌아오게 된 레아 더치 집토끼는 구라 대부 거북이를 맹비난하면서 다시 숲 속으로 사라져 버렸다.

토끼도 잃어버리고 뱀을 어디에서 잡아야 하는지 전혀 모르는 구라 대부 거북이는 강가에 주저앉아 망연자실하고 있었다.

한편, 강가에서 블루너 용왕이 잠수정에서 발사한 수십 발의 폭탄을 피해 숲 속으로 들어갔던 별부 사냥꾼은 비록 별영 요리사와 헤어지게 되었지만 운 좋게 살아남았다.

블루너 용왕에게 자신의 위치를 들키지 않으려고 한 달 동안 숲 속에 숨어 지내고 있던 별부 사냥꾼은 주변 상황을 다시 한 번 살펴보기 위해 강가로 나왔다가 구라 대부 거북이를 만나게 되었다.

별부 사냥꾼은 구라 대부 거북이에게서 블루너 용왕이 자신의 건강을 위해 독성이 센 뱀을 구하고 있다는 소식을 듣고, 자신이 뱀을 잡는 것을 적극적으로 도와줄 테니 블루너 용왕과 자신의 화해를 주선해달라고 구라 대부 거북이에게 부탁하였다.

제16편

은혜 갚은 까치

별영 요리사와 덩치 큰 호랑이의 재판에 어쩔 수 없이 참여했던 까치는 갑자기 나타난 별부 사냥꾼의 총알에 자신이 살았던 둥지를 잃어버리고 둥지 없는 노숙 동물로 숲 속을 정처 없이 떠돌아다니고 있었다.

　노숙 까치는 치악산 인근에서 자신의 둥지를 새로 짓기에 아주 적당한 소나무를 발견하자 오랜만에 내 집을 마련할 수 있다는 꿈에 부풀어 주변을 전혀 살피지 않고 내려앉았다.

　그러나 까치가 내려앉은 소나무 아래에는 겨울잠을 자고 있다가 배가 고파서 잠을 깬 가족의 양식을 준비하러 나온 맹독성을 가진 수컷 살모사 한 마리가 있었다.

　살모사는 재빨리 까치의 몸을 휘감아 혀를 날름거렸고, 까치는 곧 자신이 잡혀 죽을 것이라는 두려움에 떨고 있었다.

　치악산 인근까지 구라 대부 거북이와 함께 맹독성 있는 뱀을 찾아 나선 별부 사냥꾼이 마침 이 장면을 보았다.

　"저 뱀이 블루너 용왕의 몸보신 재료로 적당하겠군. 맹독을 가진 살모사는 간장제 약재로도 사용되고 있어."

　별부 사냥꾼은 자신이 소지한 총을 꺼내 곧바로 까치의 몸을 휘감고 있던 살모사를 향해 총알을 발사하였고, 사냥꾼이 쏜 총알을 머리에 맞은 살모사는 즉사하여 소나무에서 떨어졌다.

극적으로 죽을 고비를 넘긴 까치는 자신을 구해준 별부 사냥꾼 주위를 수십 차례 빙빙 돌면서 감사 인사를 하고 어디론가 날아갔다.

"어어? 저 까치는 별영 요리사의 두 번째 재판관이었는데…. 내가 쏜 총알에 둥지가 박살나서 노숙 동물이 되었나 보군."

까치를 노리고 총알을 쏘았던 별부 사냥꾼은 둥지를 잃은 까치를 기억하고 있었지만, 갑자기 날아온 총알에 둥지를 잃어버린 까치는 도망치기에 바빠 별부 사냥꾼의 얼굴을 전혀 기억하지 못하고 있었다.

사냥꾼은 소나무 아래로 떨어진 죽은 살모사를 주워 구라 대부 거북이에게 전달하였고, 이 근처에 머물면서 블루너 용왕이 자신과 화해하겠다는 반가운 답변을 기다리고 있겠다고 말했다.

구라 대부 거북이는 뛸 듯이 기뻐하며 죽은 살모사를 들고 블루너 용왕에게 전달하기 위하여 즉시 잠수정으로 되돌아갔다.

잠수정 안에서 구라 대부 거북이는 블루너 용왕의 외동딸인 가온이가 보는 앞에서 살모사 이빨에서 강한 독을 빼서 조그만 잔에 담았고, 정성껏 살모사 뱀탕을 끓이고 있었다.

몸 속의 아물지 않은 상처가 있었던 블루너 용왕은 구라 대부 거북이가 건네준 조그만 잔에 담긴 살모사 맹독을 마시고 온몸에 독이 퍼져 그만 혼수상태에 빠져 버렸다.

"저놈 구라가 블루너 용왕님의 건강을 지키겠다고 구라를 치다니!"

외동딸 가온이는 즉시 구라 대부 거북이를 붙잡아 잠수정 안에 있는 감옥에 가두었다.

한편, 구라 대부 거북이로부터 블루너 용왕의 답변을 하루 종일 기다리고 있던 별부 사냥꾼은 날이 어두워지자 주변에 있는 빈 집으로 들어가 꿀잠을 자고 있었다.

한밤중에 사냥꾼이 빈 집으로 들어가는 것을 목격하고 따라 들어간 암컷 구렁이와 새끼 뱀들을 발견한 까치도 잠을 자고 있는 별부 사냥꾼을 구하기 위해 빈 집 근처에서 서성이고 있었다.

"내 남편 살모사를 죽인 원수! 너 때문에 우리 새끼 뱀들은 아비 없는 자식들이 되었단 말이다!"

암컷 구렁이는 사냥꾼의 몸을 강하게 휘감으면서 원망하는 투로 말했다.

"총을 들고 잠을 자야 했는데…."

이미 자신의 몸이 구렁이에게 완전히 휘감긴 사실을 알게 된 별부 사냥꾼은 자포자기 하는 심정으로 지붕 위를 처다보다가 사냥꾼을 돕기 위해 앉아 있던 까치와 두 눈이 딱 마주쳤다.

 살모사에게 휘감겨 있을 때의 공포를 너무 잘 알고 있었던 까치는 자신에게 은혜를 베풀어준 사냥꾼을 구출할 여러 가지 방법을 고민하다가, 자신을 희생하기로 결심하고 어디론가 날아갔다.

 "데엥~!"

 "이게 무슨 소리지?"

 암컷 구렁이는 먼 곳으로부터 들려오는 이상한 소리를 듣고 별부 사냥꾼에게 물었다.

 "그게 바로 총소리야! 만약 네가 나를 죽이지 않고 살려준다면, 나의 동료 사냥꾼도 너와 너의 자식들을 살려줄 거다."

 커다란 종소리를 사냥꾼의 총소리로 둘러댄 별부 사냥꾼의 거짓말을 믿어버린 암컷 구렁이는 자신이 휘감고 있던 나무꾼을 풀어주고 새끼 뱀들을 데리고 슬그머니 숲 속으로 사라졌다.

 종소리가 크게 울린 장소로 찾아간 별부 사냥꾼은 종에 머리를 부딪치고 죽은 까치를 보고 깜짝 놀라면서 말했다.

"어라? 또 이 녀석이야! 동생 별영 요리사를 위해 내가 죽이려던 까치가 죄책감을 못 이겨 이렇게 자살을 선택하다니!"

제17편

호랑이가 된
남자

한편, 블루너 용왕의 총소리에 깜짝 놀라 주변지역으로 흩어졌던 자신의 부하들을 간신히 수습한 구릿 백호는 잘려나간 꼬리에서 오는 극도의 통증을 느끼면서 기승전결 마을로 되돌아왔다.

"와~! 와~!"

구릿 백호가 먼저 보낸 신왕교 사제들에 의해 기승전결 마을에 살고 있는 동물들은 완전히 장악된 상태였으며, 구릿 백호가 자신들처럼 동물의 자손이 아닌 신(神)으로 추앙받는 사람의 자손이었다는 소문도 널리 퍼져 있었다.

"저 구릿 백호 님의 엉덩이 좀 봐! 우리의 신(神)인 '홍이' 님처럼 꼬리가 없어. 정말 사람의 형상을 점점 닮아가고 있어…. "

기승전결 마을에 살고 있는 모든 동물이 여러 장소에서 몰려나와 꼬리가 없는 구릿 백호의 뒷모습을 구경하면서, 자신들의 신(神)인 '홍이' 님이 자신들의 영혼을 구원하기 위해 소중한 후손을 마을에 보내셨다며 크게 기뻐하였다.

"구릿 백호 님! 빨리 잘린 꼬리를 치료하여 상처가 오염되는 것을 방지하세요. 빨리 치료하지 않으면…"

"치료한 꼬리가 다시 자라나면, 구릿 백호 님이 사람의 자손이 아닌 호랑이의 자손이라는 사실을 기승전결 마을에 살고 있는 모든 동물에게 들키고 말 거야. 물론 잘린 호랑이 꼬리는 절대 다시 자라나지 않겠지만…"

상황 파악을 하지 못한 마음씨 착한 소나타 낙타가 구릿 백호에게 잘려나간 꼬리의 치료를 권유하자 옆에 있던 코크 늑대가 소나타 낙타의 입을 막으면서 말했다.

"구릿 백호 님! 하르방 백호는 끈질긴 놈입니다. 구릿 백호 님의 명령을 받고 기승전결 마을로 잠입한 저희들이 신(神)의 아들인 구릿 백호 님을 그동안 자신의 아들이라고 속여 왔던 하르방 백호와 그 일당을 모두 붙잡았습니다."

"그리고 과거의 악행을 실토하도록 오랫동안 고문을 하였지만, 끝내 하르방 백호는 구릿 백호 님이 자신의 아들이라고 주장하면서 잘못을 인정하지 않았습니다."

신왕교 고위 사제 호랑이가 구릿 백호에게 다가와 자신들이 한 일을 자랑스럽게 말했다.

"고문이라면… 어떤 고문을 말하는 거지?"

구릿 백호는 신왕교 고위 사제를 향해 날카로운 표정을 지으며 되물었다.

"예전에 백호와 북극곰 무리로부터 제주도에서 일어난 일이라 전해 들었던, 사람들이 동물들에게 전수하여 주었다는 기술인 물고문… 아차~ 구릿 백호 님의 선조들이 전수하여 주었다는 물고문 말입니다. 헤헤헤."

신왕교 고위 사제는 구릿 백호를 향해 두 손을 비비면서 답변했다.

"오랫동안 물고문을 당했다면…."

"신(神)을 우롱한 악한 동물인 하르방 백호는 당연히 죽었습니다. 사체는 이미 이웃 마을에 서식하고 있는 악어들에게 모두 나눠…."

구릿 백호의 표정을 찬찬히 살피며 신왕교 고위 사제는 얼버무렸다.

'모든 것은 나무꾼이 꾸며낸 이야기에 속은 나의 잘못이지만, 진실을 말

하기에는 너무 늦었다. 아버지, 저의 불효를 용서해주세요.'

구릿 백호는 자신의 허락 없이 자신의 진짜 아버지인 하르방 백호를 잔인한 물고문으로 죽인 신왕교 고위 사제 호랑이를 당장이라도 때려죽이고 싶었지만, 신(神)의 아들을 보기 위해 신전으로 몰려와 절을 하고 있는 수많은 동물을 쳐다보고는 극심한 통증을 유발하고 있는 자신의 꼬리를 붙잡고 신왕교 교주실 안으로 들어갔다.

"사람이 어떻게 호랑이 가죽을 뒤집어쓰고 호랑이처럼 살 수 있단 말이냐! 차라리 신왕교의 신(神)은 사람이 아닌 호랑이라고 속히 밝히고, 너의 아버지인 하르방 백호에게 평생 동안 속죄하며 살아가거라!"

신왕교 교주실로 구릿 백호를 만나러 달려온 하르방 백호의 친족들이 강력하게 항의하자, 자신의 아픈 꼬리를 어루만지며 심한 고통을 참고 있던 구릿 백호가 비웃으면서 말했다.

"'홍이'의 동상이 사람을 닮은 형상이더냐? 호랑이를 닮은 형상이더냐? 너희는 시리우스 별에 살고 있는 진짜 사람들이 지구에서 우리 같은 동물들에게 일어나고 있는 여러 가지 일에 대해 조금이라도 관심을 가지고 있다고 생각하더냐!"

"내가 진정으로 두려워하는 것은 우리 동물들이 속으로 이미 알고 있는 의문을 마음속에 묻어두지 않고 외부로 표출하는 것뿐이다. 그 점이 우리 모두를 위해 너희가 희생되어야 할 이유다."

구릿 백호의 손짓을 받은 신왕교 사제들이 몰려와 하르방 백호의 친족들을 어디론가 데리고 가서 바로 참혹하게 죽였다.

다음 날 새벽. 기승전결 마을에 살고 있는 동물들이 소망을 성취하거나 앓고 있는 병을 고치기 위해 신(神)으로 추앙 받고 있는 구릿 백호를 만나보려고 신왕교 신전 주변으로 끊임없이 몰려오고 있었다.

그러나 점점 상처가 깊어져 썩고 있는 꼬리로 인해 매우 고통스러운 구릿 백호는 신전 주변으로 몰려 온 동물들을 한 마리씩 직접 만나는 것도 매우 힘든 일이라 생각하였고, 동물들의 소원을 들어주거나 병을 고쳐주는 것도 불가능하다고 생각했기 때문에 교주실 밖으로는 아예 나오지 않았다.

그로부터 한 달 뒤, 잘려나간 꼬리의 썩은 상처가 더욱 깊어짐에 따라 자신의 죽음을 직감한 구릿 백호는 자신의 아들이자 후계자인 달호 백호와 코크 늑대, 소나타 낙타와 검은 흑돼지, 그리고 신왕교 고위 사제 호랑이들을 급하게 교주실로 모이라고 명령하였다.

"잘려나간 꼬리의 썩은 상처 때문에 내가 얼마 살지 못할 것 같아 마지막 유언을 남기려고 너희를 교주실로 모이라고 하였다."

구릿 백호의 눈에는 고통 때문인지 혹은 슬픔 때문인지 알 수 없는 눈물이 맺혀 있었다.

"후계자 달호 백호야. 호랑이는 사람과 다르다. 사람이 호랑이가 될 수 없듯이 호랑이도 사람이 될 수 없다. 단지 호랑이가 된 사람으로 너를 꾸밀 수 있을 뿐이다. 나의 조언을 명심하고 기승전결 마을을 잘 다스리기 바란다."

구릿 백호는 자신의 아들 달호 백호의 호랑이 가죽을 부드럽게 어루만져 주면서 말했다.

"코크 늑대여. 나의 썩어가는 상처는 신(神)에게 치료해 달라고 매달리면서 기도하는 행위로는 결코 고칠 수 없다는 사실을 어떤 동물보다도 신(神)으로 추앙받는 내가 더 잘 알고 있다."

"들리는 소문에, 썩은 상처를 치료하려면 연고와 소독약이 필요하다고 사람들이 쓴 문헌에 적혀 있다고 한다. 내가 죽기 전에 너는 최선을 다해 사람들의 문헌을 가장 잘 알고 있다는 레아 더치 집토끼를 찾아서 나에게 데려오기 바란다. 레아 더치 집토끼의 도움으로 나의 꼬리에 난 상처를 꼭 치료 받아 오랫동안 살고 싶구나."

구릿 백호는 코크 늑대의 두 손을 다시 한 번 꼭 붙잡고 살고 싶은 의지를 보이며 정중하게 부탁했다.

"마음씨 착한 소나타 낙타. 진실어린 너의 말에는 모든 동물이 무조건 따를 것이다. 만약 내가 치료를 받지 못해 죽게 된다면, 너는 사제 단장이 되어 신왕교 사제들을 대동하고 기승전결 마을 동물들에게 다음과 같이 알려 주거라."

"구릿 백호 님이 드디어 호랑이 가죽을 벗어버리고 영혼마저 사람으로 재탄생했다고⋯. 그리고 '홍이' 님과 그의 아들 구릿 백호 님을 믿는 동물들은 죽음을 맞이하면 나처럼 동물 가죽을 벗어버리고 사람으로 재탄생할 수 있다고 말해주거라. 그리고 내 아들 달호 백호도 잘 보필하여 주고⋯."

구릿 백호는 신왕교 사제들이 착용하는 반지를 벗어 소나타 낙타의 손에 끼워주었다.

"검은 흑돼지. 나의 생각에 우리가 모시는 신(神)이라는 존재인 사람과 동물은 별반 다르지 않다고 본다. 내가 어릴 때 나의 아버지 하르방 백호는 제주도에서 꽃청 아랜 진돗개를 구해주기 위해 나타난 무서운 총을 가진 사냥꾼이라는 공포의 신(神)에 대하여 항상 말해주었다."

"하지만 나는 우리 호랑이를 보고 덜덜 떨던 나무꾼도 보았고, 처음에는 호랑이를 보고 공포심에 떨었던 써니가 나의 숙적인 치악 황호를 하늘에서 떨어뜨려 잔인하게 죽이는 무서운 능력을 가지고 있는 것도 직접 보았다."

"이와 같이 총이라는 무서운 무기, 하늘을 날 수 있는 우주선이라는 기계 등을 소유하고 있지 않다면 신(神)이라는 존재가 동물인 나에게도 두려움을 느낀다는 사실을 잘 알고 있다. 사람도 동물처럼 죽음을 맞이하듯이… 우리는 삶의 방식과 형태만 다를 뿐 동일한 존재라고 나는 생각하고 있다."

"나를 위해 사람들이 살고 있는 시리우스 별로 가서 총이라는 무기와 동물들을 다스리는 기법을 가지고 와 다오! 너는 장거리 여행이 가능한 동물이기 때문에 부탁하는 것이다."

구릿 백호는 검은 흑돼지의 커다랗고 둥근 코를 천천히 문지르면서 말했다.

"신왕교 사제들아~ 나는 너희에게 일반 동물들이 알지 못하는, 변하지 않는 두 가지 사실을 알려줄 것이다."

"첫 번째는 우리 동물들이 사람들을 만나기를 기원한다고 해도 사람들을 만나는 것은 어렵다는 사실이다. 하지만 사람들이 우리 동물들을 필요로 할 때, 우리 동물들은 사람들을 자연스럽게 만나게 될 것이다. 사람을 반드시 만나야 하는 너희는 사람들이 너희에게 호기심을 가지거나 너희를 필요로 할 수 있도록 자신을 잘 꾸미기를 바란다."

"두 번째는 신왕교를 믿고 소망의 성취나 앓고 있는 병의 완치를 간절하게 바라는 동물들을 위한 내과 병원을 설립하여 주길 바란다. 내과 병원에 오는 동물들에게 '홍이' 님을 믿어 소망을 성취하고 병을 완치하라는 희망 고문으로 신왕교의 권세를 확장하도록 하라."

구릿 백호는 신왕교 사제들을 향해 단호한 말투로 알아야 할 두 가지 사실을 말했다.

"아빠~! 신왕교 산하의 내과 병원을 설립하기 전에 아빠의 상처 난 꼬리를 치료할 수 있는 외과 병원을 먼저 설립해주세요. 하루 빨리 아빠의 상처를 치료할 수 있도록! 흑흑흑!"

구릿 백호의 귀여운 아들 달호 백호가 두 손으로 흘러나오는 눈물을 닦으면서 말했다.

"기승전결 마을의 절대적 지배자이자 신왕교 교주가 될 나의 후계자 달호 백호야. 우리 신왕교와 경쟁하는 종교인 천견교와 진묘교, 그밖에 어떤 종교도 명확하지 않고 눈에 보이지 않는 정신적인 부분만 치료할 수 있으며, 그 부분만 해결할 수 있다고 신도들에게 강조할 수 있단다. 명확하고 우리 눈에 보이는 육체적인 부분은 절대 해결할 수도 신도들에게 강조할 수도 없다는 사실을 명심해라."

"다시 말하면, 우리 동물들이 모시고 있는 모든 신(神)들은 눈에 보이지 않고 명확하지 않은 병을 고쳐 주었다든지 혹은 소원을 이루어주었다는 주장을 할 수 있는 내과 병원만을 운영할 수 있단다. 나처럼 불행한 사고로 잘려나간 꼬리나 팔 또는 다리 등은 어떠한 신(神)에게 기도를 해도 마음의 위안만 얻을 수 있을 뿐, 결코 도마뱀의 꼬리처럼 잘려나간 꼬리나 팔 또는 다리가 새롭게 생성되지 않는다."

"왜냐하면 현재까지 우리 동물들이 만났거나 믿고 있는 모든 신(神)들은 내과 전문의뿐이기 때문이다. 외과 전문의를 만나는 것이 나의 후계자 달호 백호 너의 끝나지 않는 영원한 사명이 될 것이다."

구릿 백호의 답변이 끝나자 코크 늑대가 자신의 손으로 달호 백호의 눈물을 닦아주면서 다음과 같이 위로의 말을 건넸다.

"달호 백호 님. 우리가 모시고 있는 사람이라는 신(神)들도 잘려나간 팔이나 다리는 새롭게 생성하지 못해요. 그들을 신으로 믿고 있는 우리 동물처럼요. 그래서 동물들의 종교에는 외과 병원은 없고 내과 병원만 있는 거예요. 너무 슬퍼하지 마세요."

"구릿 백호 님. 창문 밖에 새하얀 눈꽃송이가 하염없이 떨어지고 있어요. 마을 전체가 온통 눈꽃송이로 새하얗게 도배된 풍경처럼 구릿 백호 님의 마음도 처음 이 세상에 태어날 때와 같이 욕심 없는 깨끗한 상태로 되돌아가 행복해지셨으면 좋겠습니다. 남겨진 세상에, 남겨진 동물들을 위해, 미련이라는 쓰레기는 이 세상에 남겨놓지 마시고 저 세상으로 직접 들고 가세요."

검은 흑돼지가 교주실 창문을 열고 끊임없이 내리고 있는 하얀 눈송이를 가리키면서 구릿 백호에게 말했다.

"쓰레기라고!"

　검은 흑돼지의 황당한 말을 듣자 누운 자리에서 두 눈을 부릅뜨고 일어나던 구릿 백호는 갑자기 자신의 가슴을 부여잡으면서 숨을 거두었다.

　"구릿 백호 님이 드디어 호랑이 가죽을 벗어버리고 사람의 영혼으로 다시 태어나 시리우스 별로 가셨습니다. 그리고 우리 동물들을 구원하기 위해 다시 지구로 되돌아오실 것입니다."

　"구릿 백호 님이 다시 지구로 되돌아오기 전까지 우리 동물들의 소망을 성취하고 마음과 몸의 병을 고쳐줄 기도처를 기승전결 마을 여러 장소에 설치하라고 말씀해 주셨습니다."

신왕교 신전 앞에 모인 수많은 동물을 향해 소나타 낙타와 신왕교 사제 호랑이들이 고래고래 소리 내어 외쳤다.

하늘도 기승전결 마을을 최초로 통일한 영웅의 허망한 죽음을 몹시 슬퍼하여 끊임없이 커다란 눈송이를 땅으로 계속해서 뿌리고 있었다.

곧바로 구릿 백호의 후계자이며 신왕교의 새 교주인 달호 백호를 위원장으로 한 군사 코크 늑대, 신왕교 사제 단장 소나타 낙타와 검은 흑돼지, 그리고 고위 사제 호랑이들이 중심이 된 장례위원회가 구성되었다.

구릿 백호 장례위원회는 신왕교에서 설치한 마을의 공동묘지에서 기승전결 마을에 살고 있는 모든 동물이 지켜보는 성대한 장례식을 열었고, 구릿 백호의 지난 업적을 찬양하는 커다란 기념비도 곧게 세워주었다.

"달호 백호 님. 종교는 믿음과 공포로 운영되는 것입니다. 삶과 죽음에 관계없이 우리를 믿고 따르는 동물들에게는 행복을 선물로 주지만, 우리를 믿으려 하지 않는 동물들에게는 공포를 선물로 주어야 합니다."

코크 늑대가 달호 백호에게 종교에 대한 자신의 생각을 자신감 있게 말하자, 달호 백호가 살짝 비웃으면서 대답했다.

【상고대를 만든 인공 구조물/한국의 야생화 김정명 사진작가 作】

"코크 늑대 님. 우리를 믿지 않는 동물들에게 삶과 죽음에 관계없이 공포를 선물로 주어야 하는 것은 당연합니다. 하지만 우리를 믿고 있는 모든 동물이 죽음을 맞이한 후에 행복을 선물로 줄 수는 있어도, 살아 있을 때 모두에게 행복을 선물로 줄 수는 없어요. 왜냐하면 지배자에게는 자신이 살아 있을 때 수족처럼 부릴 수 있는 노예들이 많이 필요하기 때문입니다. 지금 우리처럼…"

"달호 백호 님과 코크 늑대, 그리고 소나타 낙타 님. 저는 구릿 백호 님의 유언을 지키고자 시리우스 별로 가기 위한 여행을 떠나려고 합니다. 그동안 즐거웠어요."

장기간 여행 준비를 모두 마친 검은 흑돼지가 달호 백호와 코크 늑대, 그리고 소나타 낙타를 찾아와 말했다.

"그럼 우리 모두 2년 뒤에 기승전결 마을에서 다시 만나자. 나는 레아 더치 집토끼를 반드시 찾아서 사람에 관한 많은 것을 배우고 돌아올게."

코크 늑대가 자신의 생각을 제안하자, 곧바로 소나타 낙타도 응수했다.

"나는 기승전결 마을에 신왕교 사제 단장으로 남아 달호 백호 님을 결사

옹위하고 있을게. 2년 뒤에 우리 다시 만나자."

달호 백호의 고명대신으로 새로 임명된 소나타 낙타와 신왕교 사제들의 열렬한 환송식을 받으면서, 검은 흑돼지와 코크 늑대는 기승전결 마을의 새 지배자 달호 백호와 작별 인사를 나누었다.

아쉬운 작별 인사를 나누고 있을 때, 동물들 머리 위로 불새라는 로고를 달고 있는 우주선이 엄청나게 빠른 속도로 기승전결 마을을 가로질러 전라도 방향으로 내달리고 있었다.

시리우스 별로 가려는 검은 흑돼지의 모험과 신왕교와 천견교, 그리고 진묘교 등 종교 간의 사상 전쟁이 하늘에서 끊임없이 내려오는 눈송이와 함께 본격적으로 시작되었다.

도움을 주신 고마운 분들

『한국의 야생화』로 세상 사람들에게 행복을 선물해 주시는 제 인생의 멘토 **김 정명 사진 작가님**과 어느 누구보다도 영월 한반도 지형을 제일 사랑하실 것 같은 **고주서 한반도 지형 사진 작가님**. 그리고 제 작품을 일러스트로 잘 구현해 주신 **럼버잭님**과 예쁜 사진을 제공하여 주신 황후 초콜릿 **장지은 대표님**과 화이통 협동조합 **양승우 대표님**께 감사의 말씀을 드립니다.

그리고 현실 세계가 아닌 가상 세계에서도 인맥이 형성될 수 있다는 놀라운 경험을 저에게 알려준 『**리니지2 레볼루션**』 **기승전결 혈맹원님**들께 지면을 통해 고마움을 전합니다.

특히, 9라대부, 꽃청, 구릿, 불새, 블루너, 소나타, 쏘블리, 아레스 봄, 화니 혈맹원님들의 캐릭터 명은 제 작품의 신선한 소재였습니다.

『전래동화에서 만났던 그때 그 동물들』이라는 책이 세상에서 사라지지 않는 한 도움을 주신 고마운 분들의 이름도 영원히 남아 있을 것입니다.